古典詩歌研究彙刊

第二四輯

龔鵬程 主編

第 5 冊

書寫之後：反叛回憶的夢窗詞

林晏鋒 著

國家圖書館出版品預行編目資料

書寫之後：反叛回憶的夢窗詞／林晏鋒 著 ── 初版 ── 新北市：
花木蘭文化事業有限公司，2018〔民 107〕
目 2+174 面；17×24 公分
（古典詩歌研究彙刊 第二四輯；第 5 冊）
ISBN 978-986-485-442-4（精裝）
1.（宋）吳文英 2. 宋詞 3. 詞論
820.91   107011317

ISBN-978-986-485-442-4

9 789864 854424

古典詩歌研究彙刊
第二四輯　第 五 冊   ISBN：978-986-485-442-4

書寫之後：反叛回憶的夢窗詞

作　　者　林晏鋒
主　　編　龔鵬程
總 編 輯　杜潔祥
副總編輯　楊嘉樂
編　　輯　許郁翎、王筑　美術編輯　陳逸婷
出　　版　花木蘭文化事業有限公司
發 行 人　高小娟
聯絡地址　235 新北市中和區中安街七二號十三樓
　　　　　電話：02-2923-1455／傳真：02-2923-1452
網　　址　http://www.huamulan.tw 信箱 hml810518@gmail.com
印　　刷　普羅文化出版廣告事業
初　　版　2018 年 9 月
全書字數　137267 字
定　　價　第二四輯共 9 冊（精裝）新台幣 15,000 元

書寫之後：反叛回憶的夢窗詞

林晏鋒　著

作者簡介

林晏鋒，1992 年，新竹人。國立中央大學中國文學系碩士。主要興趣爲宋詞。

提　　要

　　本文在「書寫」之前不加上「吳文英」並不是理所當然的省略——除了他幾乎消失於歷史長河之中，此舉主要對應於夢窗詞的「空白」現象。首先觀察到的「空白」是詞的演進過程中情意的斷裂與隔絕。這個現象與內容中孤立突現的回憶具有結構性的呼應：回憶立基於當下的在場，觀看已經逝去的過往。因此，本文將詞語與「空白」一齊呈現的形式稱爲「回憶的形式」，詞人的書寫則具有「回憶的視野」。

　　透過這層視野，夢窗詞的「空白」於是是一種時空距離，是遺忘的遺留，它是造成如今詮釋夢窗詞的多樣歧異性的原因。進一步，反叛的意思即是夢窗詞並不要求事後的、外部的詮釋，它只是不斷回憶它所回憶的。依此，「書寫之後」的「吳文英」成爲一個隨著不同的詮釋視角而呈現不同面貌的「空白」，它只能以象徵的方式連繫其眞實存在。也就是說，夢窗詞替代了歷史事實的吳文英的存在，詞語與文本的在場正勾勒著消逝的形象。這種觀看方式與存在方式的改變體現出，夢窗詞對如何看待自我、時間、存在等許多觀念，都已經離異於產生它的時代。詞人藉由書寫，在當代處境與文化傳統的疊合中，形塑了關於消逝的獨特視野與價值。

致　謝

　　在研究所的學涯中，首先特別感謝指導教授——卓清芬老師從我大學轉入中文系之後，便一直給予鼓勵與幫助，不僅在專業上會一起相互討論並提供建議，在生活上也予以關懷與體諒。此外，在修課的過程中，老師們也都給予許多指導，特別是呂文翠老師、李宜學老師、李元皓老師、以及哲研所的蕭振邦老師等等，您們在教學上的熱情是最好的身教，使我獲益良多。最後則要感謝兩位口試委員劉漢初老師與劉少雄老師，您們不吝指出論文中的盲點和不足，並提點許多寶貴的意見與修改方向，使得這篇論文更加完善。

　　感謝我的爸爸和媽媽，在任何方面一直給予最大的自由，同時也是最大的庇護。感謝我的妹妹，在家中總是設想周到。

　　感謝我的摯友們，詠軒、庭愷、梓恩、亭翰，為劭、怡文、蛟晟、政愷、懿丞、鯉境、純瑜，于涵、尹茜、品均、郁眞等所有朋友們，雖然都已經各自踏上人生的道路，聯絡與相聚變得不那麼容易，但你們在這段時間不僅忍受了我的廢話閒談，還給予了許多人生方面的幫助，能有你們的相伴是我莫大的幸福。

　　感謝在研究所時認識的夥伴們，薏弘、佳穎、允中、李達、健偉、羽芳、偉健、彥任，妤靜、朝舜，以及米德學長等所有同學們，如果沒有你們對我伸出援手、分享日常，想必這三年的求學生活會更加艱

辛和無聊。特別是薏弘和好靜，總是忍受我的廢話。另外，特別感謝電機系的秋玲、伊婷、韻如等所有助理們，給予我莫大的幫助與歡樂。

　　最後要感謝我的摯愛紘瑛，陪我度過每一個珍貴的時刻，無盡包容我的喜怒悲歡。在寫論文的過程中，如果沒有妳不斷聽我講一堆奇思異想、一起討論內容、修改語句、乃至在過程中促發新的思路，這篇論文不可能完成，總之，這篇論文也是妳的成果。而妳，對我而言總是意義非凡。

晏鋒　2017.07

目

次

第一章　緒　論

第一節　問題意識與研究動機

　　我在「書寫」之前不加上「吳文英」並不是理所當然的省略，而是對應於夢窗詞的「空白」現象。這現象爲我們理解夢窗詞打開了最模糊、但也是最直接了當、攤在表面（所以顯得迫切卻又容易忽略）的入口：首先是吳文英在歷史上的缺席。吳文英唯一具官方正式的仕籍文獻只有蘇州倉幕，因此，很明顯的，我們是因爲夢窗詞才可以認識吳文英。接著，與第一點相應，夢窗詞中大量具有社交性質（尤其是詞序的標明）的詞作得以讓我們有機會還原他的生平。然而，換個角度便會發現，我們是被迫於吳文英的歷史缺席而不得不從作品中還原其生平，這種被動從根本上便無法根除所還原的生平的片段性質。而且，它促使我們去探索歷史與文學之間糾纏不清的關係。最後，也是最根本的，不同於上述兩點在歷史事實層面的關注，夢窗詞作爲文本本身，其形式的支離破碎與情意的曖昧不明，不僅是造成如今多樣詮釋的原因，更讓我們的閱讀遇到無法解決的困難：它呈現出拒絕被詮釋（至少拒絕被唯一詮釋）、乃至不呈現也不欲呈現的反叛姿態。這訴說著，在以夢窗詞爲基底的情況下，認識吳文英與還原其生平的意圖與夢窗詞本身的意圖是完全背反的。它強烈提醒我們，藉由夢窗詞認識的「吳文英」與歷史上的吳文英是兩個不同範疇的概念：後者已經永遠消逝，前者仍然存在於我們現今

的認識與論述之中。依此，根據夢窗詞所還原的「吳文英」生平在本質上是一種虛構的建構行爲的建構，它隨著我們所認識、所論述的夢窗詞而不斷地游移、乃至變化生成。

我要談的便是身爲文本的夢窗詞本身，以及寫下夢窗詞的創作主體。這個創作主體是一個「空白」，爲了行文方便，本文姑且稱它爲「吳文英」（會加引號以示區別）。這裡需要說明的是：這個「空白」表面看來使得理解夢窗詞多了一道間距，是逼迫於吳文英的歷史缺席而被動出現。然而，隨著詞的演進過程及閱讀過程會發覺，「空白」是內蘊於夢窗詞的形式之中而主動呈現的。此時，如果說「書寫」是一個有意識的行爲（應該沒人會否認此點），那麼，因爲「書寫之後」的夢窗詞而形成在「書寫」之前的「空白」就顯得意蘊深長。在本文的論述中將會看到，它正標示著與歷史事實的吳文英在本質上的隔閡，它是另一個自我的開端。另一方面，夢窗詞藉著「書寫之後」而脫離（或避免）了單調統一的詮釋結果，其根本原因便是那些游移的、離散的、以斷裂的形式連接現實的「空白」，它們使文本的詞語、結構成爲一個動態的場域。書寫之前與之後於此便不只是時間上的前後關係，而是一種時空距離。它們內蘊於現實，也外離於現實。〔註1〕

本文從閱讀夢窗詞開始論起。最早對夢窗詞提出看法，同時也是影響後世最大的便是張炎《詞源》的「詞要清空，不要質實。清空則古雅峭拔，質實則凝澀晦昧。姜白石詞如野雲孤飛，去留無跡；吳夢窗詞如七寶樓台，眩人眼目，拆碎下來，不成片段，此清空質實之說。」〔註2〕此後的論述基本上是在這個背景下，結合評論者的當代語境及

〔註1〕 關於我對「書寫」、「文本」與「開端」的概念形成，主要參考自 Edward W. Said, *Beginning: Intention and Method* (New York: Columbia University Press, 1985). 譯本見 Edward W. Said〔美〕愛德華・W. 薩義德著，章樂天譯，《開端：意圖與方法》（北京：生活・讀書・新知三聯書店，2014 年）。

〔註2〕 〔宋〕張炎《詞源》，唐圭璋編，《詞話叢編》（台北：廣文書局有限公司，1970 年），頁 207。

批評策略而作出或支持、或反對、或順承、或逆折的觀點，如周濟《介存齋論詞雜著》「空際轉身」〔註3〕、夏敬觀《忍古樓詞話》「潛氣內轉」〔註4〕、朱祖謀《夢窗詞跋》「沉邃縝密，脈絡井井」〔註5〕乃至葉嘉瑩〈拆碎七寶樓臺——談夢窗詞之現代觀〉以現代觀解之〔註6〕、吳蓓《夢窗詞彙校箋釋集評》以「騷體造境法」自成一說等〔註7〕。

　　這些批評策略各自有理，卻忽略了一項最基本的事實：閱讀夢窗詞讓我們感受到困難。這並不是由於時代相隔造成的語言變異而顯得難以卒讀。事實上，時代稍晚的張炎，撤除他對夢窗詞的貶義——畢竟，張炎個人的價值擇取與揭露文本的呈現之間，並不衝突——便已有述，即所謂「凝澀晦昧」〔註8〕，只不過這句評語一直以來都被涵蓋於張炎的貶義之下，因此被視為夢窗詞最大的弊病，連周濟《宋四家詞選目錄序論》提倡夢窗詞也不免以「過嗜餖飣」〔註9〕為憾，並提醒學詞者必須加以防範。然而，如果試著退一步，將焦點定於根本的文本形式及其隨之而來的閱讀感受，那麼文木將會浮現一個現象：夢窗詞本身似乎抗拒著被理解，進而形成應有的意思、意義乃至意涵。這使得我們可以合理地、同時也是激烈地問道：在這些被稱為不完美、缺點之處，在這些被認為是「吳文英」雕琢太過因而無法完整

〔註3〕　周濟《介存齋論詞雜著》，唐圭璋編，《詞話叢編》（北京：中華書局，1990 年），頁 1633。

〔註4〕　夏敬觀《忍古樓詞話》，孫克強編著，《唐宋人詞話》（天津：南開大學出版社，2012 年），頁 1060。

〔註5〕　朱祖謀《夢窗詞跋》（《彊村叢書》），孫克強編著，《唐宋人詞話》（天津：南開大學出版社，2012 年），頁 1055。

〔註6〕　葉嘉瑩，《迦陵論詞叢槁》（石家莊：河北教育出版社，2001 年），頁 49～102。

〔註7〕　〔宋〕吳文英著，吳蓓箋注，《夢窗詞彙校箋釋集評》（杭州：浙江古籍出版社，2012 年），〈前言〉，頁 1～24。

〔註8〕　此論述在當時也非孤立現象，如〔宋〕沈義父《樂府指迷》：「夢窗深得清真之妙，其失在用事下語太晦處，人不可曉。」見唐圭璋編，《詞話叢編》（台北：廣文書局有限公司，1970 年），頁 230。

〔註9〕　周濟《宋四家詞選目錄序論》，孫克強編著，《唐宋人詞話》（天津：南開大學出版社，2012 年），頁 1041。

地融合形式與內容、獨創與和諧之處，我們是否太過武斷與霸道，進而完全忽略、甚至是刻意忽視詞人的書寫在不欲為人所知的層面上，更接近真實——而非僅止於現實與事實——的自我？很多人喜愛夢窗詞，卻沒有公正地看待它，這在如今的接受史研究中處處可見。當我們發現喜愛夢窗詞的人，不是以思致綿密、章法嚴謹或跳脫、詞筆勾勒渾厚、內容具比興寄託等將「凝澀晦昧」合理化，便是以詞家的音律、修辭的精工密麗、復雅本色等文本外部方面繞過「凝澀晦昧」的貶義問題時，不正是透過這兩種合理的闡釋進而塑造了如今已被定型為獨特的風格（質實穠摯的風格、經營雕琢的特徵）、又普遍於南宋時代（例如，置於「典雅」的派別論述）〔註10〕，因此只具片面、以求在認識層面上作出準確的歷史定位的夢窗詞嗎？但是，造成上述論述傾向的原因，除了時代語境的影響與批評者的主觀意識，不可否認的是，夢窗詞本身的表面與其潛在特質便自然會產生這些論述，並賦予其合理的空間。畢竟，無論如何沒有人能將李煜詞作如此解。換言之，夢窗詞在一定程度上迫使張炎作出「凝澀晦昧」的評語，張炎則進一步將這種他認為是技巧性的缺失提升為一種風格性的總體概

〔註10〕 關於置於「典雅詞派」，劉少雄《南宋姜吳典雅詞派相關詞學論題之探討》：「『典雅』一辭的涵意，這裡只單純的就詞的基本表現手法而言，袪除了個別的筆調語勢（如清空與質實之別）及作品的情意深度（如「有情」、「無情」之分）的考慮，因為後者的看法歧見仍多。姜、吳諸家講究詞的音樂文學的本色，所以他們創作雅詞在文字與音律兩方面都很用力，而這裡採用『典雅』一辭以概稱此派的風格，也是顧及字句與音聲的兼美來說的；如此，便嚴格的將姜吳派詞與那些鄙俗之作、豪氣之作，以及那些只重字面卻不諧律的作品劃分開，更容易彰顯出該詞派的特色來。」見劉少雄，《南宋姜吳典雅詞派相關詞學論題之探討》（臺北：國立臺灣大學出版委員會，1995年），頁 106。類似的還有黃雅莉將其置於雅化的脈絡，見《宋詞雅化的發展與嬗變——以柳、周、姜、吳為探究中心》，臺北：文津出版社，2002 年。另外，「典雅詞派」雖是後人的整理歸納的結果，而非出自當時詞人們有意識地結合，然而他們也以詞社等類似流派的形式存在。見劉少雄，《南宋姜吳典雅詞派相關詞學論題之探討》（臺北：國立臺灣大學出版委員會，1995 年），頁 9～20。

括與特徵，此即「質實」。然而，後人雖在「質實」的基礎上作了許多文章，卻沒有注意到將技巧、修辭層面的論述提升爲總體的層面時，其中所需要的「量」與「質」——量：藉由閱讀體驗以形成總體印象；質：需要一種洞見，去蕪存菁地將本質透顯出來。這種由技巧擴散及深化至風格的情況，就其本身而言，不論是否爲「吳文英」刻意爲之，它已經強烈暗示我們必須回到最初閱讀它會感受到的困難，否則它爲什麼要呈現的如此令人難解、呈現出一種抗拒被理解的姿態的同時，又以符合、順應當代的典雅方式（諸如上述的優點）將此困難呈現。而且，這個困難並不純粹是技巧、修辭層面的新奇與陌生化，而是在攤開此層的迷障之後依然尋不得終篇命意之所在。因此，假如我們願意跳脫傳統評論的偏頗，願意從文本本身造成的閱讀困難，諸如斷裂的、偶然的、不和諧的、曖昧不明的、乃至無法解讀的方面（不論他人將之視爲優點還是缺點）思考，難道沒有感受到它體現了、揭露了一種焦慮的、躁動不安的，因此也可能是更接近創作主體的眞實的心理狀態？陳世驤、高友工等人的抒情傳統論述中〔註11〕，和諧的統一自我、現時的抒情瞬間在夢窗詞身上反而顯得扭捏造作——它呈現的形式不是統一的和諧，除非是被設定好的機器。退一步說，以往那些結構、章法、情感統一的稼軒詞可以抒發磅礴卻抑鬱的自身情緒，白石詞可以描摹一種不論是自身的、他者的甚至是人類普遍的情感，那麼此處便沒有理由拒絕認爲夢窗詞體現了敏感焦慮、偶然多變的心理狀態。〔註12〕

〔註11〕 可參見〔美〕陳世驤著，張暉編，《中國文學的抒情傳統：陳世驤古典文學論集》，北京：生活·讀書·新知三聯書店，2015年。高友工，《中國美典與文學研究論集》，臺北：國立臺灣大學出版中心，2004年。

〔註12〕 這段沒有分段的論述，其靈感與部分論述來自於普魯斯特（Marcel Proust，1871～1922）論述聖伯夫（Sainte-Beuve，1804～1869）一段關於高乃依與拉辛的評論。詳見〔法〕安德烈·莫洛亞著，徐和瑾譯，《追尋普魯斯特》（上海：上海譯文出版社，2014年），頁27～31。如此作的原因在於欲呈現出「思想的連貫性」，而「這種思想不能根據學校的傳統習慣進行有益卻並非自然的分段。」見〔法〕

這裡，我想再次強調，文本呈現的心理狀態聯繫的是創作主體，而非歷史事實的吳文英。兩者或許千眞萬確是同一個「人」，但當他「書寫」時，一個文本的開端便形成了。我們先將焦點圍繞於「人」的概念，以便釐清其中些微卻重要的差異。

人的首要基礎便是存在，關於存在的問題大致可分爲兩種：一：吳文英是甚麼存在？二：吳文英如何存在？

對於第一個問題，上文已經述及，吳文英幾乎是消失於歷史長河之中。我們對此人的認識除了留下夢窗詞之外，唯一具官方正式的仕籍文獻只有蘇州倉幕，其他主要來源便是友人與從幕的交遊紀錄（其中包括夢窗詞的詞序），但依舊罕見——這本身就是一個具有豐富蘊意的歷史現象與文化意涵。這逼迫著對吳文英生平有興趣的人們，只能透過對具有更高虛構性質、更多想像成份的文學作品進行縝密的分析、從他人——而不是本人以及本人的確切資料——的交遊紀錄從旁勾勒輪廓，而不是採用其他更具事實性、確切性的歷史文獻來認識吳文英這個人。孫虹、譚學純《吳夢窗研究》的考辨方法便說明了這項事實：「筆者的考證抓住了夢窗詞『應社』特徵，利用詞中交遊群體的行蹤，形成對應的時空座標，從而較爲準確地勾勒出夢窗生平事跡的脈絡。」〔註13〕因此在考辨的過程中，不斷運用詞作的情意、他人的交遊紀錄與其他歷史文獻的交叉對比、甚至精細到對典故在社交圈中妥貼得當的使用時機，來推斷詞作的創作時間、背景、行爲等。而且，這種方法的基礎是「本書把版本考述置於首章，是基於校勘中的一字之立，往往成爲後文考證詞人生平事跡，考察詞作思想成就、藝術風格的基礎。」〔註14〕如此嚴謹的本身呈現了一種對整體性、統一

安德烈・莫洛亞著，徐和瑾譯，《追尋普魯斯特》（上海：上海譯文出版社，2014 年），頁 31。

〔註13〕孫虹、譚學純著，《吳夢窗研究》（上海：上海古籍出版社，2015 年），頁 69。

〔註14〕孫虹、譚學純著，《吳夢窗研究》（上海：上海古籍出版社，2015 年），頁 8。

性的還原意圖：「考以論世的事跡『碎片』置於夢窗生平的整體『板塊』中進行更爲審愼的求證：發掘爬梳相關史料，考索夢窗生平行誼。」〔註15〕

可以看到，考辨的過程，其困難與細密的程度不免讓我們想到它同夢窗詞一樣難以閱讀。雖然過程中的闡釋，其方法與內容非常具有邏輯，脈絡嚴謹，然而面貌始終充滿片段般的模糊與不定，這似乎呼應了張炎對夢窗詞的評價：「拆碎下來，不成片段」。這不禁讓我感到：這些「碎片」是沒有整體「板塊」的碎片，因爲同時可以注意到，這種研究方法偷偷將文本的概念替換爲相對客觀的歷史文獻，進而忽略了「碎片」自身的整體性，也就是書寫本身的意圖。這個問題是本文將要探討的。在這之前，無論這些「碎片」背後究竟有無整體或統一的形象，它本身便回答了如何存在的問題：我們必須被迫以夢窗詞中大量具有社交性質的詞作爲主，輔以可求不可遇的外部文獻資料，才能依稀描繪出「吳文英是甚麼存在」的肖像輪廓。這與閱讀夢窗詞的過程是同構的：由於「凝澀晦昧」，讀者無法確定詞作情意是甚麼，甚而在理清文本表面的意思並加以詳細的考證與註解，進而完全搞清楚了吳文英生涯的來龍去脈以對應詞作的創作背景、創作行爲之後，其情意依然有著眾多各自合理的闡釋。於是，詮釋者只能以「如何形成情意」這個方面嘗試描繪其共同的指向。

上述兩種現象──閱讀夢窗詞的困難，以及因其困難而試著以吳文英的生平來增進對文本的瞭解──都源自於最基本、因此也是最關鍵的問題：「這些文本訴說了甚麼？」它正提醒我們須將焦點回到文本身上。於此，首先會意識到一個具體的問題：夢窗詞爲什麼要抗拒讀者理解它的意義？尤其在那些具有社交性質的詞作中，它既然依存於關係，爲何又抗拒之？

這個現象足以推論出，如果我們將夢窗詞置於「言志抒情」傳統

〔註15〕孫虹、譚學純著，《吳夢窗研究》（上海：上海古籍出版社，2015年），頁9。

的最大可能概括的範圍，它便呈現出反叛的姿態：在個人的抒情言志中，它拒絕「以意逆志」、「知人論世」乃至和諧自我的可能；在與他人的關係中（諸如被閱讀、社交酬贈等），它拒絕智性交流的可能，只具審美交流乃至利益交流的可能，並與此相應，它以符合當代的典雅方式呈現出來。藉此，本文先大略分出詞序與詞作的分際：詞序提供了歷史事實的語境，而詞作的結構形式則彰顯創作主體與詞作語境的真實。這種真實是個人的，卻必須弔詭地存在於與他人的關係之中——這是形成「書寫」之前的「空白」的起點。在這種書寫之中，我發現對創作主體的「吳文英」而言更真實、更迫切、因此也是更重要的事，即「反叛回憶」，這才是「反叛」真正的意涵。這從上述吳文英生平的研究模式而得出的豐碩成果便可看出端倪，其中又以情事方面的追溯勾勒最為重要且有趣。因為，那些密密麻麻的考證爬梳的研究成果，其片段性、歧義性與模糊不定性的程度之大、範圍之廣，正好印證了文本正抗拒著被確切不疑地理解。而且，研究本身的各自合理，由於皆從夢窗詞解讀而出，這也直接印證了夢窗詞中情事的存在。於是，詞中的情事究竟是確實發生的歷史事件或純屬文學作品的虛構想像，兩者之間的分際與纏繞已經變得不重要了——它已經被發掘出來，已經存在了。

這一刻，正是讀者被文本放逐的時刻。它帶領讀者進入，同時又使讀者迷失於描述回憶情事的詞語片段之間。這一刻，也是吳文英的筆尖離開紙墨的那一刻。書寫將詞人的某個狀態、某些經驗、某種情意轉移至文本，文本有自身的（另一個）時間與空間。讀者追索詞意而不可確得，詞人追尋回憶而不可復得，互為翻版。——這是回憶的存在形式，當下的感覺與過去的記憶缺一不可。文本只能是他者的作品。

另一方面，吳文英可以藉由這種方式紀錄過往而不被他人知曉確切的內容，這可能是一種極其私人的回憶。這一正一反的極端看似矛盾卻實為一體，根本在於這是一種客觀結構的觀者模式，因為客觀，才有模糊的、以及虛構的時空可以竄入，並將主體內部的分裂互相隔

開。〔註16〕相應的情況呈現於詞作上便是大量的感知表面，這些感知由於是表面的，因此每個人都可以理解；然而，正是基於同一個緣由，這些理解也只能是表面──創作主體在書寫的當下將秘密呈現出來，卻只告訴任何外部的讀者，這是秘密。

　　總結以上，本文的問題意識雖然與前人相去不遠，即：「這些文本訴說了甚麼？」然而，由於前人的夢窗詞研究逕自以對歷史的確切性質與事實性質、對意義的合理求索展開論述，始終缺乏、忽略對文本本身的書寫性質，以及閱讀困難的問題。這是本文深感為憾之處，是本文的研究動機，同時也是研究方法的出發點。因此，夢窗詞的「凝澀晦昧」，本文沒有停留在將其視為技巧性的缺點及其遺憾之處，而是藉由此點，在由詞及人與由人及詞之後遇到困境，並在這個困境中發現另一個層面的思考可能，這是一種藉由夢窗詞的形式而體現的、創造的內容，藉此揭露它所蘊含的心理狀態、存在處境乃至在文化意涵之中的一種生命型態。

第二節　前人研究回顧

　　上一節的結尾在表明本文的研究動機時，已經概括了前人研究的盲點與侷限，即它們有意識或無意識地以歷史應有的確切性質、事實性質作為論述的核心與訴求。因此，儘管這些批評策略彼此相異，由於都意圖於闡釋文本表面（用字、語法等形式結構）以及文本內部（理念、情感等內涵境界）的意義，最終似乎都想要說服我們，閱讀夢窗詞有一套確切的結構模式可供尋索。

　　這些論述，基本上可分為兩大種夢窗詞的研究模式：一，為文本

〔註16〕這種客觀結構的觀者模式實際上是南宋的詠物詞，尤其在白石詞身上發展出來的且有別於傳統的。見〔美〕林順夫著，張宏生譯，《中國抒情傳統的轉變──姜夔與南宋詞》，上海：上海古籍出版社，2005年。本文認為夢窗詞也有其展示與傳承，更有了它獨特的印記，後文將會探討。

所欲表現、傳達的意義——可能是自我抒情、可能是社交作用等——
提供一個合理的闡釋，並以此描述、歸結夢窗詞的特徵及風格；二，
可藉此勾勒出作者吳文英的生平，再藉此生平闡釋夢窗詞。這兩種研
究模式基本上是相當客觀的，然而本文認爲兩者皆有一項共同的欠
缺：這些方法，其對待夢窗詞與對待其它文學作品如出一轍，因此，
皆不能闡明爲何閱讀夢窗詞會讓我們遇到無法解決的困難。也就是
說，這兩種模式皆避開了、忽略了文本本身的現象與隨之而來的閱讀
感受及其背後成因，而單純地認爲這是吳文英個人的人格特質所產生
的風格上的特殊僻好與選擇，至多再置於南宋的文學風氣、時代精神
的影響之中。因此，始終與夢窗詞的獨到之處擦肩而過。

　　首先，就第一種研究模式而言，最明顯的現象便是「隱詞幽思，
陳喻多歧」〔註17〕。重點在於合理闡釋的多樣性：不論研究者是在
詞作中追求背後的情事等外緣的歷史傳記，或是尋求一種情感本質
等內部的境界特質，它們不可避免的同時有多種可能，甚至有些闡
釋是相互矛盾卻各自成立的。相應的情況是，關於意象、師法乃至
派別、風格的研究便出現了片面價值擇取——如張炎的批評——的
現象。尤其是對「凝澀晦昧」、「過嗜餖飣」等用字、語法方面的非
議，並以文學的直線演變規律以及作者刻意追求典雅卻苦於才力不
夠將之融合的觀點，視之爲雕琢太過。這種清楚顯露在表面的缺點
與遺憾，逼得喜愛夢窗詞的人只能以音律的精工、修辭的緻密、詞
筆勾勒渾厚及結構章法的嚴謹或跳脫等倡導之，並轉以文本內部方
面，諸如：思致綿密、內容具比興寄託及復雅本色等加以稱揚。這
類研究除了散見於各大兩宋詞風的承遞與具文學史性質的研究，如
楊海明《唐宋詞史》〔註18〕、劉揚忠《唐宋詞流派史》〔註19〕、木

〔註17〕夏承燾〈吳夢窗詞箋釋・序〉，見楊鐵夫《夢窗詞全集箋釋》（臺北：
　　　　學海出版社，1998 年），頁 1。
〔註18〕楊海明，《唐宋詞史》，高雄：麗文文化事業股份有限公司，1996 年。
〔註19〕劉揚忠，《唐宋詞流派史》，福州：福建人民出版社，1999 年。

齋《宋詞體演變史》〔註 20〕、〔日〕村上哲見《宋詞研究》〔註 21〕
等，也常見於較寬泛討論夢窗詞的專書研究，如田玉琪《徘徊於七
寶樓臺——吳文英詞研究》〔註 22〕、錢鴻瑛《夢窗詞研究》〔註 23〕、
周茜《映夢窗零亂碧——吳文英及其詞研究》〔註 24〕、陳昌寧《夢
窗詞語言藝術研究》〔註 25〕、孫虹、譚學純《夢窗詞研究》第五章
至第八章〔註 26〕等。在這其中，葉嘉瑩首先以現代西方文學理論作
爲分析方法而對夢窗詞作出新的闡釋觀點，此即〈拆碎七寶樓臺—
—談夢窗詞之現代觀〉一文。承其脈絡而順應的有陶爾夫〈夢幻的
窗口——夢窗詞解讀〉〔註 27〕以西方「意識流」解之等；反對的則
有高陽〈莫「碎」了「七寶樓臺」——爲夢窗詞質在美國的葉嘉瑩
女士〉〔註 28〕等。兩者的說法其實都各自成立，因此，不應該片面
地只肯定現代的或傳統的解讀方式，它們各有各的理據與思路，各
成一體。然而這種模式其實與上述的意圖無異，是在舊問題中尋找
一種新的解釋。這種新的解釋縱使具有翻案性質也只僅限於平面
性，而未來必定還有雨後春筍的合理解釋。簡言之，不論這些論述
是以不確定、不連貫、偶然等字眼羅列著夢窗詞的特徵，或是將夢
窗詞看成經過嚴謹的理性推敲而形成的，它們皆或忽略、或刻意忽

〔註 20〕木齋，《宋詞體演變史》，北京：中華書局，2008 年。

〔註 21〕〔日〕村上哲見著，楊鐵櫻、金育理、邵毅平譯，《宋詞研究》，上
　　　海：上海古籍出版社，2012 年。

〔註 22〕田玉琪，《徘徊於七寶樓臺——吳文英詞研究》，北京：中華書局，
　　　2004 年。

〔註 23〕錢鴻瑛，《夢窗詞研究》，上海：上海古籍出版社，2005 年。

〔註 24〕周茜，《映夢窗零亂碧——吳文英及其詞研究》，廣州：廣東教育出
　　　版社，2006 年。

〔註 25〕陳昌寧，《夢窗詞語言藝術研究》，北京：中國社會科學出版社，2010
　　　年。

〔註 26〕孫虹、譚學純，《吳夢窗研究》，上海：上海古籍出版社，2015 年。

〔註 27〕陶爾夫、劉敬圻，《南宋詞史》，哈爾濱：黑龍江人民出版社，2004
　　　年。

〔註 28〕許晏駢，《高陽說詩》（臺北：聯經出版事業公司，1982 年），頁 171
　　　～185。

視、或合理化閱讀夢窗詞讓我們感受到困難的現象。對於文本的表面現象，只將其視爲缺點之處，並沒有正視之，更遑論其背後的成因。這並不代表本文否認那些缺點，或將其缺點視爲一種優點，而是在缺點與優點之外退一步，著重詞作如何呈現本身。其中，書寫與閱讀的行爲過程是須要注意的。

近來關切的社交詞也有類似的現象：它雖然爲我們提供了一個較新的視角、研究題材與範疇去理解夢窗詞，然而，整個研究模式並無太大改變：由詞作本身顯現的社交情境設想爲一則歷史事件，並藉此解釋詞作內容。——它必須抓緊歷史應有的事實及其確切性。這裡，便可以過渡到另一個層次的問題，此即第二種研究模式：揭露創作背景與行爲的興趣取代了對文本的闡釋。這種研究模式好比說一個人因爲在某種情況下（例如：個人的吸毒品行爲、人群的交際應酬背景）而寫出具有相應內容、特徵與風格的作品，這當然有幾分、甚至是好幾分理據的，但它其實也無助於理解文本的內容與核心，尤其它無法說明爲何在同樣的社交環境與創作動機下，夢窗詞呈現的樣貌卻與眾不同，爲何不寫得一目瞭然？（同理，意象歸納式的研究所遇到困難亦是如此。）舉個例子：佘筠珺《臨場展演與書寫技藝：社交視域下的夢窗詞》﹝註29﹞的研究，必須先肯定詞作的社交情境的歷史確切性與詞作本身必須「脈絡井井」（否則社交本身的交流性質便失去意義）。如此，所謂「切題」的「書寫技藝」才能符合「題序」的情境內容，藉此達到「七寶樓臺」的意象呼喚。這自然是合理的，然而主要問題在於：「切題」所要求的歷史確切性與詞作本身所呈現的詞意之間，有著歷史事實與文學虛構之間夾雜不清的灰色地帶﹝註30﹞。因此，在這兩者難以劃分的情況下，本文不便作論述。更何況，「脈絡

﹝註29﹞ 佘筠珺，《臨場展演與書寫技藝：社交視域下的夢窗詞》，臺北：國立臺灣大學中國文學系博士論文，劉少雄教授指導，2015 年。

﹝註30﹞ 此處問題的發現，是某一次與卓清芬教授談論此篇論文時，老師的提點之處。

井井」只是眾多解讀夢窗詞的方法的其中一種,它將「七寶樓臺」的片段性質置於一種事件式、情境式的大背景之下。換言之,它將詞作本身整體化、統一化,「片段」的作用便是「呼喚」那個整體的事件或情境,以求其歷史事實的確切性。然而,有一點應該先聲明的是,這種歷史事實應僅限於文本之中,即詞序與詞作之中。另一方面,許多問題還是沒有解決:為何不乾脆表現得一目瞭然?如果有所謂的確切性,為什麼至今夢窗詞的闡釋,其歧異仍然層出不窮?此外,依其脈絡推斷,這種社交情形若是南宋文化的典型,夢窗詞的獨到之處便得不到根本的闡釋,至多僅是寫得突出一點,那為什麼獨獨夢窗詞獲得「凝澀晦昧」的閱讀感受?

如果進一步將這種歷史應有的確切性視為一則歷史事件,便可藉此勾勒出吳文英的生平及其情事,諸如:夏承燾〈吳夢窗繫年〉〔註31〕、楊鐵夫〈吳夢窗事跡考〉〔註 32〕、陳文華《海綃翁夢窗詞說詮評》〔註33〕、蘇虹菱《吳文英的生涯和他的「節序懷人」詞》〔註34〕、孫虹、譚學純《夢窗詞集校箋》〔註35〕、孫虹、譚學純《夢窗詞研究》第二章至第四章〔註36〕等。這種「以意逆志」、「知人論世」的研究模式其實一直是中國文學研究的傳統之一,或許正是因為「傳統」,在吳文英與夢窗詞身上可能不太適用——根本的問題如同上述:對創作背景、行為、時間、地點等外部資訊的興趣取代了對文本的闡釋,並將文學作品視為文獻資料,忽視兩者之間的根本區別。文學的事實在於,不論它是純然虛構或純然寫實或夾染其中,一旦被創造出來、被

〔註31〕夏承燾,《唐宋詞人年譜》(臺北:明倫出版社,1970 年),頁 469。

〔註32〕見〔宋〕吳文英著,吳蓓箋注,《夢窗詞彙校箋釋集評》(杭州:浙江古籍出版社,2012 年),附錄「論文選」,頁 889～904。

〔註33〕陳文華,《海綃翁夢窗詞說詮評》,臺北:里仁書局,1996 年。

〔註34〕蘇虹菱,《吳文英的生涯和他的「節序懷人」詞》,新竹:國立清華大學中國文學系博士論文,2010 年。

〔註35〕〔宋〕吳文英撰,孫虹、譚學純校箋,《夢窗詞集校箋》,北京:中華書局,2013 年。

〔註36〕孫虹、譚學純,《吳夢窗研究》,上海:上海古籍出版社,2015 年。

落實成文字，它就成為不可抹滅、不可化約的真實，此真實與現實世界沒有必然關係。因此，這種模式的研究成果，對本文從閱讀夢窗詞進而想要瞭解詞作如何形成意義的問題，主要幫助便是從外緣添加佐證的資料。

這裡較具啟發性的是吳蓓在《夢窗詞彙校箋釋集評》的〈前言〉提及的「騷體造境法」﹝註37﹞。此法已經體認到對夢窗詞的情事研究侷限於「文本到文本的循環認證法」，從而提出此法「不僅是為了驗證同類酬贈之作的通順與否、誤讀與否，而是對於整個夢窗詞文本，都具有一種理性觀照的意義」。﹝註38﹞本文認為這是正確的，而且這幾乎已經脫離前人研究的侷限，注意到詞作本身如何呈現的議題，亦即顧及到文本的自身結構如何形成文本的意義的這項過程。這是她超越前人的地方。然而，當她進一步想要落實一種確切的結構模式以形成一套闡釋夢窗詞的系統時，又落入上述的困境。關鍵在於，從方法到模式的研究進程中必然會指向一個研究意圖，這個意圖與上述兩種研究模式的意圖相同，即對歷史事實的確切性質的關注。首先，她還是在「誤讀」這種詮釋對錯層面上翻出「正確」的解釋樣貌，因此隨後馬上有孫虹、譚學純《吳夢窗研究》作出〈吳蓓「騷體造境」闡釋法獻疑〉一小節的指正回應﹝註39﹞。實際上，在不斷的辯論過程之中，

﹝註37﹞ 吳蓓《夢窗詞彙校箋釋集評・前言》：「夢窗詞的『騷體造境法』，服務的意義絕不僅僅局限在二十幾首的酬贈詞。這也是筆者之所以冠名為『騷體造境法』，而不直呼『喻體』的原因所在。『騷體』，從繼承屈騷傳統而來；『造境』，則有取王國維《人間詞話》中所說的『有造境，有寫境』。所謂的『造境』，即指現實中沒有的，為著某種目的的憑空虛設出來的境界。筆者先從贈人之作中發現並驗證了作者鮮明的手法意圖，進而在整個詞集中的大文本中發現他散落四處的手法符號。」見〔宋〕吳文英著，吳蓓箋注，《夢窗詞彙校箋釋集評》（杭州：浙江古籍出版社，2012年），〈前言〉，頁11。

﹝註38﹞ 此段參看吳蓓，〈夢窗「情事說」解構〉，《浙江學刊》，2008年，第6期。

﹝註39﹞ 孫虹、譚學純，《吳夢窗研究》（上海：上海古籍出版社，2015年），頁314～325。

反而凸顯了詞語解釋的可有可無。例如，關於詞語意象的確切所指乃至極喻對象究竟為何，孫虹、譚學純《吳夢窗研究》從文本內部及交遊紀錄作交叉對證，吳蓓《夢窗詞彙校箋釋集評》則從文學傳統的手法及現象本身去取證，都得出各自合理的闡釋。

另一方面，在追求合理的前提下，吳蓓拉抬了屈騷傳統的轉喻系統作為淵源。她提及了這種手法實際上不獨為夢窗詞所有，稼軒詞、白石詞及他人的作品也有，只是相較於吳文英，他人是無意識體現，而吳文英為有意地、自覺地實踐。進一步，她將此種解讀方法套用在其它詞作身上，似乎讓「凝澀晦昧」的夢窗詞攤在陽光底下，一目瞭然。如此一來，她便從一個現有的、固定的、普遍的閱讀闡釋模式去同等看待夢窗詞與其他詞人的詞作是否有此手法。因此，這不僅削弱了夢窗詞的獨到之處，且再次繞過了詞作演進過程（書寫與閱讀）的問題。也就是說，吳蓓提出「騷體造境法」以揭示吳文英的創作手法，卻沒有告訴我們為什麼吳文英要使用這種手法，並將其使用得讓人難以理解詞作的內容，辛棄疾、姜夔等人卻用得較為清晰明朗。不過，這並不抹煞其貢獻，只要能時時刻刻回到夢窗詞所呈現的現象本身，便能從中衍生出一種看待夢窗詞的方法，一種專屬於夢窗詞的視野，一雙眼睛。

第三節　研究觀點與進程

注重夢窗詞身為文本本身，是有鑑於前人研究的欠缺與侷限，進而回到這項最基本的問題意識。這是本文的研究動機，同時也是研究方法的出發點。關於這個出發點，宇文所安《晚唐：九世紀中葉的中國詩歌（827～860）》講述李商隱的朦朧詩已有所言：

> 研究李商隱朦朧詩的最好方法，不是去試圖評價某種特定參照結構，無論是艷情的還是政治的，也不要試圖為特定詩篇構建場景，而是詳細分析這樣一首詩如何既指向一個隱蔽的所指，又阻止一種輕易的連貫性。也就是說，我們應該擱置某種最終的經驗所指對象的問題，將詩歌視

作意義形成的一個過程。〔註40〕

重點在於最後一句：「將詩歌視作意義形成的一個過程」（look at the poem as a process of meaning-formation），此舉不再從外部的世界（不論有多麼事實或眞實）去求索文本的線索，它將關注的焦點完全拉回文本本身，而「意義形成的一個過程」除了文本呈現的書寫過程，還有不可或缺的一點便是閱讀的過程，就像樂譜上的音符必須被演奏才有人聽得到，文學作品也必須被閱讀其意義才會從中產生。只不過，意義的形成與意義是兩種不同範疇，這也是爲什麼文學與文學研究之間常常有一道鴻溝：文學研究講求意義，即研究對象以及研究自身的意義，講究意義的確切內容以供自身的確立以及與他人交流的可能。文學亦包含這樣的內容，卻不僅侷限於此，至少文學還必須關注如何呈現意義。當文學研究本能地想從文學中尋求確切的意思、意義、意涵，進而論述至作者的創作意圖、背景、時代甚至進入無從掌握的潛意識領域時，或許已經不是能不能命中靶心的問題，而是是否根本是另一種靶面的問題了。

這時如果還記得最基本的感受——閱讀夢窗詞讓我們感受到困難，它似乎抗拒著被理解，進而形成應有的意思、意義乃至意涵——將有助於回到文本這塊靶面上。

文學在至關重要的意義上，題材、主題甚至是意義，常常微不足道。這不是廣度、而是深度的問題，而深度必須由表面呈現。因此，

〔註40〕〔美〕宇文所安著，賈晉華、錢彥譯，《晚唐：九世紀中葉的中國詩歌（827～860）》（北京：生活・讀書・新知三聯書店，2011 年），頁356。原文爲：Rather than trying to judge some particular frame of reference－be it erotic or political－and construct a scenario for a particular poem, the best way to approach Li Shangyin's hermetic poetry is to examine in detail *how* such a poem simultaneously gestures toward a concealed referent and blocks easy coherence. That is, we should look at the poem as a process of meaning-formation, bracketing the question of some ultimate experiential referent. 見 Stephen Owen, *The late Tang: Chinese Poetry of the Mid-Ninth Century (827-860)* (Cambridge (Massachusetts) and London: Harvard University Press, 2006), p.364-365.

如上所述，本文先對意義的求索撤退一步，將核心聚焦於「夢窗詞」本身。舉例來說，夢窗詞究竟是「空際轉身」、或「佈局精密」、或根本「晦澀不通」，進而對吳文英乃至時代精神、文學風氣有更深入的實證的理解，在此必須先擱置一旁。首先要面對的應是：「閱讀夢窗詞讓我們感受到困難」以及「這些文本訴說了甚麼？」這時，我發現夢窗詞嘗試扭轉我們的閱讀習慣，更確切而言，是閱讀本身的單向時間性。關於這點，林順夫〈南宋長調詞中的空間邏輯：試讀吳文英的〈鶯啼序〉〉〔註41〕已有提到類似的觀點：

> 圖案是一種空間性的架構，而人類語言基本上則是一種表達思想、意見及經驗的時間性媒介。人們閱讀空間性圖案式的文學作品之困難就是來自這二者間的相互矛盾與衝突。〔註42〕

> 此二種邏輯的根本區別在於前者是依靠時間的先後連續（temporal continuum）而後者則是依靠空間的方位分佈（spatial configuration）來組織字群、段落和情節。前者所表現的是有先後的直線之時間性秩序，而後者所表現的則是平行、並列、對等諸原則所產生的空間性秩序。〔註43〕

一樣從閱讀的困難為起點，只不過，林順夫是運用這種時間性的閱讀過程與空間性的詞作結構互相矛盾的模式來闡釋吳文英的〈鶯啼序〉的內容，並在高友工〈小令在詩傳統中的地位〉的抒情傳統論述中，以詞體發展出的「同心結構」（Concentrieity）、「層次結構」（Stratification）解之〔註44〕，回到上述所謂的對歷史應有的事實及其確切性方面的關

〔註41〕林順夫，《透過夢之窗口》（新竹：國立清華大學出版社，2009 年），頁 255～272。
〔註42〕林順夫，《透過夢之窗口》（新竹：國立清華大學出版社，2009 年），頁 258。
〔註43〕林順夫，《透過夢之窗口》（新竹：國立清華大學出版社，2009 年），頁 258～259。
〔註44〕關於高友工的論述，見高友工，《中國美典與文學研究論集》（臺北：國立臺灣大學出版中心，2004 年），〈小令在詩傳統中的地位〉，頁 263～284。

注，以及以一種外部的確切結構模式闡釋文本內容。

在這裡，我認為模式即內容，亦即這個矛盾模式本身體現了、甚至創造了一種內容，此內容非詞作字面上的意思與整首詞的詞意等，而是一種形式的內容。在意義形成的演進過程中，由於文本的抗拒，它似乎時時提醒我們必須回頭反覆閱讀，才有機會一窺共同的指向、瞭解文本的內容文意。這是一種停駐於當下，同時必須將過去喚回，甚至在必要的時刻打亂時間的先後順序的閱讀方法，它暗示著一種在時間的單向流逝之中如何展示事物的觀看方式。換個角度來說，詞人的書寫是這種觀看方式的呈現。本文以此出發，結合夢窗詞常常以孤立突兀的形式出現的回憶，稱其為「回憶的視野」。關於「回憶的視野」的論述是本文的內容之一，因此留待正文會再作更完整地分析與探討。這裡需要先注意的是，「視野」是一種觀看自我、事物、世界的方式，它包含一種觀點與這種觀點賦予自我、事物、世界的形式與內容，乃至價值。因此，在回憶的視野中，精確不是建立在任何自詡為客觀的評判上，而總是與特殊的、獨一無二的、一去不返的當下語境相關。精確只對那個當下負責，書寫之後，歧異叢生。另一方面，稱其為「回憶的」是因為這種「視野」雖由回憶衍生而來，卻不局限於內容必須涉及回憶（如同林順夫《中國抒情傳統的轉變——姜夔與南宋詞》中所論述的詠物詞的結構形式可以廣泛運用至其他主題的詞作）〔註45〕。簡言之：「回憶的」是形容詞，是用以形容主詞「視野」的形式。

回憶的內容固然包括過往發生過的事件，其中有記得與不記得的記憶，然而更為基礎、因此也更重要的是回憶必須立基於當下，過往的一切將與每個不同的當下感受融合，而永遠以一種新的面貌回到當下。這即是說，每一次回憶都是一個相對獨立的真實事件。而且，回

〔註45〕〔美〕林順夫著，張宏生譯，《中國抒情傳統的轉變——姜夔與南宋詞》，上海：上海古籍出版社，2005年。關於此書對詠物詞的探討，在本文第二章第二節會作簡單的梳理。

憶本身內含於時間之中，卻必須以空間的形式（不論是實體物質的或虛構想像的）呈現出來。回憶必須立足於當下的在場。

　　由此，當我們涉及到書寫的「吳文英」，即創作主體時，「回憶的視野」便成了同構的「歷史的視野」：「吳文英」身為一位南宋末期的「人」，如何在歷史之中尋找並展示自我。這裡的「歷史」除了一般意義上最明顯的特徵：單向的、不可復返的歷時性，更重要的是在歷時性的背後具有強烈的共時性，即交錯、分離等圖像式的同時存在的關係。其中，由於歷史必須置身於當代語境，這種情況體現在「吳文英」身上，便是詞集中大量具有社交性質的詞作。而且，進一步思考之後，會發覺這種由夢窗詞本身所衍生的視野其實否定了歷史線性的思維方式，否認了夢窗詞的出現不是由歷史的線性發展（如進化論）所得出的必然結果，它只是眾多可能中的其中一種。然而，換個角度說，其文本本身的存在，反而強調了歷史的確提供了一次完全適當的契機，使得身在南宋中末期的「吳文英」，得以發展出一種具有個人屬性、同時又符合當代風氣的視野去看待歷史與時間的問題。這個現象即是薩伊德（Edward W. Said）「晚期風格」（late style）的「晚」（late）字。此字最常用的意思是遲了、沒有準時（too late），然而「late evenings（夜很晚了）、late blossoms（晚開、遲開的花）、late autumu（晚秋）卻是完全準時的──沒有誰說它們應該配合甚麼時鐘或日曆」〔註46〕。在這「完全準時」的現象中，訴說了歷史總是充滿偶然，或根本就是由不連續的偶然連綴而成，只是它以必然的姿態呈現出來──如同詞作在不同的創作背景與創作行為中被「吳文英」書寫而成。或許「吳文英」意識到了此點，意識到歷史與自我之間矛盾糾結的辯證關係，在這遲到與準時、偶然與必然之間，誕生了關於如何存在、如何形成意義、如何看待現實生活的一種特殊視野。

〔註46〕Edward W. Said 艾德華‧薩伊德著，彭淮棟譯，《論晚期風格：反常合道的音樂與文學》（台北：麥田出版，2010 年），頁 67。

　　至此可以總結說：不論是「回憶的」或「歷史的」，都源自一種對時間的認知，其「視野」便是如何處理、對待時間這股浩瀚巨流，進而作出的回應與姿態。由於它們除了指向純粹發生過的一切事實，更必須立基於「當下的在場」、「當代語境」，因此其中便包含了如何選擇、如何描述、如何詮釋的問題。此點正是夢窗詞的獨到之處——對時間精確、敏感且獨到的認識與觀看方式。這便是本文的研究觀點與進程：關注夢窗詞身爲文本本身及其演進過程，察覺結構形式所呈現的心理狀態，藉此，我們不僅能闡釋夢窗詞獨有風格的現象與成因，並超越風格論述的侷限，從每一個表象中深入擴展至夢窗詞的創作主體的存在處境，同時揭露一種在文化意涵中的生命型態——這是最後我由「回憶的視野」推演的「文化的視野」所體認到的夢窗詞。從書寫的開端到文本的形塑進程，夢窗詞展示了有別於中國文學「詩言志」傳統中創作主體的觀看方式以及存在方式，揭示了「吳文英」如何對待自我與時空之間的關係。

第二章　研究背景：兩種視域下對夢窗詞的認識及其反思

　　在探討夢窗詞之前，本章先梳理前人對夢窗詞的相關研究，並依其論述核心及側重點的不同分為兩種視域，分別為「歷史事實」與「抒情美典」。目的是希望藉由認識這兩種視域之下的夢窗詞，除了提供本文研究所需的背景，同時反思兩種視域之下夢窗詞的呈現樣貌，進一步發展另一種層面的拓展可能。

　　「歷史事實」的基本態度是將文本視為一種已經過去的既定事實的產物。因此，縱使論述中已然意識到在學理上不可能完全還原作品以及作者的原意，論述的核心及目的依舊是想把握住「意」的內容，即「這文本訴說了甚麼？」，賦予確定的事件或特定的理念與情感。另一方面，在文本的結構形式上，即「如何寄意」、「如何形成意義」的層面上，不論是出自論述者自身的意圖或當代語境的影響，皆欲賦予作品以一種風格上和審美上的合理且確切的性質。上述兩種方面的論述都有一個共識：它既然是過去的既定事實，那必定有一個確定的意思及性質，縱使它會隨著各個讀者的理解與感受見仁見智，但其性質應當有一較明確的範圍。總言之，文本具有中心意旨，其論述可能朝向中心、可能遠離中心，但都不應該超出由這個中心為圓心而形成

的界限，否則便是過度詮釋。這種視域基本上是與「言志抒情」的創作傳統相呼應的。而且，可以發現，由於所持的「歷史事實」的基本態度以及「言志抒情」本身的性質，這些論述最終不論是在詮釋方面或創作理論方面，都有意無意回歸到歷史上的作者，其所求之「眞」主要是歷史事實之眞，並以此爲衡量價值的標準。然而，如果我們關注的是夢窗詞身爲文本本身，這套方法的優勢反而成了錯置的錯失。這優勢便是它的意圖——求合理、求確切。在其他文本上這可能沒有問題，但在夢窗詞身上，除了第一章提到它與文本呈現的意圖背反之外，還出現了根本的矛盾。

　　「抒情美典」則突破了「歷史事實」的思考，較關注於文本如何呈現內容意境與結構形式。「抒情美典」是高友工在「抒情傳統」〔註1〕的論述中，以美學的角度而誕生的觀念。他將西洋之"aesthetics"通常譯作「美學」一詞譯作「美典」，他認爲此詞常指「創作者甚至欣賞者對創作、藝術、美以及欣賞的看法，故實當譯作『創作論』或『審美論』，可以簡名之爲『美論』或『美觀』。我則認爲這套理論在文化史中往往形成一套藝術的典式範疇，因之稱之爲『美典』。」〔註2〕由此，它是文化傳統的集體意識，可以有意或無意地蘊藏在文本中，我們便可藉由這種「客觀的現象」而「推想藝術家主觀的創造過程」，所謂的「抒情美典」則是「以自我現時的經驗爲創作品的本

〔註1〕「抒情傳統」首先是由陳世驤（1912～1971）〈論中國抒情傳統〉從中西並置的現代視野，突顯、發展中國文學乃至文化的核心價值，而後經由高友工〈中國文化史中的抒情傳統〉建立起較完備的論述。前者見〔美〕陳世驤著，張暉編，《中國文學的抒情傳統：陳世驤古典文學論集》（北京：生活・讀書・新知三聯書店，2015 年），頁 3～9；後者見高友工，《中國美典與文學研究論集》（臺北：國立臺灣大學出版中心，2004 年），頁 104～164。關於「抒情傳統」的詳細緣由，可參見陳國球，《抒情中國論》（香港：三聯書店（香港）有限公司，2013 年），頁 6～14。

〔註2〕高友工〈中國文化史中的抒情傳統〉，《中國美典與文學研究論集》（臺北：國立臺灣大學出版中心，2004 年），頁 105～106。

體或內容」〔註3〕。總體而言，這套論述對「文本如何形成意義」已有較為全面的關注，這讓我們對夢窗詞有了另一層面的思考可能。但須注意的是，這套論述常常是在詞體（尤以長調為主）的特質與白石詞的部分才稍加論及夢窗詞的。因此，對本文而言，此論述有系統性的缺陷，正如高友工自己所言，「抒情美典」是「我們假設的一個理想架構」〔註4〕，是一個外部的理論看法，其本質性的概括與現有的外部架構可能與每一個文學藝術個體產生不相融、甚至不適當的現象。因此，若將「抒情美典」的論述完全套用於夢窗詞身上，便無法突顯夢窗詞的獨特性，甚至還會削足適履。不過，「抒情美典」所運用的論述方式與觀點，對揭露夢窗詞的一些特質樣貌，確實有很大的幫助，尤其是在結構形式的意義方面，這又是它超出「言志抒情」傳統論述的最主要部分。另一方面，「抒情美典」涉及「抒情傳統」的文化論述，而「抒情傳統」的論述經由許多學者的擴展與深化，已有相當多具有極大參考價值的研究成果，這也是本文將其納入認識夢窗詞的視域的原因。

第一節　歷史事實中的吳文英及其詞

一、歷來對夢窗詞之確切性質的把握與偏頗

　　最早對夢窗詞提出整體性的看法，即是張炎《詞源》的「質實」，後人在論述夢窗詞的時候，基本上都脫離不了此一概念：

> 詞要清空，不要質實。清空則古雅峭拔，質實則凝澀晦昧。姜白石詞如野雲孤飛，去留無跡。吳夢窗詞如七寶樓台，眩人眼目，碎拆下來，不成片段。此清空質實之說。夢窗〈聲聲慢〉云：「檀欒金碧，婀娜蓬萊，游雲不蘸芳洲。」前八字恐亦太澀。如〈唐多令〉云：「何處合成愁，離人心上秋。

〔註3〕 高友工〈中國文化史中的抒情傳統〉，《中國美典與文學研究論集》（臺北：國立臺灣大學出版中心，2004年），頁107。

〔註4〕 高友工〈中國文化史中的抒情傳統〉，《中國美典與文學研究論集》（臺北：國立臺灣大學出版中心，2004年），頁105。

縱芭蕉不雨也颼颼。都道晚涼天氣好，有明月，怕登樓。　前事夢中休，花空烟水流。燕辭歸客尚淹留。垂柳不縈裙帶住，謾長是，繫行舟。」此詞疏快，卻不質實。如是者集中尚有，惜不多耳。白石詞如〈疏影〉、〈暗香〉、〈揚州慢〉、〈一蕚紅〉、〈琵琶仙〉、〈探春〉、〈八歸〉、〈淡黃柳〉等曲，不惟清空，又且騷雅，讀之使人神觀飛越。〔註5〕

對於張炎《詞源》中「清空」與「質實」的原意，劉少雄在《南宋姜吳典雅詞派相關詞學論題之探討》中已有完整的分析，他最終將「質實」歸結為「修辭形式上的一種弊病」，與「清空」不是對等的概念，因為「所謂清空者，蓋指酌理修辭時，能有清勁靈巧的手法，使作品氣脈貫串，自然流暢，寫情而不膩於情，詠物而不滯於物，呈現一種空靈脫俗、高曠振拔的神氣，而一切筆法技巧卻又脫落無跡，渾然不可覓，此蓋張炎『野雲孤飛，去留無跡』之意」，它屬於由修辭形成的審美風格的範疇。〔註6〕不過，既然「清空」是藉由修辭所訴求的，那麼與它相對的修辭弊病，自然有獨立成為一種審美風格的潛能。後人對夢窗詞的「質實」，便主要以修辭與審美風格兩種方面作相互的探討。以下以此作為認識後人如何認識夢窗詞的切入點。

關於修辭，段煉《詩學的蘊意結構——南宋詞論的跨文化研究》有云：

修辭層次涉及語言的使用，這是與形式最接近的層次。這個層次上的修辭有兩個含義，一是作為語言藝術的修辭格，如排比句式等方法，涉及單個句子的寫作；二是作為作品之藝術構思的修辭設置，涉及作品的整體構思，如象徵、寓意等修辭設置。〔註7〕

〔註5〕〔宋〕張炎《詞源》，唐圭璋編，《詞話叢編》（台北：廣文書局有限公司，1970年），頁207～208。

〔註6〕劉少雄，《南宋姜吳典雅詞派相關詞學論題之探討》（臺北：國立臺灣大學出版委員會，1995年），頁112～119。

〔註7〕段煉，《詩學的蘊意結構——南宋詞論的跨文化研究》（臺北：秀威資訊科技股份有限公司，2009年），頁234。

由此可知，修辭實際上是作品的基本形式與審美風格之間的中介橋梁。基本形式是文本呈現的文字樣貌；審美風格則較複雜，它涉及詮釋者的審美取向，其取向又基於文本的文字樣貌給予詮釋者的閱讀感受，這是風格形成的一項要素。修辭身爲兩者之中介，其主要關注便是文本如何形成意義。張炎的「質實」便大略包括這些方面，只不過張炎賦予貶義。本文先撤除其貶義，則「質實」在文字呈現的樣貌方面，便點出夢窗詞常常堆垛實字、字面密麗、辭句研煉等事實；在基礎的閱讀感受方面則是「凝澀晦昧」、「太澀」，文氣並不流利舒暢，因此文本在形成意義之時便顯得「碎拆下來，不成片段」。換個角度便是說：由片段不成文來形成意義。

張炎的論述基本上到此爲止，他羅列出夢窗詞的特質，但沒有進一步給予「質實」一種審美風格上的觀念。不過，其中可供思考的是張炎的閱讀感受。這之所以尤其重要在於：他相當接近吳文英的時代以及社交環境文化，那麼，「凝澀晦昧」便不是時代相隔造成的語言差異。成因來自作品本身。更有說服力的是身爲吳文英的後學，沈義父《樂府指迷》也提出此點：「夢窗深得清眞之妙，其失在用事下語太晦處，人不可曉。」〔註8〕沈義父的《樂府指迷》與張炎的《詞源》實際上代表著晚宋詞學觀尊崇典雅的士流取向，夢窗詞甚至是體現這種詞學觀的主要代表之一〔註9〕。深入這種反差，會發現夢窗詞在「如

〔註8〕　見唐圭璋編，《詞話叢編》（台北：廣文書局有限公司，1970 年），頁230。

〔註9〕　孫虹、譚學純《吳夢窗研究》：「《樂府指迷》不僅反映了沈義父、吳夢窗、翁處靜共同的詞學主張，也是晚宋詞學的尊崇典雅詞派的共同趨勢。」、「《樂府指迷》的群創性質，兩種詞學專論的趨同，表明以上觀點實際上是宋詞創作得失的總結，旨在爲詞人創作提供可以遵循的法度。這些詞學觀點，在晚宋典雅派詞家特別是吳夢窗的創作中得到了完整呈現，並與宋詞雅化趨勢呈合流之勢。」詳細論述見孫虹、譚學純《吳夢窗研究》（上海：上海古籍出版社，2015 年），頁 383～388。劉少雄《南宋姜吳典雅詞派相關詞學論題之探討》也將《樂府指迷》、《詞源》以及陸行直的《詞旨》視爲一「詞法相遞的過程」，並總結三家詞法「或宗周吳，或主周姜，系似有參差，

何形成意義」的層面上已經與時代、環境格格不入。換言之，它雖然同樣身處於典雅的包覆之中，但內涵精神很可能與其迥異。很可惜的，後人並無由此思考，而是在由「作品的整體構思」至確立審美風格的進程上將「凝澀晦昧」、「人不可曉」給合理化，其中，最主要的說法便是「潛氣內轉」。

　夢窗詞之「潛氣內轉」，實際上是清代常派詞學在針對浙派詞學末流的弊病而逐漸鞏固的。其中的關鍵人物為周濟（1781～1839）。雖然周濟不是首先提出「潛氣內轉」的人，但他對夢窗詞的見解——諸如「空際轉身，非具大神力不能」〔註10〕、「奇思壯采，騰天潛淵」〔註11〕等——已有其意涵。〔註12〕這種說法的首

宗派的思想仍不夠明白完整；不過，就創作與批評的看法言，三家已達成共識，那就是：重視詞的音樂美與文字美，講究篇章字句之鋪排鍛鍊，要求聲韻格律之諧協和雅，以維持詞體協律、雅正、深隱、含蓄之特質。」見劉少雄《南宋姜吳典雅詞派相關詞學論題之探討》（臺北：國立臺灣大學出版委員會，1995年），頁16～20。不過，值得注意的是，這裡並不包括詞筆修辭，在審美特質上也只訴求深隱含蓄，然而深隱含蓄的審美特質顯然不只一種，因為達成這種特質的修辭手法也不只一種。

〔註10〕唐圭璋編，《詞話叢編》（北京：中華書局），頁1633。

〔註11〕唐圭璋編，《詞話叢編》（北京：中華書局），頁1643。

〔註12〕在周濟之前其實已有類似說法，即先著、程洪《詞潔》在評論吳文英的《珍珠簾》（密沉爐暖餘煙裊）時出現：「用筆拗折，不使一猶人字，雖極雕嵌，復有靈氣行乎其間。」見崔海正主編，鄧紅梅、侯方元著，《南宋詞研究史稿》（山東：齊魯書社，2006年），頁146。然而此處只涉及單一詞作的評論，並無成為一種理論的趨向。另一方面，關於「潛氣內轉」的意涵觀念在夢窗詞的運用，彭玉平〈詞之「潛氣內轉」說〉有云：「清人品評夢窗詞，即多持潛氣內轉之觀念。若周濟說夢窗詞『每於空際轉身』，戈載評夢窗詞『貌觀之雕繢滿眼，而實有靈氣行乎其間』，況周頤則言之更為詳盡，其語云：『……（夢窗）芬芳鏗麗之作，中間雋句艷字，莫不有沉摯之思，灝瀚之氣，挾之以流轉。』諸家所評皆重在字面之密麗與筆法之深潛上。而吳梅則直稱夢窗詞『潛氣內轉，上下映帶，有天梯石棧之巧』。是以『潛氣內轉』堪稱吳文英詞的點睛之筆。吳文英之外，清人評及周邦彥、辛棄疾、朱彝尊等人詞，也常使用『潛氣內轉』一詞，而晚清譚獻最為傑出。」見彭玉平《中國分體文學學史·詞學卷》（太

要基礎在於周濟《介存齋論詞雜著》將張炎之「質實」轉化成一種審美風格層面的「實」：

> 初學詞求空，空則靈氣往來。既成格調求實，實則精力彌滿。初學詞求有寄託，有寄託則表裏相宣，斐然成章。既成格調，求無寄託，無寄託，則指事類情，仁者見仁，知者見知。北宋詞下者在南宋下，以其不能空，且不知寄託也；高者在南宋上，以其能實，且能無寄託也。南宋則下不犯北宋之拙率之病，高不到北宋渾涵之詣。〔註13〕

從這裡開始，張炎之「質實」成為一種審美風格的取向的潛能在特定的時代環境下被發展出來，而成為「實」。

周濟此說，除了針對浙派的理論依據及其弊病以彰顯自身理論，還是他的學詞門徑的濃縮體現。夢窗詞便是在這種情況下，經由周濟獨具慧眼的眼光使其地位有了質的提升。對此，劉少雄在《南宋姜吳典雅詞派相關詞學論題之探討》已有分析，並在列舉了戈載、馮煦、陳廷焯、況周頤、陳洵、陳匪石諸家有關夢窗詞的體認後，歸結出：

> 晚清以來對夢窗詞之特質的基本看法是：有厚重沉著之感，而在沉厚中自有超逸之氣。夢窗之實之厚如何形成？他們認為：那不是在字句間、用事下語處求得，而須在氣格中蘊蓄沉著渾厚的精神，命意運筆鉤勒盤鬱，表現一種「留」的意態，章法奧折綿密，字句絢爛典麗，表面雖疊用實字，卻無堆垛餖飣之病，因其行氣「深入骨裡，彌滿行間」，故「沉著而不浮，凝聚而不散，深厚而不淺薄」。這種用「潛氣內轉」之法而在詞的內裡形成了一種沉鬱的魄力，能突破文字表層的艱澀，呈現飛揚振拔的神致，能蕩氣回腸。那是一種迂迴深隱的特質，須細加品味才益覺其美，不同於清空之即然可予人神觀飛越之快感。……換言之，所謂「實」不是徒具華采、毫無生氣的，須有深厚的情思為其內容，而「實有靈氣行乎其間」，是言辭意韻均

原：山西教育出版社，2013 年），頁 160。

〔註13〕唐圭璋編，《詞話叢編》（北京：中華書局），頁 1630。

　　　　充實渾厚的一種表現。〔註14〕

夢窗詞之「實」在此不僅是一種審美風格的展現，還包含著如何形成這種審美風格所需的修辭手法，此即「潛氣內轉」之詞筆。因此，到晚清時代，認識夢窗詞的基調基本上已達成共識。其後或有承張炎「七寶樓台」之貶義來論述夢窗詞，但已不多見，而且也無法撼動這個主流的共識；至於在欣賞夢窗詞方面，雖有不同的詮釋手法，卻都是以肯定的態度去援引其他方法來詮釋這種「實」，如葉嘉瑩〈拆碎七寶樓臺──談夢窗詞之現代觀〉、〈論吳文英詞〉〔註15〕以現代觀解之。

　　　　然而，其中有一個基本問題在於：審美風格如上所述，它涉及讀者的審美取向與閱讀感受，這些論述卻忽略了身為讀者這個身分的意涵。實際上應該注意到，在周濟的論述中，夢窗詞之「實」必須由讀者的觀看介入才能將之完整體現，這與上引的「初學詞求有寄託，有寄託則表裏相宜，斐然成章。既成格調，求無寄託，無寄託，則指事類情，仁者見仁，知者見知」是同步的。由此，「實」除了在創作方面要求作者賦予作品以深厚之意，即「有寄託」；在審美方面則希望其寄託之意以「無寄託」的樣貌呈現，如此才能體現「靈氣」、「神致」之文氣而將其寄託之意充實渾厚地呈現，不過，這最後一步需要讀者的觀看介入，且必須往詞的內裡求才能完成。如此一來，「潛氣內轉」的詞筆在文本如何形成意義的問題上便同時具有創作方面與審美方面的意義。簡言之，我們是在「實」的觀念範疇中，發現一種能夠合理闡釋夢窗詞的方法，即「潛氣內轉」。而且，「潛氣內轉」這種向內、向深的闡釋特質，其實間接承認了張炎「凝澀晦昧」的閱讀感受，否則，這些處在讀者身分上的詮釋者何必去「發現」這種闡釋夢窗詞的

〔註14〕劉少雄《南宋姜吳典雅詞派相關詞學論題之探討》（臺北：國立臺灣
　　　　大學出版委員會，1995 年），頁 154～155。

〔註15〕分別見於葉嘉瑩，《迦陵論詞叢稿》（石家莊：河北教育出版社，2001
　　　　年），頁 49～102。繆鉞、葉嘉瑩合著《靈谿詞說》（上海：上海古籍
　　　　出版社，1987 年），頁 477～511。

方法，而且遲至清代？〔註16〕因此，「潛氣內轉」的說法其實是將「凝澀晦昧」、「人不可曉」的閱讀感受作一番合理地解釋。葉嘉瑩以現代觀解之的說法模式亦是如此，吳蓓提出的「騷體造境法」更是將夢窗詞不易理解的部分加以清晰明朗爲己任。總言之，這類論述都嘗試將閱讀夢窗詞的困難予以合理化，如此才能讀懂其內容，並把握它的藝術性。

本文相當肯定這些論述，而且的確讓我們對夢窗詞有更深刻的認識與體悟。但或許是張炎之「質實」的貶義影響太大，致使後世的論者欲提拔夢窗詞時，都急於將「質實」所呈現的「凝澀晦昧」、「人不可曉」給合理化，以賦予一種風格上與審美上的確切性質，而忽略了與其同時代、同環境下的人在閱讀方面感受到困難的問題，且這困難一直持續至今，呈現給每位閱讀它的人。進一步即是說，這些合理的論述並沒有追索到背後的成因、沒有問到「爲什麼」：爲什麼夢窗詞要讓讀者感受到不易理解、乃至無法解決的困難？本文將會說明這個現象，以及這個現象可能具有的意涵。

另一方面，「潛氣內轉」這類論述由於對深厚詞意的要求，除了造成在學理上認爲文本必有原意、必有唯一確切的詮釋，也造成最終皆有意無意涉及到歷史上的作者的性情涵養乃至時代背景。後者雖然在一定程度上回答了這個「爲什麼」，其實也只是從外緣的解釋來消解、轉移核心問題。換言之，後人將這個問題轉化爲文本所寄之「意」是甚麼及其深淺有無，包括嘗試將其塑造爲一則歷史事件以與詞意相互論證。

〔註16〕常州詞派對夢窗詞的認識是與其理論的發展同步的，上述所說的夢窗詞的「質實」、「晦澀」等觀念皆被其理論本身的追求而轉換爲褒義，這除了是詮釋者的取向問題，同時也是夢窗詞本身便具有這種特性與傾向。然而，需要注意的是，這種被挖掘的過程都與特定的時代背景下的審美要求、理論趨向有密不可分的關係。有關夢窗詞在清代常州詞派中被重新認識的過程，參見周茜，〈常州詞派與吳文英詞的再發現〉，《詞學》，第十六輯（上海：華東師範大學出版社，2006 年 1 月），頁 139～160。

二、「言志抒情」傳統下的吳文英生平之建構的弊端與啓發

　　張炎之「清空說」實際上已經將「意」納爲理論的範疇之內,《詞源》的〈意趣〉一節便標明:「詞以意趣爲主,要不蹈襲前人語意」〔註17〕、「清空中有意趣」〔註18〕。上一節提到張炎之「清空」是由形式、修辭所訴求的一種審美風格,這裡的「意趣」,依段煉《詩學的蘊意結構——南宋詞論的跨文化研究》對「清空」的內在結構的論述,便是「賦予『清空』以意義。」〔註19〕

　　然而,清代浙派在標榜姜夔、張炎的「清空」詞風時,越來越只關注形式、修辭層面的精鍊,忽略了原本「清空」中的「意趣」的理論內容,導致浙派末流呈現出空有格調卻空洞無物的弊端。針對這個弊端,常派主實、主寄託,此「意」遂有了高厚深遠的精神要求。這套論述一直是中國文學「言志抒情」傳統的論調:作品整體的構思、運意乃至風格意境都關乎到作者的性情思致、人品涵養。這時,對「意是甚麼」的問題便分爲兩個層面:一是作品所寓之「意」,二是作者所寄之「意」。前者偏向關心文本本身如何呈現,經過上一節的討論

〔註17〕唐圭璋編,《詞話叢編》（台北：廣文書局有限公司,1970 年）,頁208。

〔註18〕唐圭璋編,《詞話叢編》（台北：廣文書局有限公司,1970 年）,頁209。

〔註19〕段煉,《詩學的蘊意結構——南宋詞論的跨文化研究》（臺北：秀威資訊科技股份有限公司,2009 年）,頁 72。關於「清空」內在結構的分析,段煉《詩學的蘊意結構——南宋詞論的跨文化研究》云:「『清空』具有四個層次,即形式、修辭、審美、觀念的層次。由於這四個層次以『清空』所蘊含的意趣爲核心,合成一個整體結構,所以我稱這個結構爲『蘊意結構』。……『清空』概念的這四個層次是緊密聯繫、貫通一體的,它們從各自不同的角度來構成以『清空』爲中心的一體,例如,形式與修辭的目的是爲了創造審美意境,而意趣則給予這個審美意境以意義。這種相互一體的關係,使四個層次的『清空』概念成爲一個完整的詞論整體。」見段煉,《詩學的蘊意結構——南宋詞論的跨文化研究》（臺北：秀威資訊科技股份有限公司,2009 年）,頁 72～73。

可以知道，這其實是「讀者──文本」融合的結果，所論之作者是文本中的創作主體；後者則將焦點轉至作者，更廣的層面來說即是外緣的歷史傳記方面。由前者向後者的論述傾向，揭露了一基本共識：詞意之高遠深厚是一個重要的價值標準，其基礎則是作者的性情涵養與人格品行。於是，自然而然地便有了將文學文本視爲一種歷史資料的研究，或進行詳細的考證以求作者的生平傳記，或以外部的文獻來推論情感與內容，是一種詩史相互辯證的研究模式。

　　這個方向若無視詞作本身的文學性，或更精確地說，一種書寫意圖的產物，而在看似客觀的資料及論證中運用詮釋者過度的自由，很容易產生弊端。這個邏輯困境，劉少雄《南宋姜吳典雅詞派相關詞學論題之探討》在論情意寄託的詮釋方法的謬誤時已有詳細說明：

> 情愫的激發與感通、境界的體察與開悟，都須由心的作用而起。……在這個層面而言，物事實情的了解、字辭意象的確切涵意的掌握，乃至作者生平資料的考證，這些方面的知識雖然重要，但充其量也只能視作輔助性的工作而已，……，相對於文學作品表現主體情志的本質來說，詮釋活動在原則上也必須保持其主體性、然則文學的意義是不能在割離主體實感而以完全客觀知識去驗證、追求的情況下而有所得的。……（知人論世）其方法是以時代與個人的史料強植於虛擬的文學情境中，據此又逐步擴充其詮釋範圍，對許多不甚明其意旨的作品都附會史實，以爲是找到了它的確解、尋出了作者的原意、重塑了有關作者的種種生平事蹟及其與歷史的實際關聯；這種「因文考史」、「由詩證譜」，又反過來「據史詮文」、「以譜解詩」的方法，殊不知其已陷入「以實鑿虛」、「以虛證實」的循環論證的邏輯困境之中，而其所得者也不過是一些虛構的客觀存在的事實罷了。〔註20〕

〔註20〕劉少雄《南宋姜吳典雅詞派相關詞學論題之探討》（臺北：國立臺灣大學出版委員會，1995 年），頁 249～250。

總言之，造成這種研究現象的原因是，詮釋者的態度將文學作品視為歷史文獻，並往往將作品所寓之「意」與作者所寄之「意」等同起來。此「意」，不論是言志或抒情，是關乎歷史國家或只關乎個人情思，大抵都認為是可供指認的（至於能否進一步指實為一則特定事件，則須看有無足夠的證據）。問題由此浮現：身為讀者的我們是否能確切知曉其「意」，也就是作者在作品中所寄之「意」？

歷來對夢窗詞的論述其實也有注意到讀者，張炎之「凝澀晦昧」便是站在讀者的角色而發，周濟之「不易測其中之所有」更是將讀者的觀看介入視為夢窗詞的特質之一〔註 21〕。然而，不論是「凝澀晦昧」、「不易測其中之所有」、或其他更為「脈絡井井」〔註 22〕的理性解法，皆不偏不倚地以文本的內容——即作品之「意」作判斷，以求讀者之意與作者之意的相融。循此，對於文本的形式、修辭乃至結構方面所帶來的閱讀感受便常常合理化，因為相融之前必須先讀懂。問題出在「懂」的意義顯然不能僅止於外部的知識層面的了解，也不能只局限於作品之「意」的確切把握，更不能一味往詞的內裡去求出個

〔註 21〕周濟《介存齋論詞雜著》：「夢窗無非生澀處，總剩空滑，況其佳者，天光雲影，搖蕩綠波，撫玩無斁，追尋已遠。君特意思甚感慨，而寄情閒散，使人不易測其中之所有。」見唐圭璋《詞話叢編》（北京：中華書局），頁 1633。理論依據為周濟《宋四家詞選目錄序論》：「夫詞非寄託不入，專寄託不出。一物一事，引而伸之，觸類多通。驅心若游絲之胃飛英，含毫如郢斤之斷蠅翼，以無厚入有間。既習已，意感偶生，假類畢達，閱載千百，謦欬弗違，斯入矣。賦情獨深，逐境必寤，醞釀日久，冥發妄中。雖鋪敘平淡，摹績淺近，而萬感橫集，五中無主。讀其篇者，臨淵窺魚，意為魴鯉，中宵驚電，罔識東西。赤子隨母笑啼，鄉人緣劇喜怒，抑可謂能出矣。」見唐圭璋編，《詞話叢編》（北京：中華書局），頁 1643。周濟的「寄託」強調創作主體平時的涵養，並在創作過程中無形地在作品中發揮出來。更重要的是，周濟論述的最後，也就是從「讀其篇者」開始，是以一個讀者的身分來述說「寄託」的狀態應是如何——即「專寄託不出」。在周濟的理論中，關於讀者的身分此一觀點，可參看吳宏一《清代詞學四論》（臺北：聯經出版社，1990 年）的說法。

〔註 22〕語出馮煦《蒿庵論詞》，見唐圭璋編，《詞話叢編》（北京：中華書局），頁 3594。

確切性質，而忽略最表面的、因此也是最深刻的形式的意義。尤其，當同時代的沈義父、張炎都難以理解時，我們就必須重視這個現象可能代表的意涵。

這時候，對吳文英生平情事之建構，即主要由夏承燾〈吳夢窗繫年〉開啓的研究路數，或許可以從另一方面討論它：不論他們之間所論內容有何歧異，都在閱讀的過程中發現大量的「巧合」。例如，特定的意象與特定的節令時序、城市地點常有特定的呼應關係〔註23〕，這與張炎之「凝澀晦昧」一樣是一種閱讀感受的呈現。這告訴我們，夢窗詞本身呈現這些「特定的」樣貌，便非常容易引導讀者去發現情事之存在。然而，若想更進一步去指實它時，卻又遇到重重阻礙，甚至呈現拒絕被確切指實的可能。這個現象若與上述之難以理解的現象合觀，便是一個有趣的思考點——難以理解的同時卻又顯得歷歷在目。這將是本文欲探討的現象之一，留待後文論述。

最後，由作品之「意」至作者之「意」的論述傾向，因為牽涉到歷史上的作者，便連帶其時代的背景精神作進一步的了解，甚至，反倒以此論述作品之「意」的深淺有無與價值。這裡有一個偏頗的論述現象：作品似乎都必須對國事有體悟與關懷才算有價值，否則很容易被貶爲對社會世事漠不關心，甚至拿文本之精工密麗而批評其人躲到一個虛幻世界裡。然而，姑且不論是欣賞還是責斥夢窗詞，此處的重點在於，文學的「價值」不應該與作品、乃至作者之「意」的具體內容有任何必要的關聯。退一步說，專就文本而言，難道只要作者在作品裡訴說著社會國家之大事或悲天憫人的情感，便是有價值的作品嗎？這裡以葉嘉瑩〈論吳文英詞〉的論述脈絡來說明這類論述的最終侷限。她肯定夢窗詞之寫景狀物方面「都經常表現出

〔註23〕如陳洵由西園之地、清明之節的特定關係意識到似乎隱含著一「去姬」或「去妾」、劉永濟在前人的基礎上更確定其「燕」意象暗指「去妾」等。見孫虹、譚學純著，《吳夢窗研究》（上海：上海古籍出版社，2015 年），頁 291～295。

銳敏之觀察與深微之感受，固已足可見其情思之深摯」，爲何下文還
要援引吳文英之生平經歷作爲深摯情感的證據？彷彿沒有聯繫作者
具體的歷史環境與個人的眞實經歷便無法證明其「深摯」。更深一層
的局限在於：「吳文英在品格上決不是一個有堅貞之特操的完人。不
過，如果從其全部詞作之內容情意來看，則其心靈之中又確乎具有
一種深摯的情思和高遠的意境，而且對南宋之漸趨衰亡的國勢也有
著一份沉痛的悲慨。」〔註24〕在語氣上依舊對吳文英其人的道德方
面有所關注，但是，文學作品與作者本身的道德究竟有無任何必然
的關係？在文本方面也認爲對國事之衰亡確有一份體悟與悲慨，但
有這份體悟與悲慨就是有價值的作品嗎？先不論這在生而爲人的道
德等第上有沒有重要性的先後差別，縱使在眞實的範疇裡，文學藝
術與歷史事實所呈現的理念與情感便有天然的區別，我們不能因爲
拜路塵的潘岳而譴責其《閒居賦》中的隱逸情懷是虛情假意，否則
杜甫詩所展現的胸懷就難以滿足推崇者汲汲營營的偉大情感。文學
批評必須從文本出發，並回歸文本。

　　然而，本文並不是要完全否定作品與作者、時代的任何關聯。我
只是想強調，將作品與其作者、時代的關聯視爲理論的基礎進而拿去
解釋作品，只是詮釋文本的其中一種途徑。而且，生平情事之建構、
背景文化之知識等，至多僅是外緣的幫助，它們縱使表明了書寫時的
背景、行爲、動機，也無法完全闡明爲什麼文本如此呈現其內容意境
與結構形式，因爲兩者並不是同一個範疇的論述。這個「爲什麼」，
仍舊需要回到文本本身才能解決。

三、歷史事實層面之詮釋的錯失

　　「歷史事實」的論述核心與目的在於對夢窗詞有一個整體的確切
認識，依詮釋的內容大約可分兩種：具體的「情意內容」與精神的「情

〔註24〕繆鉞、葉嘉瑩合著，《靈谿詞說》（上海：上海古籍出版社，1987 年），
　　　　頁 484。

感本質」。〔註25〕前者偏向由外緣的歷史事件與文本之情事作互證對應，以追求詞意；後者則希望能掌握文本本身的藝術性，並與作者的人格特質作辯證的相融。兩者體現於夢窗詞的論述中，前者有所謂的「蘇杭姬妾」說；後者則是詞筆上的「潛氣內轉」，審美風格是厚實沉摯等。兩者不論是具體的或精神的，主要依據皆源於「言志抒情」的論述傳統：「知人論世」可作爲「情意內容」的對應，「以意逆志」則以「情感本質」爲依歸。然而，這些詮釋由於皆有意無意聯繫於吳文英的人格涵養及其時代風氣，且由此推論的詞意，不論是國家社會之抱負，或個人興發之情感，兩者的目標取向都直指創作作品的作者（非作品中的創作主體）的確切認識。因此，這套論述相信一個人的品格、才性等情感的本質會呈現在其作品上，或至少是對其作品有巨大的影響，因此必須先把握住這位作者，才能對其作品有更深入、更全面、乃至不會造成誤解的認識。總言之，它將帶領我們去認識吳文英，夢窗詞則成爲吳文英的附屬品、承載物。

　　然而，在以把握一個人的情感本質與情意內容的目的下，這種研究方法卻以言行事跡等外部紀錄作判斷。這種科學的觀察方法本身並沒有問題，問題在於，將它視爲對一個人的情感本質與情意內容作爲判斷的主要依據時，便忽略了外部自我與內部自我的差距。此差距在更深的層面上是歷史之眞與文學之眞的天然鴻溝。質言之，這種方法的盲點、缺失便是求眞。這個「眞」也不是從文本中求，而是轉移到外部的歷史事實層面上求。因此，雖然最後可以解釋作品的內容，但出於是由外求內，以外爲證，它除了有過度詮釋之嫌，更重要的是，不能闡明爲什麼文本如此呈現。與此相關，價值方面的論述便常常牽扯到作者的性情涵養，例如：吳文英是一個有（沒有）對國事感懷之人，因此夢窗詞有（沒有）寄託。這種詮釋卻是將文本的內容詮釋成

〔註25〕「情意內容」與「情感本質」之分主要參考劉少雄，《南宋姜吳典雅詞派相關詞學論題之探討》（臺北：國立臺灣大學出版委員會，1995年），頁 256～272。

有（沒有）寄託的結果，陷入循環論證。總言之，與性情涵養息息相關的論述邏輯，不僅可能模糊了、乃至轉移了文學的本質與價值，更合理化了文本呈現的結構形式，因此錯失在詞的演進過程中，結構形式所訴說、所蘊含的內容與意義。

第二節　「抒情美典」中的夢窗詞及其人

一、「抒情美典」及其詞體之美典的論述

　　關於「抒情美典」的基本定義，已在本章一開始論及。它在文本的結構形式的意義方面，是突破「歷史事實」層面的主要部分，此處便從這個面向簡介幾個重點，之後再轉至詞體美典的部分。

　　高友工首先將「美典」的兩個基本問題點出來：「『為什麼』和『怎麼樣』？從創作者的觀點來看是他為什麼要創造一件藝術品（或活動），怎麼樣來實現他的目標。」﹝註26﹞從而分出「抒情美典」與「敘事美典」。這兩種美典其實牽涉到不同的觀看方式：前者重在創造過程，保存美感經驗，其方法是「內化」（internalization）與「象意」（symbolization）；後者的目的則是交流，其方式是始於「外觀」（display）而終至「代表」（representation）。其中，「抒情美典」希望「重新經驗原始的創造過程」﹝註27﹞，這過程也是美感經驗本身，因此抒情美典「是以經驗存在的本身為一自足之活動，不必外求目的或理由」﹝註28﹞。接著，這種經驗的價值可以由「感性的」、「結構的」、「境界的」三個遞進的層次而完整呈現，並總是回歸自足的經驗本身，其關係為：「感性的經驗固然可以在內省中存在，而且是內省的

﹝註26﹞高友工〈中國文化史中的抒情傳統〉，《中國美典與文學研究論集》（臺北：國立臺灣大學出版中心，2004 年），頁 107。
﹝註27﹞高友工〈中國文化史中的抒情傳統〉，《中國美典與文學研究論集》（臺北：國立臺灣大學出版中心，2004 年），頁 109。
﹝註28﹞高友工〈中國文化史中的抒情傳統〉，《中國美典與文學研究論集》（臺北：國立臺灣大學出版中心，2004 年），頁 111。

基本條件，但內在世界中要能把握其整體必需要通過結構。因此結構可以濃縮經驗，重現經驗。快感才有內化後的的持久性。美感是持久的。然而此結構必須能象徵生命的意義，我們才能進一步以此經驗來創造生命，以此藝術方爲偉大。」﹝註29﹞並歸結出：「一個最成功的形式是能象徵了創作者在創造時際的心境。這種心境本無實相可言，又無實相爲證，因此不必說真偽是非。心境對藝術家而言亦只是一種本質，這個形式實僅是體現了創作者之心境的一種本質。一個體現了心境的形式也就是藝術的境界，抒情的理想也到此爲止。」﹝註30﹞

　　以上是對高友工的「抒情美典」的簡介，內容側重於結構形式的意義方面。側重的原因在於，不論是創作者的「美感經驗」、「心理狀態」乃至藝術的「境界」，都必須透過文本的結構形式展現。接著，如果將關心的焦點從單一文本到文類體式，則每一種文體在不斷發展流變中會有一個相較之下較爲客觀的結構形式的規範，透過其中的通性便可析理此一文體的「美典」。因此，以下簡介詞體形成的美典，從中便關涉到夢窗詞的若干樣貌。

　　高友工認爲早期較接近民歌的詞（特別是小令）與後期的長調有根本上的差異，前者「是從旋律和節奏的角度來創作的」﹝註31﹞；後者「則逐漸著眼於圖位的角度」﹝註32﹞。兩者之間著眼點的轉換乃爲文人萃取民歌的精華，並與律詩的美典融合而成一個新美典。這轉換即蘊藏在小令的發展之中，其中關鍵體現於結構形式上的變化：從前詩中聯內兩句的關係已出現一種心理空間的圖案（design），其結構關係只有並列（coordination）與延續（continuity）兩種，在詞中卻出現

﹝註29﹞　高友工〈中國文化史中的抒情傳統〉，《中國美典與文學研究論集》（臺北：國立臺灣大學出版中心，2004 年），頁 115。
﹝註30﹞　高友工〈中國文化史中的抒情傳統〉，《中國美典與文學研究論集》（臺北：國立臺灣大學出版中心，2004 年），頁 122。
﹝註31﹞　高友工〈小令在詩傳統中的地位〉，《中國美典與文學研究論集》（臺北：國立臺灣大學出版中心，2004 年），頁 271。
﹝註32﹞　高友工〈小令在詩傳統中的地位〉，《中國美典與文學研究論集》（臺北：國立臺灣大學出版中心，2004 年），頁 271。

一種新的結構，即同心結構（concentrieity），「因為兩句不是平行對立，也不是直行延續。而是有一個共同的中心，兩句是對此一中心不同的描寫或敘述。」〔註33〕形成這種現象的另一個根本原因還在於詞的形式將詩以聯為基本單位的觀念代之以「韻」，每個「韻」各有一個焦點，這些焦點又共同指向一個隱含的暗示的焦點，因此若以整首詞的結構而言，更適當的命名為「層進結構」（incremental structure）。這種結構的美典與律詩的「自我此時此地的想像活動」〔註34〕的美典便不同了，它將時間的結構分成若干片段，每個片段仍是抒情的瞬間，但時空多元了，整個心理活動的真正對象因此置身景外，真正的「情」必須由具體的「事」折射出來。這種將時空間架擴大、創作層面加深的的特點，必須等到南宋時期的長調才有更完整、更深刻的結構形式出現，其中一個顯著的變化即是領字與四言、六言的偶字句的大量出現。四六言的偶字句在小令中已經與五七言的奇字句有交錯的強烈對照，「奇偶交錯用起來雖屬一聯，但又不能是一般簡單的對仗。往往使人感到一句是一句的進一步發展。或是解釋原因，或是敘說結果。」〔註35〕而且，相較奇字句對仗的「多變化，易流轉」〔註36〕，偶字句的對仗「自有其和諧緊密之處」〔註37〕，是「最理想的描寫感覺所得的直接印象」〔註38〕，這與長調適合鋪敘的創作手法息息相關。另外，還有領字意義的出

〔註33〕高友工〈小令在詩傳統中的地位〉，《中國美典與文學研究論集》（臺北：國立臺灣大學出版中心，2004年），頁279。

〔註34〕高友工〈小令在詩傳統中的地位〉，《中國美典與文學研究論集》（臺北：國立臺灣大學出版中心，2004年），頁272。

〔註35〕高友工〈小令在詩傳統中的地位〉，《中國美典與文學研究論集》（臺北：國立臺灣大學出版中心，2004年），頁277。

〔註36〕高友工〈小令在詩傳統中的地位〉，《中國美典與文學研究論集》（臺北：國立臺灣大學出版中心，2004年），頁277。

〔註37〕高友工〈小令在詩傳統中的地位〉，《中國美典與文學研究論集》（臺北：國立臺灣大學出版中心，2004年），頁277。

〔註38〕高友工〈小令在詩傳統中的地位〉，《中國美典與文學研究論集》（臺北：國立臺灣大學出版中心，2004年），頁277。

現：「領字大體屬於兩類：一為個人之動止，且多為心理生理之活動意圖，如『看』、『念』、『料』、『問』之類，一為對此整個活動之修飾，如『漸』、『正』、『卻』之類。」〔註39〕兩類都是一種心理的間架層次的結構，「由此詞之美感經驗不再限於此時地，而可以以詞人之想像為其疆域。」〔註40〕如此一來，「長調在它最完美的體現時是以象徵性的語言來表現一個複雜迂迴的內在的心理狀態。」〔註41〕這與上述「抒情美典」的理想一脈相承。〔註42〕

　　不過，高友工最後也特別強調：「形式決定了可能性，藝術本身才是具體的實現。」〔註43〕因此，林順夫《中國抒情傳統的轉變——姜夔與南宋詞》在這個基礎上，認為姜夔的一些詞才將上述長調可能發展的美典體現出來，並相較於律詩、小令，有了質性的轉變。這種轉變從詠物詞開始，其結構的影響深化為一種新的詩歌意識，此即「對物的關注」：

　　　　在創作詠物詞時，詞人從他所生活的廣闊經驗世界中退出，而將創作視角集中於某個具體之物。這樣的過程必然導致詞出現兩種發展趨勢。其一，與詩及傳統的詞不同，它們通常具有更「客觀」的結構。……在新的「詠物」模式中，佔據主導性視角的就不再是抒情主體，而是外在的物了。隨著自我從詞的結構中消隱，詞就成為對物的某種感覺和認知，在物及其周圍背景之間維持著一種客觀表述

〔註39〕高友工，〈詞體之美典（演講節要）〉，《中國美典與文學研究論集》（臺北：國立臺灣大學出版中心，2004年），頁290。

〔註40〕高友工，〈詞體之美典（演講節要）〉，《中國美典與文學研究論集》（臺北：國立臺灣大學出版中心，2004年），頁291。

〔註41〕高友工〈小令在詩傳統中的地位〉，《中國美典與文學研究論集》（臺北：國立臺灣大學出版中心，2004年），頁283。

〔註42〕此處對於高友工論述詞體美典的文章有〈小令在詩傳統中的地位〉與〈詞體之美典（演講節要）〉二文。分別見於《中國美典與文學研究論集》（臺北：國立臺灣大學出版中心，2004年），頁263～284與頁285～292。

〔註43〕高友工，〈小令在詩傳統中的地位〉，《中國美典與文學研究論集》（臺北：國立臺灣大學出版中心，2004年），頁284。

的關係。詠物詞的這種發展趨勢，相對於中國抒情傳統即主要體現爲「詩言志」的傳統而言，是一個根本的轉變。其二，由於更爲關注細小的事物，作家的視野侷限在一個狹小的範圍內，甚至走向非常私密的極端。自我缺少任何借助內省所能達到的深度，在這一個人化的世界中，人們只能認識到感知的層面。換言之，它是依靠經驗中的感知層面來表達自己的。這一發展趨勢或許可以稱之爲「對物的關注」。從關注抒情主體到關注於物是中國詩歌意識的一個新特點。〔註44〕

從主觀至客觀的抒情模式的轉變，也透露出詞的創作主體在觀看事物方式上的轉變——創作主體成爲一位客觀的觀察者，與之相應的是，所觀察之「物」不再需要完全依附於創作主體的行爲活動而存在，它是一個具有自身性質的獨立存在的客體。因此，此時之「物」的意義擴大了：「『物』既指物質世界、人間萬象和抽象概念中所包含的一切實體與現象，同時也包括那些虛幻的、想像的事物。」〔註45〕這種觀看方式便很自然地導致文本中的主體意識的消隱，取而代之的是「物」成爲文本的意識中心，也是結構的中心。我們試看林順夫對姜夔〈疏影〉的評論便會知曉：

> 作者並沒有說「幽獨」是他自己的精神狀態，因爲，在整首詞中，他始終是一個純粹的觀察者。相反，「幽獨」體現在作爲作品的外表型態的具體的物和一連串的典故之中。在詞人的內心感情和他筆下的外部世界之間，看不出什麼明顯的聯繫。……誠然，「幽獨」的經驗也許是緬懷往事的詞人自己心態的真實反映，但是，在《疏影》一詞中，姜夔抑制了自己與新的抒情中心（具體的物）產生交流的抒情衝動，始終保持著客觀的態度。因此，這篇作品的結構

〔註44〕 〔美〕林順夫著，張宏生譯，《中國抒情傳統的轉變——姜夔與南宋詞》（上海：上海古籍出版社，2005年），頁7。

〔註45〕 〔美〕林順夫著，張宏生譯，《中國抒情傳統的轉變——姜夔與南宋詞》（上海：上海古籍出版社，2005年），頁6。

便成爲不受詞人的主觀感受支配的獨立的存在。〔註46〕
與這種客觀抒情模式相應的是，文本發展爲空間性圖案的結構形式。
換言之，不同於以自我現時爲中心的言志抒情的結構形式，這種關注
焦點的轉移、觀看方式的改變看似狹隘、只集中於物，實際上卻可將
不同時空與背景同時納入此等結構中，間架、層次（分別相應於上述
之「同心結構」、「層進結構」）因此變得更爲豐富多元。

高友工在〈詞體之美典（演講節要）〉的最後舉了若干詞作作爲
長調「此形式之深邃爲抒情精神之極峰」之例，有吳文英〈八聲甘州·
陪庾幕諸公遊靈巖〉「渺空煙四遠」、〈高陽台·落梅〉「宮粉雕痕」、
王沂孫〈齊天樂·蟬〉「一襟餘恨宮魂斷」、張炎〈解連環·孤雁〉「楚
江空晚」，其「構思之精，寫情之深，誠爲他體之所不能至者」〔註47〕，
然而他沒有進一步分析論述。可以注意到，這四首除了吳文英的〈八
聲甘州〉，其餘皆是詠物詞，這正好也是林順夫的論述核心。由此可
以肯定地說，詠物詞的結構形式確實有一種新的抒情模式。〔註48〕就
夢窗詞而言，林順夫以此脈絡論述的吳文英詞有〈八聲甘州·陪庾幕
諸公遊靈巖〉、〈鶯啼序〉「殘寒正欺病酒」、〈夜遊宮·竹窗聽雨，坐
久，隱几就睡，既覺，見水仙娟娟於燈影中〉〔註49〕，這三首卻都不

〔註46〕〔美〕林順夫著，張宏生譯，《中國抒情傳統的轉變——姜夔與南宋
　　　　詞》（上海：上海古籍出版社，2005 年），頁 131～132。

〔註47〕見高友工，〈詞體之美典（演講節要）〉，《中國美典與文學研究論集》
　　　　（臺北：國立臺灣大學出版中心，2004 年），頁 292。

〔註48〕關於詠物詞的結構形式的特點，若不以抒情傳統的脈絡、而以詠物
　　　　詞自身的發展作考察，亦呈現出類似的觀點，如方秀潔〈論詠物詞
　　　　的發展與吳文英的詠物詞〉：「詞人將主觀意緒移情於客觀物象，乃
　　　　是肇始於周邦彥的詠物詞，而到了南宋詞人如姜夔、吳文英、周密、
　　　　張炎及王沂孫等人的詠物作品中，這種將主觀感受隱藏在意象背後
　　　　的傾向，則被推向了極端。」此文見《詞學》，第十二輯（上海：華
　　　　東師範大學出版社，2000 年 4 月），頁 74～92。

〔註49〕關於〈八聲甘州〉的論述，見〔美〕林順夫著，張宏生譯，《中國抒
　　　　情傳統的轉變——姜夔與南宋詞》（上海：上海古籍出版社，2005
　　　　年），頁 136～139 以及〈我思故我夢：試論晏幾道、蘇軾及吳文英
　　　　詞裏的夢〉，《透過夢之窗口》（新竹：國立清華大學出版社，2009 年），

是詠物詞，甚至還有小令（即〈夜遊宮〉）。這或許可以說明，從詠物詞的形式中發展的新美典已經深化爲一種新的詩歌意識，並廣泛地融入抒情模式之中。

二、「抒情美典」的本質觀點與夢窗詞的不相容現象

正是在上述兩個相承卻又各自獨立的觀照下（即：高友工從抒情美典的基本性質論述至長調結構所形成的新美典與林順夫論述姜夔詠物詞的抒情模式的轉變），他們注意到了夢窗詞，且將夢窗詞昇華到一個高度。然而，一從詞體長調出發、一從白石詞出發，對夢窗詞而言皆屬於外部理論，其框架導致在一定程度上與夢窗詞本身有著不相容的問題，這問題其實在兩者的基礎論述，即創作主體（抒情自我）與結構形式便已出現。下文由此探討。

創作主體常常與作者的觀念混淆，實際上兩者有根本的不同：前者從文本的結構形式中呈現；後者是歷史上創造這篇作品的人。前者根基於文本；後者相對於作品。兩者之間不論是相同或相反，基本上有一道天然的鴻溝，此即上一節文學之眞與歷史之眞的區別。此處「抒情美典」的論述基本上便是從文本出發，進而推想創作主體的美感經驗，且由於它是內省的、自足的，其抒情性的結構始終必須「集中在『抒情自我』（lyrical self）和『抒情現時』（lyrical moment）這兩個坐標的焦點上」〔註50〕，因此在結構上，其「對稱、統一、張勢、衝突種種特徵也許是互相矛盾的條件，而其爲結構之獨立則是一致的」〔註51〕，這個「一致」即是「追求『一』與

頁 305～307。〈鶯啼序〉的論述見林順夫，〈南宋長調詞中的空間邏輯：試讀吳文英的〈鶯啼序〉〉，《透過夢之窗口》（新竹：國立清華大學出版社，2009 年），頁 255～272。〈夜遊宮〉的論述見〈我思故我夢：試論晏幾道、蘇軾及吳文英詞裏的夢〉，《透過夢之窗口》（新竹：國立清華大學出版社，2009 年），頁 301～305。

〔註50〕高友工，〈中國文化史中的抒情傳統〉，《中國美典與文學研究論集》（臺北：國立臺灣大學出版中心，2004 年），頁 113。

〔註51〕高友工，〈中國文化史中的抒情傳統〉，《中國美典與文學研究論集》

『和』的理想」〔註52〕，藉此得以體現了經驗的完美，也象徵了生命的意義，此乃抒情的本質及其精神。〔註53〕

　　當我們使用這套觀看方式去看待夢窗詞時，便出現不相容的現象。這個現象其實在高友工自己論述詞體之美典時已經浮顯上來了，即「同心結構」的出現。如上所述，這種結構可以因其焦點與焦點之間還有一個更深的統一焦點而成為「層進結構」，如此一來，不同的時空與視角可以相融為一體而不顯得破碎紛雜。這種可能的基礎便是「抒情美典」的基礎：自我與現時的焦點是統一和諧的，只不過這裡的創作主體不再濃縮於此時此地的自我，而成為一個客觀的觀察者，並體現於結構形式的統一上。上引林順夫對姜夔〈疏影〉的分析便是如此，這裡再引其論姜夔〈齊天樂・蟋蟀〉的評論繼續說明：

> 姜夔在序中說，這首詞是他心中生出「幽思」後寫出的，事實上，整篇作品所表現的也正是這種幽思。但是，與抒情詩和許多小令的一般手法不同，詞人並沒有直接表達這種感情狀態，而是試圖對它進行客觀分析，以展示它的不同側面。詞人發現，物（蟋蟀）具體象徵著人類的一種特殊的感情，而且，也體現著這種感情的具體性和多義性，深度和廣度。的確，新型詠物詞的獨特之處即在於，物除了作為激起人們的微妙感情的東西外，本身也就是這種感情的體現。〔註54〕

文本的意識中心雖然同樣是「幽思」，但沒有任何現象說明這是創作主體的「幽思」，這「幽思」是「蟋蟀」所蘊含的象徵。另一方面，因為創作主體隱身於後，他便可以拉開一道距離而在每一個韻拍中對

　　　　（臺北：國立臺灣大學出版中心，2004 年），頁 113。

〔註52〕高友工，〈中國文化史中的抒情傳統〉，《中國美典與文學研究論集》（臺北：國立臺灣大學出版中心，2004 年），頁 116。

〔註53〕關於高友工論述抒情的本質與精神，見高友工，〈中國文化史中的抒情傳統〉，《中國美典與文學研究論集》（臺北：國立臺灣大學出版中心，2004 年），頁 115～116。

〔註54〕〔美〕林順夫著，張宏生譯，《中國抒情傳統的轉變——姜夔與南宋詞》（上海：上海古籍出版社，2005 年），頁 135。

此「幽思——蟋蟀」進行不同面向的表達。然而，文本所呈現的情感或理念雖然與創作主體無關了（它們完全寄託於物身上）、創作主體雖然消隱了，但他仍然是統一和諧的，並沒有偏離「抒情美典」的本質與精神。這從兩個方面可以看出：一是意識中心之「物」的質性是統一的，二是文本的結構形式是統一的。前者即是文本的內容：「幽思——蟋蟀」牢固的連結；後者體現於結構形式的「同心」、「層進」關係〔註55〕。兩者相輔相成，由此，那位消隱的創作主體，其客觀的口吻、情緒與心態總是一致的，後人常評論白石詞之「冷」、之「隔」，是這種客觀結構的統一所衍生的總體印象。

　　不過，這不是夢窗詞，不相容的現象在此出現：夢窗詞中常常沒有一個統一的焦點，有時甚至連韻拍之內也沒有同心結構的傾向，而且常常透露出主觀的情緒。因此它不是單純地與白石詞相反，它不是、也沒有人說是「熱」或「不隔」，而是在最基本的閱讀感受上便支離破碎。換言之：夢窗詞的客觀抒情模式與主觀的情緒是相互矛盾拉扯的。林順夫在論述吳文英〈八聲甘州〉的部分時，便已提及類似的現象：

> 即使是典故，它們更多的是傳達感覺的內容，而不是歷史聯繫。那些眩人眼目的、不成片斷的意象，表現了詞人在作品中對生動的經驗世界進行的間接描寫，同時，也使得詞人的創作心理顯得不連貫和有悖常理。由於抒情主體退到了一個觀察者的位置上，人類活動的最隱密的部分便在感覺的表面上流露出來了。〔註56〕

夢窗詞的創作主體意識常常想要進入客觀的抒情模式，卻又顯得格格不入（「不連貫和有悖常理」）——它帶給我們的不是情感本身，是情

〔註55〕對於姜夔〈齊天樂・蟋蟀〉結構的分析，見〔美〕林順夫著，張宏生譯，《中國抒情傳統的轉變——姜夔與南宋詞》（上海：上海古籍出版社，2005年），頁132～136。

〔註56〕〔美〕林順夫著，張宏生譯，《中國抒情傳統的轉變——姜夔與南宋詞》（上海：上海古籍出版社，2005年），頁139。

感的變換。因此，當讀者閱讀夢窗詞，常常會感受到有許多空白，這些空白需要經過那些不成片段的意象所蘊含的象徵，並經過反覆的觀看與深度的挖掘才有可能（有些部分則根本沒辦法）將其填補並建立起統一的結構（上一節「潛氣內轉」的詮釋手法便是如此）。但重點是：這些空白並不要求我們作任何解釋，與之相應的是，那些表面的感覺經驗之強烈（穠麗的修辭）使自身僅止於字面上的意義，而且各自完足，它們沒有要求任何外部的深入解釋。由此，這些空白最主要的意義在於自身的存在：它們不僅阻絕了文意的流通，更在感覺的表面與象徵的深度之間劃開一道巨大的空白。這是象徵的極端，也是「物」身為獨立客體之存在的極端。有趣的是，如果依照文學進化論常述說的：文學有一個理性的、規律的發展以至完美境界的過程，那麼此處夢窗詞相較於白石詞反倒是一種退步，「『一』與『和』的理想」在白石詞身上已經顯現了，夢窗詞在白石詞之後只能在這種理想的追求中發展不同的審美風格的樣貌，但它卻出現情感與形式之間無法完美相融的現象，因此才有「凝澀晦昧」之譏。歷來只將其視為「質實」這種風格所難以避免的技巧性的缺失，經過上述簡短的分析卻透露出，這或許是一種心理狀態的呈現。換言之：創作主體無法再以統一的形象消隱於文本之後，文本無法再完美地呈現理想之境。這種看似倒退的現象是值得注意的。

　　若從結構形式來看夢窗詞，如同林順夫〈南宋長調詞中的空間邏輯：試讀吳文英的〈鶯啼序〉〉〔註57〕文中，運用圖案式的空間邏輯來闡釋文本的內容，確實對夢窗詞會有更深一層的認識與體悟。不過，可以注意的是，這種詮釋策略常常透過非常縝密的分析、拆解與重構，才告訴我們這首詞的意思其實是非常明朗的，但這個「其實」一點也不其實，至少這「其實」得來不易。例如此文，林順夫運用空間邏輯的結構析理出〈鶯啼序〉的四闋依序呈現四個主題：傷春、歡

〔註57〕林順夫，《透過夢之窗口》（新竹：國立清華大學出版社，2009年），
　　　　頁 255～272。

會、傷別、憑弔，彼此環環相扣又層層漸遞的關係展現了一個複雜的心理結構。但仔細一看析理的過程便會驚覺，這需要多大的工夫才能將其串聯。以下先節錄第三段「傷別」的分析：

> 第三段從四方面來寫「傷別」。過片三句從寄寓處景物起筆來寫光陰之易逝而自己與情人分手後卻仍寄居蘇州。……這三句對第二段的「十載西湖」作一鉤勒，同時也照應首段的傷春、傷別、羈旅之情緒。「別後訪」四句「是逆溯之筆，即一層一層倒敘上去」，由別後重訪杭州舊遊之地，物是人非，一直到風雨葬花，暗點其人亡沒已久。接下去這一拍四句，詞筆突然一跳，轉出初遇時伊人顧盼生姿的情態。從一方面看，這四句可說是對第二段「招入仙溪」那一節的補敘。從另方面看，這又是描寫一個沉痛的懷人傷別心情之精彩文字。須特別一提的是，這一韻拍中的眼波眉黛，並非陳言腐語，而是對吳文英特有意義的形容詞彙。在敘述與其情人由初遇以至訣別之跡頗詳的〈瑣窗寒・玉蘭〉（紺縷堆雲）裏，有「一盼，千金換」的句子。……當一個人處在悼念的心情中，這些難忘的經驗之意象是最容易在其腦海裏浮現的。也許有人會批評吳文英這樣寫不合平常的敘事邏輯，可是當我們把他的詞讀通了以後，就不能不佩服他描繪人內心心境技巧之高妙。〔註58〕

可以看出，析理的過程必須將各個片段的意象以各種方式連接起來（如引文中的「鉤勒」、「逆溯」、「補敘」，其他還有「遙接」、「照應」等），以致一個句子常常同時具有好幾種密不可分又若即若離的結構功能。更甚者，還必須通觀夢窗詞整個大文本所常用的意象來說明此詞之特定意象（即「眼波眉黛」，第二處省略的引文的內容便舉了四首詞作為佐證）。這種詮釋其實接應了清中葉後詞論家對夢窗詞之結構縝密的觀點，本文並不否認這種觀點，只是，我不禁想：同樣的方式、內容與抒情模式可以誕生出姜夔那種「讀之使人神觀飛越」

〔註58〕林順夫，《透過夢之窗口》（新竹：國立清華大學出版社，2009年），頁270。

之作，那爲什麼夢窗詞之結構縝密卻趨向質實密麗？也就是說，詞人的書寫意圖爲何？另一方面，若眞如上述：「經驗之意象是最容易在其腦海裏浮現」，這反倒說明了：一，它完全可以是自然浮現，而不需要其他經驗之片段來作策應連接。二，如果在創作上眞是如此縝密的安排，那這種技巧高超的佈局反而反證了這種修辭與風格的刻意：它要求讀者留步。不論是留意詞語之間的關係，還是探究詞語深層的意涵，它都需要讀者停駐於當下。「潛氣內轉」、「脈絡井井」的說法基本上便立基於此，本文則更加關注這個現象本身，即：這些停頓促使我們看到結構邏輯的明朗性、縝密性與詞之情意內容的隱含性之間的偌大空間。

因此，這便是上述所謂象徵的極端、「物」身爲獨立客體之存在的極端。這種情況下的任何解釋都與它帶給我們的感受背反（甚至還有過度詮釋的危險）〔註59〕，它阻絕，我們需要貫通；它空白，我們

〔註59〕 這種危險本身便隱藏在詠物的形式中，尤其當這個物是經過傳統文化的積澱而有一定的文化意涵時。這點，宇文所安《晚唐：九世紀中葉的中國詩歌（827～860）》在論述李商隱之詠物詩已經提及，他在標爲〈柳何時是柳？〉（*When Is a Willow a Willow?*）的小節中說：「最終我們通常無法辨別閱讀的是一首詠物詩，產生自對柳樹的實際經驗，還是一首以柳爲隱喻某類人物的詩。我們總是可以發明一種解釋，使人類成爲它們的指稱對象，從而增加它們的價值（「深意」）。」（Ultimately we usually cannot tell if we have a poem performing the poetic topic, perhaps occasionally by an experience of the tree, or one in which willows are the mere figure of something human. We can always invent an interpretation that adds to their value by making their referent human ("deeper meaning").）見〔美〕宇文所安著，賈晉華、錢彥譯，《晚唐：九世紀中葉的中國詩歌（827～860）》（北京：生活·讀書·新知三聯書店，2011 年），頁 453～454。原文見 Stephen Owen, *The late Tang: Chinese Poetry of the Mid-Ninth Century (827-860)* (Cambridge (Massachusetts) and London: Harvard University Press, 2006), p.472.

在詠物詞方面，便體現於上述所謂主體意識消隱於客體意象的背後，方秀潔〈論詠物詞的發展與吳文英的詠物詞〉便云：「它們可能是指代客體的某一方面，其實就連客體本身也只不過是個能指符號，其終極意義只能靠讀者去揣測。晚宋詠物詞極其複雜的隱喻意

需要填補。因此，我們的確可以拿這套高度邏輯的空間分析來解釋文本，但也必須注意到這與詞的演進過程、閱讀過程並不總是在同一個頻率上。另外，這些分析的結果無法解釋爲什麼夢窗詞呈現得如此難以理解、支離破碎，也將夢窗詞的獨特性同時抹消。進一步即是說：它揭示創作手法與結構形式的面貌，卻沒有對此手法與形式問爲什麼。因此，若回到最初夢窗詞帶給我們這種情意的阻絕、閱讀的困難，便會感到文本似乎在提醒讀者，必須如同上述詮釋的過程般，不斷地回頭反覆閱讀，正是以這個現象爲基礎時，才有所謂的圖案式的空間邏輯（如「同心」、「層進」）的可能。而夢窗詞之難解破碎正在於它不僅打破時間的邏輯，連空間的邏輯也嘗試消弭。那些紛雜的強烈的經驗表象，如同星星各自發亮，至於會不會形成星座、會形成甚麼樣的星座，則是外部的、事後的詮釋結果，與星星本身倒不太相關。這樣的形式雖然也是空間的形式，但是它不太符合「抒情美典」乃至「言志抒情」傳統所期望的統一和諧。下章便開始分析文本本身呈現的樣貌，說明其形式與意義。

義伴隨著當時流行的以含蓄見長的美學風格，產生了一種綿密的，有時甚至是隱晦的結構與內涵。我們可以清楚地看到，這些詞是如何給評論家提供了一種意蘊豐富的語境，無論是爲孜孜矻矻的箋釋，還是爲譏誚貶抑的指責。」見《詞學》，第十二輯（上海：華東師範大學出版社，2000 年 4 月），頁 81。

第三章　夢窗詞的回憶視野

　　本章的標題——回憶視野——即是本文研究觀點的入手。本章將展示在夢窗詞的演進過程中，產生何種觀看方式。因此，它不必然是全新的（新總是與舊相比而隨之又成爲舊），卻總是由身爲文本的夢窗詞而誕生的，或者說：文本本身便暗示著、蘊含著、甚至傾向著某種觀看方式。以上所述包含兩方面的意涵：一，以讀者的觀點而言，文本於閱讀過程中產生意義；二，以文本自身而言，有著屬於創作過程的書寫範疇的性質。本文「回憶的視野」即同時包含閱讀與書寫的範疇，前者的主要問題形式是「如何是？」；後者則是「爲什麼？」。

　　首先就閱讀方面而言，與其說本文「回憶的視野」是建構一種理論系統來解讀夢窗詞，不如說是嘗試解釋夢窗詞之所以造成某些現象（包括閱讀感受、至今研究夢窗詞的現象等）的根本原因及其蘊含的意義。於此，本文將不專屬於某一理論或傳統的論述脈絡，而讓我得以直接貼於夢窗詞之側（而不是之後）與它對話（其旨不在於對夢窗詞進行相對客觀的分析）。接著，由於將夢窗詞作爲不斷與之互動的獨立對象，而不是如晚清四大家等人將其視爲異代知音的閱讀結果，本文同樣注重夢窗詞身爲文本本身的意義。換言之，既然文本基本上是由書寫而產生的，因此它自身便有專屬於書寫的性質與問題，其中的問題常常具有追根溯源的強烈慾望，例如：爲什麼如此書寫？爲什

麼選擇詞體或該詞調？對作者而言，寫下來的詞作究竟代表甚麼？書寫的意圖為何？

綜合以上兩點，「回憶的視野」其旨並不在讀懂夢窗詞，而是以詞人書寫的角度來說明和解釋文本造成的現象———一種視野可以孕育一種乃至多種觀點的生成，它賦予了觀看對象的形式、內容與價值。

第一節　回憶的形式

一、回憶的時間形式

讓我先將許多概念、觀念擱置一旁，直接從夢窗詞中的一首自度曲作為本文的引介。〈霜花腴‧重陽前一日泛石湖〉：

> 翠微路窄，醉晚風、憑誰為整欹冠。霜飽花腴，燭消人瘦，秋光做也都難。病懷強寬。恨雁聲、偏落歌前。記年時、舊宿淒涼，暮煙秋雨野橋寒。　　妝靨鬒英爭豔，度清商一曲，暗墜金蟬。芳節多陰，蘭情稀會，晴暉稱拂吟箋。更移畫船。引佩環、邀下嬋娟。算明朝、未了重陽，紫萸應耐看。〔註1〕

綜觀而言，這首詞的內容並不難理解，畢竟在詞序中已經明白道出：遊湖，也交代了寫作背景與緣由。然而，在這種表面的明朗之下，經由幾乎同樣的箋釋（語句內容的釋義、用語及典故的出處等）之後，依然產生不同的情意解讀。換言之，我們可以講解這首詞說了些甚麼，卻不能斷定它的情感主調究竟是快樂的、悲傷的或兩者相互雜染，這造成詞意也模糊不定。正如待會將看到的，一種詮釋的確定並不能阻止另一相反詮釋的發生。也就是說，說它是快樂的也對，是悲傷的也對，哀中有樂與樂中有哀都有各自的詞意可通。以下便依照習慣的閱讀順序讀起。

〔註1〕　〔宋〕吳文英撰，孫虹、譚學純校箋，《夢窗詞集校箋》（北京：中華書局，2013 年），頁 804。本文所舉之夢窗詞作，將以此本為主。因此，下文所舉詞作的標註僅列書名與頁碼。

　　這首詞的起句便使人驚絕：因爲山高路窄，風吹時由誰來將帽子調正呢？驚絕之處在於它以一種新奇的方式緊扣著題目：重陽節的習俗是登高望遠而不是如今日之遊湖，因此便交代爲何不登高的緣由。這放在開端立即有結構上的效果，陳洵《海綃說詞》謂之「翻騰而起，擲筆空際」〔註2〕，劉永濟《微睇室說詞》謂之「以掃爲生」〔註3〕。另一方面，熟悉重陽典故的人，馬上會注意到此處用的正是孟嘉落帽之典，它代表其人才思敏捷、灑脫風流。結合以上兩點，便如俞陛雲《唐宋詞選釋》所說「有英俊氣」〔註4〕，此「英俊氣」同時有情意上與結構上的涵意。

　　然而，讀至第二韻拍時，「英俊氣」不見了，隨之而來的是一種感傷並帶點無奈的形象：同樣是秋天的到來，菊花因此豐腴，人卻消瘦。情感明顯變換，詞意也與起句不太相干。出於閱讀連續性的性質與需要，我們很自然地會開始疑惑起句的情意是否不是那麼英俊瀟灑。因此，若回頭仔細重讀，會發現起句的確可以視爲感傷無奈甚至帶有自嘲的意味：由誰來將帽子調正的自問，可能暗示著單獨一人，這時不登高的理由就變成逃避現狀的藉口。麻煩的是，我們並不能斷定其情意是否眞是如此，因爲若維持原樣依舊可通，只不過情感有了變化而已。總言之，起句因回頭重讀的緣故，情意變得曖昧不明，甚至也可以說，它成了中性的描述（第二韻拍抑能釋作中性），另外，究竟有沒有人陪伴同遊的疑問浮現出來。重讀的原因則在於兩個韻拍之間發生過大的情感變換與詞意的斷裂，它們除了形式上的緊鄰之

〔註2〕　見唐生璋編，《詞話叢編》（台北：廣文書局有限公司，1970年），頁4408。

〔註3〕　劉永濟《微睇室說詞》：「蓋先掃去一層意思，然後入本題也。如此詞先設言登高則山路崎嶇，『憑誰爲整敧冠』邪？因重陽宜登高，今乃遊湖，故先言不登高，然後入遊湖本意。」見〔宋〕吳文英撰，孫虹、譚學純校箋，《夢窗詞集校箋》（北京：中華書局，2013年），頁810。

〔註4〕　俞陛雲選釋，《唐宋詞選釋》（臺北：廣文書局有限公司，1970年），頁95。

外，並沒有情意上與結構上的貫通。

　　帶著這樣的模糊不定進入第三與第四韻拍，情況似乎有了改善。「病懷」承著前韻的感傷情緒，「強寬」有及時行樂的意味，但應該及時行樂之時卻又先聽到秋雁的歲暮之聲，此所以爲「恨」。這裡轉折雖多，但合情合理。不過，此處的情意只限於此處：不管是「病懷」之傷、「強寬」之樂及「恨」這些明顯的情緒辭彙，都無法視爲整首詞的情感主調，原因便在於它們不斷發生轉折，是情感過渡的樣貌，這也體現於兩句兩韻的形式的急促。因此，它們無法提供更多訊息來爲前文的情意定形。

　　接著，詞作並沒有提供太多喘息的空間，緊接的上闋結尾是一個突現的回憶：「記年時、舊宿淒涼，暮煙秋雨野橋寒。」這段的出現非常奇異，它所訴說的事物不僅與上文無關，放在整首詞的主題與脈絡中也顯得突兀孤立：它唯一的連接來自於重陽節本身思鄉念友和團聚的意義，並特別讓人感到時間的流逝與變遷。因此，正是這段回憶的孤立突現與重陽節的聯繫，讓我們更加注意到整首詞經常化用杜甫〈九日藍田崔氏莊〉與杜牧〈九日齊山登高〉的詩意與詩句。這種內在貼合重陽的緊密結構呈現在表面上，恰好延續了上兩個韻拍的特色：詞人思緒的快速變化。簡言之：我們非常清楚它寫了什麼，也大概知道爲什麼這樣寫，然而，隨著下闋的展開，這段過往又被拋到腦後了，下闋完全回到當下的重陽遊湖。以下由閱讀和書寫兩方面分析之。

　　首先，以閱讀而言，這個回憶韻拍的孤立是突現的，它雖然貼合詞序之重陽，卻游離於詞意之外，而遁入個人經驗的過往之中。這個過往的情感和意象相較於當下要確切、鮮明許多，沒有曖昧不明的成分：它是「淒涼」的，一系列的景物並列而出：「暮煙」、「秋雨」、「野橋」，並以肌膚所觸之「寒」融攝情感與意象而形成一個情景交融的整體，另外，在語調節奏方面也顯得平穩舒緩，彷彿已沉浸於過往而不自知。——這是一個重要的現象：爲什麼過往的情景反而比當下更

加篤定、鮮明？有趣的是，通常慣用的創作手法是藉著過往的美好來對比如今的失落與感傷，此處不僅不同，也不是簡單的相反：它不是以過往之哀寫今日之樂。原因不是因爲我們在今日的時段中看不到快樂而否定這個對比（下闋大部分都是樂景），而是因爲它同樣無法將前文的（尤其是起句）情意定形，它沒有提供相關訊息來使曖昧不明、模糊不定的語句聚焦於一條特定的情意主調。總言之，不管如何反覆閱讀，它依然故我地孤立於此。它的突現結構代表思緒突然回到過往，而在詞意上的孤立除了體現出突現的無緣由，也揭露了文本身爲書寫範疇的性質。

在書寫方面，問題可以五花八門，卻脫離不了書寫最基本的性質，也是限制：它必須以寫出的詞語來取代那些沒有寫出的以及無法寫出的詞語——它必然是一種選擇。書寫的這項性質很容易因爲閱讀而被忽略，宇文所安〈繡戶：回憶與藝術〉便云：「當我們讀到根據回憶寫成的作品時，我們很容易忘記我們所讀的不是回憶的正身，而是它的由寫作而呈現的轉型。」〔註 5〕體現於這首詞中，即是對過往的意象的特定選擇，尤其我們還注意到「暮煙」、「秋雨」、「野橋」與現在之「晴暉」、「晚風」、「畫船」是一組明顯的對比。特定選擇表明了它屬於當下對過往的重構，本身即體現出時間的流變，它的孤立與突現便呼應於此。它的私人經驗性與突兀表明了它屬於一種包含事件與行爲的回憶，而不單純屬於記憶的概念。記憶只具空間維度，藉由其形式可以對抗、消除時間，就像一本書放到一個眞空的抽屜，不論多久，當它重新回到世上，它依然是那一本書；回憶，不論指的是一則事件或一項行爲，卻必然包含於時間之中。隨著下闋的展開與結尾的意涵，會發覺這段回憶以另一種形式呈現於詞作上，它可能漸漸影響了創作主體的意識，一種人的意識無法操控的湧現與重構越來越明顯。

〔註 5〕宇文所安著、鄭學勤譯，《追憶：中國古典文學中的往事再現》（台北：聯經出版事業股份有限公司，2006 年），頁 159。

下闋起句回到當下，與上闋處理當下情感的手法相似：一開始描繪著熱鬧歡樂的場面，緊接的「芳節多陰，蘭情稀會，晴暉稱拂吟箋」又轉以議論的口吻來表達爲何及時行樂。這個客觀首先會聯繫到上闋「強寬」的無奈，但透過下兩個韻拍（「更移畫船。引佩環、邀下嬋娟。」）的回頭重讀，它可能只是在遊湖賞曲的歡樂場面上發出一聲議論式的感嘆，是一種文人的雅致。總言之，這些韻拍的意思各自清晰明朗，一旦合觀，由情感與詞意交互而生的情意便變得曖昧不明、模糊不定，結構上的連續性則常以韻爲單位，呈現出情意的快速變化、乃至敘事手法的轉變。

然而，正是在這些曖昧不明、轉折斷裂的現象中，我們察覺到了那段經由重構而鮮明的過往的本質——它雖然身爲「當下」的背景（即整首詞唯一涉及過去的片段），但它完全是當下的，是在幕前的：與其說它籠罩、延伸至當下，不如說回歸當下。回歸的形式正呈現在那些曖昧不明、轉折斷裂之處，這意思不是說過往的淒涼是情意主調——那些詞語韻拍依舊有它們要表達的情意——而是說它是造成整首詞情緒屢變、曖昧不明的根本緣由：淒涼的印象如此強烈鮮明，使得當下情感與眼前事物彷彿披上了一層面紗，詞人的眼光穿越了這層面紗才經歷了當下，如同我們的回頭重讀是重新經歷已成爲過往的當下，並再一次經歷當下。——此即回憶的時間形式：過往與每個不同的當下融合，而永遠以一種新的面貌回到當下。

因此，那段過往因其特定選擇的內在整體性而與整首詞拉開的那一道距離，看似代表著過去與現在的永遠相隔，實際上是時間這一因素越過記憶的區隔而重新介入的表徵。回憶，是整首詞的背景與底蘊，過往的孤立突現一點也不奇怪，它早就在那裏了。

書寫的部分如同冰山一角，沒有寫出的或無法寫出的部分有時可藉由結構形式看到一些身影。曖昧與斷裂的現象不僅提醒著過往不斷影響當下，它也揭露面紗本身——即過往本身——的存在對詞人造成的影響：對回憶（包含事件與行爲）的焦慮。我們很難說詞人對此焦

慮是否有自覺，但文本呈現出來了，且在至關重要的結尾上也以這樣的方式處理，便很難不讓人多做遐想。

「算明朝、未了重陽，紫萸應耐看。」與其說詞人將眼光望向未來，不如說詞人自身分裂爲經歷者和觀察者〔註6〕，迴盪於兩個角色之間。詞人明確表示出對明日的某種期望，但是樂是哀、是及時行樂或百般無奈，不論以自身或整首詞而言都無法確定。作爲一位觀察者，詞人可以藉由理性客觀的講述與口吻，來避開因回憶而產生對當下變換不定的焦慮，逃入他所設想建構的確定的未來：紫萸明天依舊會在。而且事實上，這是非常合理、實現機率非常高的期望，高到稱作期望反而不合理。然而，又「應」又「耐」暴露了那位被觀察者拋在後頭的經歷者的存在：在期望的深處依存著焦慮的心理狀態。上述的回憶形式重演了：詞人的眼光穿越了當下的面紗進入了未來。只不過，由於未來只能透過講述進入、只能透過詞語表述，詞人在此被硬生生拆成兩半，並再一次焦慮著他所認識的那種不斷入侵的回憶會介入那個確定的未來。最後，定格於「看」的動作，我們已無法分清那是觀察之「看」還是經歷之「看」，彷彿這個動作已被禁錮於回憶形式之中（因此，未來也終究是回憶，不論它「應」是甚麼）。這麼一個確定的動作，是整首詞充滿曖昧模糊、焦慮不定的結果，它體現的正是回憶的不確定：作爲事件的當下重構，作爲行爲的無端湧現。

至此，若將此詞與杜甫〈九日藍田崔氏莊〉〔註7〕作一番簡單的

〔註6〕 此處經歷者與觀察者的分法，參考於〔德〕阿萊達・阿斯曼（Aleida Assmann）《回憶空間：文化記憶的形式與變遷》中對莎士比亞《理查二世》的論述：「理查王通過躲進回憶和講述的層面，避開了現實的直接壓力，把他自己的生命虛構化。他與自己的存在不再共時，而是分裂成一個經歷者和一個觀察者：作爲觀察者他趕到了事件的前面，並像一個陌生人一樣回顧已經結束的事件。」見〔德〕阿萊達・阿斯曼著，潘璐譯，《回憶空間：文化記憶的形式與變遷》（北京：北京大學出版社，2016年），頁92。

〔註7〕 全詩爲：「老去悲秋強自寬，興來今日盡君歡。羞將短髮還吹帽，笑倩旁人爲正冠。藍水遠從千澗落，玉山高並兩峯寒。明年此會知誰

比較，有一個顯著的差異很快浮上檯面：整首詩的書寫集中於一個瞬間的體悟、意識到自己已經「老去」的一聲感嘆，其情意與當下是統一且顯而易見的；〈霜花腴〉呈現的面貌則是一系列的場景，隨著自身情緒的多折多變，或羅列、或抒懷地展示不斷流變的「當下」。這時，時間與其說是依循著節令的年復一年，不如說它是詞人心理的多端感受的一連串影像。事實上，這是夢窗詞的特質之一。此處再舉一首重九詞爲例，〈霜葉飛・重九〉：

> 斷煙離緒。關心事，斜陽紅隱霜樹。半壺秋水薦黃花，
> 香噀西風雨。縱玉勒、輕飛迅羽。淒涼誰吊荒臺古。記醉
> 踏南屏，彩扇咽寒蟬，倦夢不知蠻素。　　聊對舊節傳杯，
> 塵箋蠹管，斷闋經歲慵賦。小蟾斜影轉東籬，夜冷殘蛩語。
> 早白髮、緣愁萬縷。驚飆從卷烏紗去。漫細將、茱萸看，
> 但約明年，翠微高處。〔註8〕

這首詞的情意主調相較於〈霜花腴〉明確許多，總是沉浸在一股寥落淒涼的氛圍之中，不過，它依然體現了詞體的朦朧特質：這股氛圍沒有因爲整首詞的演繹而變得具體明朗，它隨著事件變換形貌，形貌又隨著詞人的心緒而變化。簡言之：此詞情隨事遷，事隨心移。例如，我們很容易因爲「記醉踏南屏，彩扇咽寒蟬，倦夢不知蠻素」而指出主題爲懷人，但它其實只是其中一個意象片段：上一個韻拍描繪的想像之景的弔古登高之意，與此處之回憶是有一段距離的，呈現了兩種不同的場景、面向與描繪手法；而且，依下闋的發展來看，此「記」不一定爲特定懷人，它或許只是詞人憶起某一年的歌舞場面，感慨今年無人相伴。——可以看到，我們的解釋不論採取哪一種，都只能僅止於字面上的意思：一旦深入，含義漂泊。這在另一首重陽詞〈采桑子慢・九日〉更爲明顯：

> 桐敲露井，殘照西窗人起。悵玉手、曾攜烏紗，笑整

健，醉把茱萸仔細看。」見高文主編，孫方、佟培基副主編，《全唐詩簡編》（上海：上海古籍出版社，1993年），頁614。
〔註8〕《夢窗詞集校箋》，頁43。

風敧。水葉沈紅，翠微雲冷雁慵飛。樓高莫上，魂消正在，
搖落江蘺。　　走馬斷橋，玉臺妝謝，羅帕香遺。歎人老、
長安燈外，愁換秋衣。醉把茱萸，細看清淚濕芳枝。重陽
重處，寒花怨蝶，新月東籬。〔註9〕

與上一首相似，這次詞人也曾回憶過往：「悵玉手、曾攜烏紗，笑整
風敧。」它交代了淒涼情境的緣由，但它也只是一個意象場景，一閃
而逝的片段。

　　關鍵在過片處：「走馬斷橋，玉臺妝謝，羅帕香遺。」這是回憶
的場景，再一次對照此刻之淒涼？還是慵懶地在床上想像外頭熱鬧的
重陽場景？兩者皆通，或者說，我們無法確切了解其內容——正是這
點，我們不僅體會到詞體的音樂本質，更凸顯出夢窗詞如何將此本質
呈現出來：它不要求理性的理解，而是參與，演奏的即時性參與。音
樂家巴倫波因（Daniel Barenboim，1942～）說：

> 一首貝多芬交響曲和莎士比亞的十四行詩，其間最主要的
> 分別在於：書中所見的文字記載了莎士比亞的思想——其
> 方式——如總譜（score）正是記載了貝多芬所想像的事物
> ——差別在於思想既存在於莎士比亞的心中，也存在於讀
> 者的心中。但是在貝多芬的交響曲裡，還有一項額外的要
> 素來實現這些聲音：換句話說，第五號交響曲的聲音並不
> 存在於總譜。
>
> 　　這便是聲音的現象學（phenomenology）——事實是，
> 聲音是即生即滅的，聲音和靜默有著非常堅實的關係。……
> 聲音也都趨於靜默，反之亦然。……如果你想維持聲音，
> 如果想從持續的聲音創造張力，那麼第一個產生關係的片
> 刻就在第一聲和之前的靜默之間，第二個片刻則在第一聲
> 與第二聲之間，依此類推，直到無限。爲了做到這一點，
> 你就違抗了自然法則；你不讓聲音依其自然傾向而消逝。
> 因此在演出中，音樂家除了要知道音樂，並了解它以外，

〔註9〕　《夢窗詞集校箋》，頁1721。

> 首要之務就是你在把聲音帶到演出場地時，了解聲音是如
> 何產生作用的。〔註10〕

依此，設想一下，在現場演奏柳永詞與演奏夢窗會有多麼不同：柳永的歌辭在聆聽時可以引起情感與詞意的同步共鳴；夢窗詞則一波未平，一波又起，雖然能強烈感受到聲詞之密麗優美，表達的內容卻只能朦朧地捕捉。夢窗詞之「質實」的抒情性便在於此：一連串意象場景的紛繁切換以及反覆縈繞，本來就不是要我們作理性的深層理解，事實是，我們不太可能一下子全盤把握，下一個音、下一段場景早已蓄勢待發，接踵而至了。此即夢窗詞的藝術特質：它們的內容與意義必然透過相互之間的間隔而產生更為深厚飽滿、卻也更加不確定的情意。——夢窗詞讓我們更關注於表面的連續性，詞語還原成一個音，音與音之間的相連伴隨著區隔和變化。簡單來說，現場演奏時，夢窗詞更趨近無辭之樂：它的驅動力來自於詞語的第一印象及其聲音，而不是來自於詞語的深層意涵。這正好與閱讀夢窗詞的感受相反，它不要求留步，或根本不讓我們停頓下來仔細思考：詞語的含意越深、詞語之間的距離越大，我們越無法當下把握，越是感到樂曲底下那深不可測、波濤暗湧的力量。

與此相應，以上所舉的三首詞，其上闋結尾至下闋起句，常常是思緒跳躍跨度最大的地方，這不僅體現詞體創作在過片處的重視，也再一次凸顯了詞體身為音樂的本質：過片另起一景、另起一意，但上下闋之間不必然是整齊對應的關係，而更像賦格：不同聲部在朝向終點的過程中，相互追逐奔馳。這造成詞作的當下極不明確，或者說，當下隨著詞的演進而流變至結尾，「當下」被延長了，呈現出許多變形。

〔註10〕艾德華・薩伊德（Edward W. Said）、丹尼爾・巴倫波因（Daniel Barenboim）著，亞拉・古策里米安（Ara Guzelimian）編，吳家恆譯，《並行與弔詭：薩伊德與巴倫波因對談錄》（臺北：麥田出版社，2006年），頁56～57。

二、回憶的空間形式

　　回憶不僅包含於時間之中，本身即是一種時間形式，然而它必須以空間的形式來展示──回憶在對象中、客體中呈現。如上述〈霜花腴・重陽前一日泛石湖〉所論，過往與未來是同質的，都是根基於當下的湧現與重構，雖然未來相對於過往更有自覺意識，但終歸於回憶。〔註 11〕然而，「當下」這個根基的面貌並不穩定。詞人在當下之重陽遊湖時，突然想起過往的記憶，這件事情的發生或許已經提供足夠的警訊，這些景物──不論是腦海浮現的「暮煙秋雨野橋」，或眼前之「晚風晴暉畫船」──都變換不明的警訊，這造成他的猶疑和焦慮。最後，甚至在自己建構的確定未來中，這些猶疑和焦慮也悄悄鑽入，以致他分裂爲兩個角色，並以「看」這個單一動作呈現這種分裂。此時，若藉由「看」這個單一又分裂的現象回「看」這首詞，便會驚覺，在當下應是在場的詞人幾乎消失了，取而代之的是那些情意曖昧不明、彼此之間不斷跳躍的夾敘夾議。換言之，作爲當下在場的詞人消失於一幕又一幕的情緒轉折與景物變換之中，彷彿詞人只是一位記錄這些轉折變換的觀察者。就這樣，回憶──而不是詞人──的意識成爲文本的意識中心。

　　回憶以當下在場的形式展示出來，它們覆蓋了詞人的面貌，並以曖昧不明、模糊不定的面貌呈現出來。與之相應的是，回憶的過程──過往與當下融合而成新面貌的過程──取代題目所明示的主題，成爲整首詞的內在結構。游離於題目的詞意之外、呈現個人過往經驗的「記年時、舊宿淒涼，暮煙秋雨野橋寒」成爲這內在結構中外顯的、同時也是最強烈鮮明的部分。這即是說，此韻拍的意義是在回憶的邏

〔註 11〕首先將無意識的回憶提出並與有意識的回憶作對比的正是普魯斯特《追憶似水年華》。因此，無意識與有意識的回憶已多見於關於回憶的論述。其中可參考〔德〕阿萊達・阿斯曼（Aleida Assmann）《回憶空間：文化記憶的形式與變遷》將此分爲「回想」與「冥憶」，見〔德〕阿萊達・阿斯曼著，潘璐譯，《回憶空間：文化記憶的形式與變遷》（北京：北京大學出版社，2016 年），頁 109～120。

輯中才躍然紙上，否則以敘事邏輯來看，只貼合重陽習俗；以抒情邏輯而言，只不過又多了個淒涼印記。

回憶的無端，註定了這種結構是一種不斷流變的、不斷突現的、簡言之是動態的結構。這已經體現於，如上所述，文本內部的曖昧不定、詞人的焦慮與分裂狀態、讀者的反覆重讀。——這是回憶的空間形式，是當下在場的空間形式。所謂「在場」，不是一般靜態的「在現場」，而是在現場所形成的情境與氛圍：它如何佔據空間、如何與外部世界互動並將自身展示出來。「當下」的時間座標則賦予「在場」動態的形式，另一層意思是說，如果當下是過往與未來的樞紐，那麼這個「在場」在這之前已經存在。這便是上文所說，回憶的偶然突現一點也不奇怪，「它早就在那裏了」〔註12〕，在那無以名狀的地帶，伺機脫出腳下的深淵，竄入表面。

以上我的分析與探討集中於文本，並揭露詞中孤立突現的回憶的現象及其意義。下文我將把視角稍微拉大至歷史事實的語境，這個視角是第四章的主要內容之一，在這邊先將此拈出的原因是，經過視角的轉換，有些情況便明顯有所不同。其中一個顯著的情況為：問題的產生是語境消失的結果。例如，詞人本人便知道有無友人與他同遊。若有，那位友人看到這篇詞作時，可能根本不會有上述對情意之模糊曖昧的煩惱。不過，對語境的把握並不代表對情意的把握。下文將會論述，語境如何為詞作提供確切的情意，而詞作在接受語境的定形的同時，又如何把語境的功能廢除。其中，在接受與廢除之間，涉及到

〔註12〕 相似的觀念可以在法文「在場」的語源看到。尚－路克・南希（Jean-Luc Nancy）、瑪蒂德・莫尼葉（Mathilde Monnier）《疊韻——讓邊界消失，一場哲學家與舞蹈家的思辨之旅》：「『在場』的意思是『在自身之前』（en avant de soi）——這個詞的拉丁文是 praesentia（字首 prae 是「在前」，動詞原形 esse 是「存在」）。……。所謂的在場、事物在場的方式，就是在前或在後，某個事物的前進或後退。」見尚－路克・南希（Jean-Luc Nancy）、瑪蒂德・莫尼葉（Mathilde Monnier）合著，郭亮廷譯，《疊韻——讓邊界消失，一場哲學家與舞蹈家的思辨之旅》（台北：漫遊者文化事業股份有限公司，2014 年），頁 134。

了回憶的空間形式的變形。

　　上一首〈霜花腴‧重陽前一日泛石湖〉歷來被視爲夢窗詞中較爲明朗且佈局精密的詞作〔註13〕，這在一定程度上說明這首詞至少在表面上是較爲清晰明朗的，至少過去、現在、未來相互之間層次分明。相較於此，〈聲聲慢‧陪幕中餞孫無懷於郭希道池亭，閏重九前一日〉則被視爲夢窗詞中典型的「凝澀晦昧」之作：

　　　　檀欒金碧，婀娜蓬萊，遊雲不蘸芳洲。露柳霜蓮，十
　　分點綴殘秋。新彎畫眉未穩，似含羞、低度牆頭。愁送遠，
　　駐西臺車馬，共惜臨流。　　知道池亭多宴，掩庭花、長
　　是驚落秦謳。膩粉闌干，猶聞憑袖香留。輸他翠連拍瑴，
　　瞰新妝、時浸明眸。簾半捲，帶黃花、人在小樓。〔註14〕

可以明顯看到，此詞用字的確較爲密麗晦澀，不過，若撇開這層表象，它甚至比上一首還要清晰。就以歷來視爲晦澀之代表的頭八字：「檀欒金碧，婀娜蓬萊」而言，其所指非常明確：「檀欒」代竹、「金碧」代樓臺、「婀娜」代柳、「蓬萊」代洲渚，且皆設色描繪之詞。〔註15〕與此相比，〈霜花腴‧重陽前一日泛石湖〉的起句雖然意思明確，情意反倒顯得模糊。因此，眞正的晦澀難懂，不在於字面上、修辭上的陌生與新奇，而是內蘊於形式之中的模糊與斷裂。前者一旦攤開便能明瞭；後者攤開則一無所獲，甚至可能更加困惑。

〔註13〕劉永濟《微睇室說詞》：「此詞佈局精密，情事豐富，而興會軒舉。」陳洵《海綃說詞》：「上文奇峰疊起，去路卻極坦夷，豈非神境。……。於空際作奇重之筆，此詣讓覺翁獨步。」孫虹、譚學純《夢窗詞集校箋》：「此詞遙襟甫暢，逸興遄飛，是夢窗詞中不多見的以回憶中的哀景觀現實中樂情的作品。」見〔宋〕吳文英撰，孫虹、譚學純校箋，《夢窗詞集校箋》（北京：中華書局，2013 年），分別於頁 811、810、811。
〔註14〕《夢窗詞集校箋》，頁 1275。
〔註15〕劉永濟《微睇室說詞》：「蓋八字皆設色描繪之詞。……如質言之，則爲修竹樓臺，楊柳池塘也。」劉永濟《詞論》卷下：「…以『檀欒』代竹，『婀娜』代柳，『金碧』代樓臺，『蓬萊』代洲渚，八字全用代詞也。」見〔宋〕吳文英撰，孫虹、譚學純校箋，《夢窗詞集校箋》（北京：中華書局，2013 年），頁 617。

　　這首詞的清晰明朗與詞序中所形塑的語境離不開關係，可以說，詞序語境框定了詞作的架構。首先，上下闋的情感語調與寫景方式具有明顯差異：上闋幾乎沒有流露出詞人的情感，全是客觀描繪之景，而且其景皆普遍化了。換言之，如果沒有詞序：一，我們不會知道這是哪裡的景色。二，在「愁送遠」之前，只是一般的秋景，或者說，前三個韻拍的描繪跟主題「送遠」沒有一目瞭然的關係；下闋相反：藉由「知道」、「猶聞」、「輸他」這些虛字的點睛，情感明確許多。景物也融合事件而具體化：有驚落秦謳之可聽、膩粉香留之可聞以及新妝之可瞰。總言之：上闋普遍抽象，下闋特殊具體。接著，上闋之當下送遠與下闋之回憶宴飲，其分際的清晰可辨透露出這首詞的主要情意：今昔之感（雖然這今昔之感只不過是一日之中的先餞別、後送行）。結合言之，依正常語序順流而讀，從普遍抽象之當下到特殊具體之回憶時，便會知道：前者需要後者來定形，後者經由前者的建構則有了基底。其中，不論今昔，詞中所述都離不開「郭希道池亭」這個地點。

　　詞中充滿了對這個地點及其景物的描繪，藉由「知道」、「長是」可知曉詞人對這裏相當熟悉。不過，在眾多景物中有一個意象出現了兩次，此即樓。它的位置也很顯眼：首句「金碧」，結尾「小樓」。然而，雖然結尾明顯傳達出樓空人去這古老的今昔之感，算是總結了整首詞，我們卻很難確定結尾之「小樓」是昔。原因在於，結尾多出的那位「人」，指的是剛剛還在宴飲的孫無懷抑或是當下送走友人的詞人，無從知曉。由詞序形塑的語境於此失去釋義的作用。

　　我們由此回頭分析。「檀欒金碧，婀娜蓬萊」對地點的明示以及熟悉，可能是詞人之所以首句便用代詞之法的緣由之一：他可以安心地陌生化卻又不失其確指。然而，下闋開始的主動追憶及其想像之辭（「膩粉闌干，猶聞憑袖香留。」）與今不如昔之感（「輸他翠漣拍甃，瞰新妝、時浸明眸。」），表明詞人此時已經沒那麼安心、已經不能彷彿事不關己地僅作描繪。因此最終，在那一棟樓中，「人」的出現成為最重

要、最顯著的變化。有意思的是，這變化不是今昔之相隔，而是一種分不清楚的交融：不論是昔日友人之身影或此刻詞人之緬懷，「人在小樓」的在場所指向的都是不在場的東西，即相處的時光。由詞序提供基準、在詞作中逐漸對應成形的語境之所以失去效用，便是因爲此處在場所指向的，是一種與當下已經斷裂的事物。換個角度來說，那個與當下斷裂的事物，即已逝的相處時光，即回憶，有自身的獨立語境。

全詞底蘊全出：全詞的空間形式依詞的演進分爲三段：空間——地點——紀念地。空間是中性的，是客觀描繪的。上闋描繪的事物擺在任何地點都可作如此描繪，語境在此不起作用，有或沒有都沒有影響，因此隨時可以被替代（代字之法用得心安理得或許便說明了此點）。接著，下闋起句至結尾前一個韻拍，語境起了決定性的定形作用。具體特殊的事件與場景藉由主動追憶一一浮顯，中性客觀的空間成了連結著主觀經驗的地點。最後，「簾半捲，帶黃花、人在小樓。」這個特殊地點所指向的不在場、所標誌的斷裂、所蘊藏的回憶，使它從地點變爲紀念地。阿萊達‧阿斯曼《回憶空間：文化記憶的形式與變遷》：

> 地點決定了人的生活以及經驗的形式，同樣人也用他們的傳統和歷史讓這個地點浸漬上了防腐劑。但對於紀念地來說卻不是這樣，紀念地的特點是由非連續性，也就是通過一個過去和現在之間的顯著差別來標明的。在紀念地那裡某段歷史恰恰不是繼續下去了，而是或多或少地被強力中斷了。〔註16〕

那些秦謳之聲、膩粉之香以及新妝之明，訴說著人與此地的深刻連結。在那棟樓中，建立起連結的詞序語境失去作用，連結斷裂了。

「簾半捲」形成的幽密之境便是那已逝回憶的獨立語境的表徵。它身處於上文的地點、語境之中，卻又隔離於內（它與「金碧」代指的樓臺恰好也是一內一外），我們只能看到詞語本身的意思——半垂

〔註16〕 〔德〕阿萊達‧阿斯曼著，潘璐譯，《回憶空間：文化記憶的形式與變遷》（北京：北京大學出版社，2016年），頁356。

之簾似有若無地遮掩樓中那位帶著黃花的人，或者更純粹的：「簾半捲」，「帶黃花」的「人」身在「小樓」──卻不知這些人事物蘊藏的具體內容。它們幾乎只有沉浸於回憶之中的詞人才能把握，而一旦被寫出，文本的書寫性質便不允許詞人擁有絕對詮釋的權力──回憶的語境不允許事後的、外部的語境賦予它一種唯一的詮釋（因此必然的是，詮釋的歧異多樣性由此誕生）。黑洞的意象用在這裡特別貼切：時間在此塌陷，過往與當下不是無法區別，是早已沒有區別，未來甚至無法指出，一切抹平。我們只能看見表面最單純的「黑」而看不到內容，它拒絕透露任何資訊──視界即是屏障。也就是說，它是整首詞最疏快明朗的韻拍，卻也是唯一根本無法指實其所指的韻拍。語境在此無法起上任何作用。

　　以上兩小節將回憶的形式以時間與空間稍作區分。不過，這只是出於論述偏重的權宜之計，兩者實為密不可分，同時顯現。下一小節便要探討在回憶的形式之中誕生的現象。

三、「空白」的誕生

　　在上一小節〈聲聲慢・陪幕中餞孫無懷於郭希道池亭，閏重九前一日〉的分析中，已經看到結尾的表面之明朗與內容之模糊、整首詞之密麗的巨大反差。這不禁讓我感到，上闋的客觀描繪是對回憶的逃避。〔註17〕那段逃避的距離足以讓詞人在充滿回憶的地點面前，若無

〔註17〕回憶總是或多或少地帶來痛苦。宇文所安〈繡戶：回憶與藝術〉：「所有的回憶都會給人帶來某種痛苦，這或者是因為被回憶的事件本身是令人痛苦的，或者是因為想到某些甜蜜的事已經一去不復返而感到痛苦。寫作在把回憶轉變為藝術的過程中，想要控制住這種痛苦，想要把握回憶中令人困惑、難以捉摸的東西和密度過大的東西：它使人們與回憶之間有了一定的距離，使它變得美麗。」見宇文所安著、鄭學勤譯，《追憶：中國古典文學中的往事再現》（台北：聯經出版事業股份有限公司，2006年），頁159。依此，這也可以說明緊接著要談到的，為何整首詞幾乎是密麗，卻在結尾處如此明朗──詞人已無法控制。

其事、幾乎不帶情感地成爲一位客觀觀察的描繪者。情況並沒有維持多久。下闋回憶漸漸追趕上來，距離縮小：秦謳之聲、膩粉之香、新妝之明以不同的感官形式侵入當下，它們的浮現僅以地點的記憶作爲共同背景，彼此互不相干。結尾的視線回到那棟樓。或許是那棟樓蘊藏的記憶量太多、太重、太深刻，回憶在此追趕上來。換句話說，這棟樓集中並承載著「餞孫無懷於郭希道池亭」的回憶，形成自身的獨立語境。這說明，在紀念地，詞人若不被回憶的意識淹沒，也無法知曉其具體內容。正如文本呈現的姿態一樣，這種回憶無法用任何言說確切的表達，它只能是一句客觀的描述語。只不過很明顯的，這種客觀姿態的意圖並不是呈現文意，而恰好標示著文意的阻絕。

　　以這棟樓而言，它的存在便是回憶的純粹象徵。純粹在於，物質之樓與樓之回憶之間、在場的樓與不在場的回憶之間，原本應該要有的意義連結斷裂了。雖然回憶必須寄寓於「樓」這個詞語，卻又與樓本身的意思隔開，兩者至多只能以「象徵」這抽象、薄弱的關係來塑造那一絲連繫的可能。換言之，樓，這個客體成爲獨立的存在，它本身並不要求作任何深入性的闡釋。縱使它深含寓意，但在文本上，它僅是「人在小樓」的一棟有人在裏頭的樓。至於這個人是誰、在做什麼、這棟樓曾經發生甚麼、如今代表甚麼等等問題，由於回憶的獨立語境，它如果不主動敞開，我們恐怕永遠無法知曉。這是象徵與隱喻在本質上的區別，或者可以說：隱喻的極端便是消除「隱」的概念，並以相反的、即更明白的面貌展示出來，此即象徵。

　　正是這裡，一個矛盾誕生了：這棟樓蘊藏的回憶是這首詞的眞實開端，它卻是一個「空白」。我們只要設想一下，所有的記憶最終若沒有匯聚到這個開端，整首詞會如何分崩離析——甚至，根本難以開始。回憶是詞人書寫的原點，它引導詞作的演進歷程，紛繁的印象配合密麗的詞語有如展開一幅畫軸。最終，繁華落盡見眞淳，眞淳的是悵然的喪失感，所有的眞實永遠被留在結尾的一片「空白」。若以音樂的角度言之，便會感到，樂曲似乎不應該在此結束，回憶的高潮正

要全面襲捲而來。然而，回憶追趕上來之時即是曲終之時。——這敲醒了我們：回憶本來就起源於消逝，也終歸於消逝。

由此，回憶的形式本身便孕育了「空白」的誕生。它明顯體現於兩個地方：一是情意與情意之間，二是情意自身。前者爲橫軸，主要造成文意的轉折變換、相隔斷裂；後者爲縱軸，主要造成意義的曖昧不明、模糊不定、甚至僅止於字義表面的不可解讀。實際上這兩個地方也是互有關涉，不可截然劃分。總言之，「空白」是一個現象，蘊含於回憶的形式之中。

接著，便以著名的〈八聲甘州・靈巖陪庾幕諸公遊〉來具體說明「空白」。有意義的是，這首詞不管在題目、主題與內容上都與回憶沒有太大的關係，卻將回憶的形式幾乎呈現到極致。換言之，形式的背後有一種特殊的視野。先錄此詞：

> 渺空煙四遠，是何年、青天墜長星。幻蒼崖雲樹，名娃金屋，殘霸宮城。箭徑酸風射眼，膩水染花腥。時靸雙鴛響，廊葉秋聲。　　宮裏吳王沈醉，倩五湖倦客，獨釣醒醒。問蒼波無語，華髮奈山青。水涵空、闌憑高處，送亂鴉、斜日落漁汀。連呼酒，上琴臺去，秋與雲平。〔註18〕

初讀此詞，可以明顯感知到，不論各個韻拍的表現手法是羅列、描繪、抒情、敘事，整首詞充斥著名詞，意象化的場景與事件不斷紛呈眼前。這與詞序是相呼應的：此篇是遊記。意思是說，若單純只作遊記讀，這些場景與事件的跳躍、不相干、充滿感知層面的印象等特點，並不會影響我們的欣賞與理解。遊記，本來就是隨著視線和思緒隨意遊目騁懷的。

在此基礎下，此詞有三點可以注意：

一、消失的時間座標。

最明顯與此地之歷史事件有關的韻拍爲「宮裏吳王沈醉，倩五湖倦客，獨釣醒醒。」然而，其中卻沒有任何辭彙——如上引〈霜花腴〉之

〔註18〕《夢窗詞集校箋》，頁 1419。

「記年時」、〈聲聲慢〉之「知道」等——提示回到過去。而且，陳洵《海綃說詞》的評析：「換頭三句，不過言山容水態，如吳王范蠡之醉醒耳。」〔註19〕至少提醒我們，這個韻拍不論是描繪景物與歷史人物的樣態，或以此比喻眼前之山容水態，詞人都是站在觀看的角度而書寫：觀看的距離穿越了時間，將歷史事件擺到眼前。也就是說，詞人的觀看可以將逝去的歷史事件喚回，時間的因素於此消弭。事實上，整首詞每一個意象背後都藏有各自的觀看角度，這使得此詞的時間座標非常不明朗、非常模糊。簡單來說，不論我們如何調換各個韻拍的位置，文意並不會產生太大的變化（當然，此舉會大大影響閱讀效果）。整首詞不能以某個韻拍作爲當下（以及情意）的基準點以此貫通文意，我們只能很無能地說詞人的書寫確實有一個當下，而這個當下可能與文本內的任何一點都不全然相同。另外，接著會漸漸看到這種遊目觀看本身的矛盾與上述的相應之處：遊目是時間性的連續行爲，然而，意象的斷裂與各自完足的現象卻說明每一個觀看的背後不一定是同一個觀點和視角。格格不入的現象揭露了詞人的某種焦慮和抗拒，以及姿態。

由此，起句的意義便更加耐人尋味。歷來對此句的評價已經高到不能再高了，我也是爲此附和的讚賞者。畢竟，沒有多少人能在開端便以空靈壯闊的想像起意（山峰爲長星墜落）。然而，令起句更爲豐厚飽滿的是（這似乎還沒有人察覺到），奇思異想的本身是一種讚嘆，讚嘆的方式卻是一種略帶滑稽的提問：「是哪一年長星墜落才有了這座山峰？」分明是詞人自己的奇思異想，卻煞有其事地尋問一個沒有答案的問題。不過，這裡的重點在於：詞人的讚嘆首先對準了時間，並以「渺空煙四遠」呈現出時間的無處不在又不可捉摸。此時，表面之滑稽或許是面對這個現象時，人所能採取的唯一姿態。

二、領字「幻」與各個意象的存在關係。

在時間的籠罩之下，意象化的場景事件開始堆垛展示，逐漸佔滿

〔註19〕見唐圭璋編，《詞話叢編》（台北：廣文書局有限公司，1970 年），頁4410。

詞人的視線所及，即詞作的空間。將此連結起來的是「幻」以領字的姿態橫亙於中。它首先領起三句：「蒼崖雲樹，名娃金屋，殘霸宮城。」六個清晰明朗的意象羅列起來，我們可以泛泛地說有某種情緒或感悟。然而，越出這一步，在急需承載著意義連結的領字位置上，出現一個代表虛無、幻覺以及模糊不定的意思的「幻」字時，情況就變得棘手了：它明確昭告「蒼崖雲樹，名娃金屋，殘霸宮城」其實是不存在的。事實上，以演奏的情況來看，它們才剛出現，馬上就消逝了。聽眾可能馬上會想到吳王夫差的歷史含意（關於歷史含意的部分將在下一節討論），但這些含意首先籠罩在「幻」字底下，或者說，首先是聯繫到整首樂曲的進程之中。因此，在我們想要深究其不存在的意義與意涵之前，樂曲已經繼續向前走了。原本對六個意象在字義上的了解與感悟，反而變得一無所知，煙消雲散之餘還籠罩了虛無的陰影。此刻，六個意象的羅列消解了韻拍、乃至句子之內的統一連貫的概念，矛盾佔據了前景：表面的連續與內在的不相干、表面之所知與內在之無知、領字的功能被弔詭的方式破壞瓦解。——除了不存在，「幻」一無所有。

「幻」繼續蔓延，這次它以牢固的形式出現：「時靸雙鴛響，廊葉秋聲。」歷來解此二句必定以「雙鴛響」之虛來解釋「廊葉」與「秋聲」之間的關聯，這種以主體之幻想虛景為實景之中介的現象，使得這兩句的意義與關係飄忽不定。然而，似乎只有以虛入實的釋義方法才能解釋「廊葉」與「秋聲」的關係，否則兩者的並列不過是一場偶然的萍水相逢罷了。從這個層面而言，這兩句的關係又是極為堅固的。一邊飄忽，一邊堅固，正好說明了「幻」的本質：詞人一旦意識到「幻」的存在，它的虛構性質不再需要隱匿，甚至直接佔據了詞人的視野；另一方面，對詞人而言，它卻是一個不可抹滅的真實經驗。結合言之：潛藏於「幻」的深處的真實已經無法知曉，我們只能看見攤在表面的一切。顯現於這首詞即是：遊目式的意象一閃即逝，並沒有明顯的、表面清晰的連繫關係（清晰明確的是意象本身，尤其是那

些穠麗的感官修辭），只以「靈巖」此地作爲共同背景，此背景卻沒有實質性的作用。

　　三、最後一點在結尾：「秋與雲平。」首先，在語法句式上，一抽象一具體的兩個主詞的並列，與其說是交融的狀態，不如說恰好呈現出兩者的分際如何鮮明（設想一下，若要情景交融，依吳文英的藝術功力與素養，一定有比這呆板簡陋的並列更好的句式）。接著，「秋」與「雲」並列，並以「平」嵌合之，揭示詞人完全是以觀看一種對象的態度寫秋寫雲。「雲」比較沒有問題，本身就是可見的對象。「秋」便值得注意了，它不屬於實體對象的範疇，而是抽象的概念，是人對時間的分段，是一種時段，這個時段在詞人眼中轉化爲一個客體。因此，不論「秋」是意指秋天或秋天的氛圍，「秋」的時間性質在詞人的眼中徹底轉化爲一種空間形式。

　　總結以上三點可以察覺，詞人完全是以觀看——不是抒發自身——的角度來書寫這次遊歷的經驗與情緒。釐清這點區別的重要性在於：觀看所需要的距離，保證了各自意象的清晰與完足，也保證了想像與變化的可能。這些變化首先體現於一個無法回答的問題，此即第一點所揭示的：詞作中一切的內容經歷，究竟發生於何時？每一個意象都有各自專屬的「當下」，或者反過來說，「當下」只忠實於使其實現的意象之中，這便是爲什麼此詞的意象本身各自清晰明確、相互之間卻不太連貫的原因。對此詞而言，如果有所謂的整體一致的「當下」，也已經碎拆於意象與意象之間的深處，不知所終。也就是說，正是在無法回答的無奈下，整首詞暴露了它與「幻」爲同時存在的關係——這個關係只建立在表面。只有在表面，事物才能顯現，諸如「幻」、最深的含意、想像的變化無端等，也包括那段觀看的距離。事實上，這個現象已蘊涵於開端：「渺遠」的無盡延展了時間，將時間變形爲空間。這揭露出詞人一開始對當下此地的態度即是一種隔著時空距離的觀看。——詞人不在深處或表面，而始終位於他處。這道時空的距離體現於詞作即爲「空白」，它讓詞人的書寫得以隨著遊目

轉換自身，並將時間變形為一個為書寫而敞開的空間。換言之：時間恆存於空間形式的展示過程，「空白」是時間流變的表徵。

因此，整首詞的底蘊為：結尾的現象——原本具有時間性質的「秋」被空間化——結合「幻」與整首詞的同時存在的關係，回應了起句對時間的感知：「是何年」無法知曉，但時間就刻印在眼前這一系列的場景事件之中。時間被割裂為一個又一個意象片段，顯現為一種時段、乃至更細的時刻，並透過遊目的視線轉變，進行空間性的變幻。詞人透過空間化的方式保存每一個不同的當下。然而，詞人雖然能夠保存並呈現這些不同的時刻，卻無法、也不能阻擋時間的永恆流變。詞人的保存，揭示了對時間的焦慮。

經由上述的分析，便可以明白本文所謂的「回憶的形式」，雖然由回憶論起，卻不局限於回憶的主題。如前兩小節所述，夢窗詞的回憶本身便蘊含於時間之中，是一種時間形式。上文所謂對回憶的焦慮，本質上即是對時間的焦慮。更重要的是，這揭露詞人的書寫，不論詞作的主題和內容為何，皆具有回憶的視野。

本節首先列舉具有強烈時間意識的重陽詞，其中，〈霜花腴・重陽前一日泛石湖〉是自度曲。在風格上，相比於其他詞作之密麗印象，此詞明朗疏快。而且，曾經以此調名名其集，說明此詞是吳文英的得意之作，在當時也較富盛名並流傳。[註20] 接著，〈聲聲慢・陪幕中餞孫無懷於郭希道池亭，閏重九前一日〉的有名，便是張炎《詞源》之「質實」是以此首的前八字為例，整首詞的風格也是後人對夢窗詞的主要印象。〈八聲甘州・靈巖陪庾幕諸公遊〉則由清代至近現代的評論家的推舉提拔，或章法之如何細膩轉身、或內容之如何蒼茫悲壯，早已被分析得透徹明白，此外還有葉嘉瑩先生以現

[註20] 朱祖謀《夢窗詞集小箋》：「《蘋洲漁笛譜》有《玉漏遲》，題吳夢窗《霜花腴詞集》。《山中白雲》有《聲聲慢》，題夢窗自度曲《霜花腴》卷後。意當此曲盛傳，遂以標其詞卷也。」見〔宋〕吳文英撰，孫虹、譚學純校箋，《夢窗詞集校箋》（北京：中華書局，2013年），頁804～805。

代觀點之評析。這首於是成了如今講述夢窗詞無論如何都無法逃過的重點之一。

　　本文藉由表面風格迥異相佐、主題內容互不相關、在不同時代有不同評價的夢窗詞，察覺共同的現象以及構成方式，本文統稱爲：回憶的形式。下一節便主要探討回憶形式的意義。

第二節　反叛的姿態

一、「空白」的意義

　　總結上一節的論述，可以說明「空白」的意義。

　　夢窗詞在呈現的過程中（讀者的閱讀與身爲文本的書寫）亦不斷呈現橫軸上的斷裂與縱軸上的隔絕，即「空白」。此時，詞語本身便具有雙重性：它如同光，讓我們看見事物，卻也只讓我們看見光所能及的事物，隔絕了、遮蔽了光譜之外的東西。視界即屏障。〔註21〕「空白」亦然：斷裂與隔絕不告訴我們這是甚麼，我們卻深知有東西在這裡，屏障即視界。這種詞語與「空白」共同浮於表面的形式，迫使讀者如回憶般不斷回頭重讀、深入挖掘，於是本文稱其爲「回憶的形式」。如此一來，既然詞語在回憶的形式中呈現（不論目的是傳達、紀錄等等），那內蘊於文字之中與之間的「空白」的意義便浮顯了：遺忘的遺留。「空白」是內蘊於回憶形式之中的遺忘，卻遺留在表面，揮之不去。

　　以書寫範疇來說，呈現的過程中必定會有所脫落與犧牲，然而，夢窗詞的回憶形式使得這些脫落與犧牲不是石沉大海般的不存在，而是如同忘川的漣漪，時時提醒著我們某些事物被遺落了。與此相應，

〔註21〕在這方面，將夢窗詞比喻爲「七寶樓台」是不錯的：我們只能看到「七寶樓台」的表面形式，卻無法知道樓中有甚麼。換言之，後人常常透過不斷折射各個意象的內部象徵而找到的內容，根本與構成意象本身的七寶樓台無關。七寶樓台與七寶樓台之中的任何東西究竟是兩個東西。

我們縱使確切知曉在這之中的詞語意象深含寓意，但就像納西瑟斯（Narcissus）那幾觸湖面，漣漪阻止了追尋的最後一步。它迫使我們只能在象徵的層面中找到詞語意象的意義與關係（可以想見，最終找到的意義與關係其實只映照出我們自身的面貌與慾望，在接下來的論述會不斷看到這點），這種詮釋行為本身就承認了文本的斷裂分離（否則直接了當的解釋就行了，也不會有讀不完的詮釋版本）。換言之，夢窗詞的詞語與「空白」並不要求整體的和諧統一。

　　細究言之，大多數文本在呈現的過程中也會發生同樣情形，「空白」也會出現。然而，夢窗詞獨特的地方在於，「空白」不僅明明白白地展示出來，它也是獨立的，並不為某種進程服務、不附屬於追求某個目的的要素。這裡以李商隱的〈錦瑟〉作一個簡單的比較。以李商隱的詩作為比較的對象是因為它與夢窗詞在各個方面都極其相似，尤其都給予我們密麗朦朧的風格感受以及紛繁歧異的詮釋，而〈錦瑟〉一篇無疑是最能代表李商隱這種風格的詩作。先引〈錦瑟〉：

> 錦瑟無端五十絃，一絃一柱思華年。莊生曉夢迷蝴蝶，望帝春心託杜鵑。滄海月明珠有淚，藍田日暖玉生烟。此情可待成追憶，只是當時已惘然。〔註22〕

關鍵在於結尾的相異。詩中從開頭一直到結尾之前，呈現的樣貌與夢窗詞相似：缺乏連貫，「空白」非常明顯。然而，結尾卻將這些「空白」全部包覆起來，形成一個完整的整體，如陳世驤〈時間和律度在中國詩中之示意作用〉對此篇的解析：

> 全詩首二句以明說有限之時間起，中四句於奇事異象中，具體顯示大宇宙無限時間之幻化，而結尾又歸入小我主觀，明說出自己即身即目之時間感覺，統合以上使俱成為直接的心靈經驗。〔註23〕

〔註22〕〔唐〕李商隱著，〔清〕馮浩箋注，《玉谿生詩集箋注》（臺北：里仁書局，1981年），頁493。

〔註23〕見〔美〕陳世驤著，張暉編，《中國文學的抒情傳統：陳世驤古典文學論集》（北京：生活・讀書・新知三聯書店，2015年），頁273。

> 即覺詩人心靈由有限的時間年華變化，經歷擴大到宇宙無
> 限時間感覺，終不離「情」，愛之情亦生之情。然後又回到
> 主觀有限時間之項，時空感覺擴大了，而執著於情的透視
> 也擴大了。〔註24〕

由此可見，縱使李商隱呈現朦朧模糊的狀態，最終卻明顯顯露出對
「情」的執著，「情」是他最終的歸屬。於是，前面那些「空白」便
由「情」所包覆浸染，而不致徬徨蕪雜。總的來說，整首詩雖然朦朧
晦澀，依然是和諧的。結尾之「情」對整首詞的收束作用以及進一步
的發散，是中國文學傳統要求的「留白」──它的效果與意義在於，
在結尾將整首作品引入無限的時空或境界，進而追求神韻、含蓄等
等。〔註25〕

　　夢窗詞的結尾常常與此不同。夢窗詞沒有藉著結尾之勢而收束發
散，反而是更明顯地呈現一直在呈現的快速轉換、斷裂分離的狀態：
觀察者與經歷者的分離、物質之樓與樓之回憶的隔絕、秋與雲所代表
的時間與空間的矛盾。它繼續赤裸裸地呈現「空白」，好比在樂章即
將歸於寂靜時添上了一道休止符：它從無限的時空境界以及統一和諧
的幻象中抽離出來，回到我們的感官視野。這一筆，不僅使得前面的
「空白」依然各自獨立、繼續各自流離於形式之中，更將「空白」的
巨大騷動體現出來，縱使可能不怎麼討喜，但它確實是一股豐盈的活
力──「空白」越是顯眼、越是深不可測，詞語意象越是閃耀、越是
精緻密麗。事實上，「空白」就是一種連接的方式。因此，我們固然
可以遵循理性的痕跡（如「潛氣內轉」的方法），將其串聯成一場經
過精密計算的心理冒險，永遠會止步於有驚無險、由理性操盤的遊

〔註24〕見〔美〕陳世驤著，張暉編，《中國文學的抒情傳統：陳世驤古典文
　　　　學論集》（北京：生活‧讀書‧新知三聯書店，2015 年），頁 276。
〔註25〕關於含蓄美典如何在形式上表現及其理論基礎，可參考蔡英俊《中
　　　　國古典詩論中「語言」與「意義」的論題──「意在言外」的用言
　　　　方式與「含蓄」的美典》（臺北：臺灣學生書局，2001 年）第四章〈「含
　　　　蓄」美典的旨趣──兼論「寄託」與「神韻」〉，頁 215～301。

戲；但我認爲更加確切的說法爲：詞人的書寫從一開始便深信作品會形成自身的和諧感、統一感及連續性，他在有限的表面佈滿回憶與遺忘，並在回首凝望時，任何一點即是某個總體印象：一沙一世界，一花一天堂。這個「總體」不由和諧統一而獲得保證，相反，「總體」是碎散的，正如群星與黑夜交相輝映：它來自於回憶的視野。

經由上述可知，夢窗詞的回憶形式，使夢窗詞呈現出一種反叛的姿態，反叛的對象即是回憶。它反叛回憶的行爲：回憶的根基是當下，但當下卻被回憶所淹沒、所遺忘，詞人客觀觀看的模式也因此各自散佈於過往的不同時刻之中；它反叛回憶的事件：詞作的中心意旨始終模糊不明、無法把握。那些明顯藏有回憶的句子：諸如「記年時、舊宿凄涼，暮煙秋雨野橋寒」、「記醉踏南屛，彩扇咽寒蟬，倦夢不知蠻素」、「簾半卷，帶黃花、人在小樓」等，這些片段的詞語意象所呈現的正是不欲呈現、或無法完整呈現的。換言之，讀者被文本放逐了。文本並不訴說意義內容，它只是不斷地訴說，不斷回憶它所回憶的。

另外還可以發現，縱使將其置於歷史事實語境的框架，也無法影響它的反叛姿態，因爲外部的資料文獻並不能鞏固情意的定形、不能彌補那些留在表面的遺忘，它們簡直就像白天的幽靈，在眼前晃來晃去。

我還是從具體的詞作開始講述這種反叛回憶的現象及其呈現的形式。這首詞正是剛分析完的〈八聲甘州·靈巖陪庾幕諸公遊〉，因爲它在後世的詮釋中有一個完全一致、雖然合理卻很奇特的現象：從表面之遊記釋爲弔古懷古之作。其作法大略是經過反覆的重讀，對字義的出處和意義深度挖掘之後，將那些意象化的場景事件，在隱喻的、象徵的層面上尋覓出一個共同的指向。這個指向其實已經寓含於此地之中，即「靈巖」的歷史與文化記憶。

位於靈巖山上的靈岩寺，其舊址是春秋時期吳國的館娃宮，它的建立深深連結著吳越兩國的興亡史。概略言之：吳王夫差沉迷於越王勾踐所進獻的西施的美色，乃至吳王特別爲西施建了館娃宮，吳王因

此荒廢國政，導致吳國被越國所滅。這段歷史事件充滿著王朝興衰的警世寓意。這個地點從此便承載著這段歷史事件，是這個地點的專屬記憶。

　　有了這層歷史事實的語境，我們的閱讀方式首先發生轉變。這首詞小至字義、大至文意都蛻變了，各個意象之間不再只是作爲共同地點而有關係，而是作爲共同地點的記憶而互相指涉。舉個簡單的例子：原本可以是任何人的腳步聲的「時敧雙鴛響」，於此似乎一定是西施的腳步聲。〔註26〕這便是從遊記到吊古的詮釋進程的縮影。這個詮釋進程顯現出，閱讀從一種開放式的意思理解轉向特定式的追憶行爲。〔註27〕從這個角度來看詞人的書寫便會呈現出詞人不只是記錄所見所聞，而是將地點的記憶融入個人傷今懷古的感觸。

　　不過，詮釋雖然改變了，但文本的回憶形式並沒有因此產生變化：遊目的觀看、意象的完足、「空白」的時空距離、以及對時間的焦慮等等，依然存在。因爲，歷史事實的語境只是外部框架，詮釋只觸及了內容，與形式本身的關係不大。而且，閱讀轉向所形成的互相

〔註26〕有趣的是，這必須從較具歷史事實性的地方志來佐證說明，此即《吳郡志》：「響屧廊，在靈岩山寺。相傳吳王令西施輩步屧，廊虛而響，故名。」找出這則歷史資料的行爲反倒揭示出一種現象：如果這則資料在歷史中消失了呢？而且稍微吹毛求疵一下也會發現，「雙鴛」反而變得沒有出處了。因此，這已經不是可不可解、能否找到出處典故的問題，而是文本爲何如此呈現、以及這種呈現形式的意義問題。這將在下文提及。

〔註27〕這裡對「意思理解」與「追憶行爲」的閱讀方式的區分，參考自〔德〕阿萊達・阿斯曼《回憶空間：文化記憶的形式與變遷》的說法，字面上因本文脈絡而有稍作調整。原文如下：「人文主義者彼特拉克…生活在『尋找失去的時間的道路上』；…他體現了傳統斷裂與遺忘的意識，同時也體現了使古希臘羅馬得以在政治上和文化上重生的夢想。……正是他們有能力讓地點作爲過去的沉默的證人開口說話，重新賦予它們失去的聲音，因爲這種回憶風景的文本只有那些已經了解其內容的人才能夠讀懂，這是一種追念的閱讀，而不是信息性的閱讀。」見〔德〕阿萊達・阿斯曼著，潘璐譯，《回憶空間：文化記憶的形式與變遷》（北京：北京大學出版社，2016年），頁360。

指涉，更確認了「空白」與寫出來的詞語一樣，是根本的存在：互相指涉本身便是嘗試填補「空白」的內容，以此貫通因「空白」造成的阻絕。從「任何人的腳步聲」到「西施的腳步聲」的例子中，「時覯雙鴛響」如同無字碑，這塊碑（腳步聲）上並沒有說這是誰的墳墓（誰的腳步聲）。我們會很自然地認爲這是西施，同時也很自然地篤定詞人所寫的是西施，是「靈巖」這個地點的記憶──也就是歷史事實的語境──告訴我們的。換個角度即是說，詞人抹去了歷史的特定性。整首詞的詞語意象像一堆無字碑，各自佇立於靈巖這塊地方。這些無字碑有自身的存在意義，它們並不依賴外部的歷史事實、也不必依賴互相指涉才能產生意義。於是，如同〈聲聲慢·陪幕中餞孫無懷於郭希道池亭，閏重九前一日〉最後那棟樓成爲紀念地，這些無字碑成爲歷史的紀念碑。地點與地點的記憶之間有一道時空距離，即「空白」：地點的記憶寄寓於地點之中，其語境又隔離於地點之內而潛伏於時間之中，只讓知道它的人敞開。

此時，詞人的遊目觀看有了另一層意思：詞人走在當今的靈巖，並沒有融入此地的記憶之中，只是以一個路過的角度將眼前所見所聞所感一一紛呈。換言之，歷史事實語境的存在，本身便展示著與詞人那無可挽回、無可消弭的時空距離。「幻」是點情之筆，揭露了這個時空距離，也表明了字義本身：它將各個意象的當下在場以及眞實性，全都歸於不存在。這個歷史事實語境再怎麼宛在身邊、如臨眼前而使我們置身其中，時空距離（「空白」）始終橫亙其中。而且，如果我們沒有忘記「空白」是時間流變的表徵、是連接兩者的一種空間形式，那麼這段距離便更加難以逾越。正如文本意象的緊鄰一樣，它至多只能到緊緊相鄰，是斷裂分離的一種，不是相融的一種。打個比方：天人合一在夢窗詞中恐怕只是個「幻」想，天與人終究爲二。「問蒼波無語，華髮奈山青」同樣說明了這個現象：上闋的幻境之所以能暢行無阻地介入這片土地與詞人的視線，其中一個原因即是當下已經沒有東西作爲那段歷史事件的載體。

　　另外，這種觀看的角度並沒有強調這個地點的記憶。意象的各自完足與斷裂分離的關係，反倒呈現出詞人的書寫脫開了這層歷史語境。這是爲什麼只作遊記讀也依然讀得通的原因，同時，更重要的是，這也是爲什麼這首詞在後世的評價中居高不下的原因：它的價值不在於訴說靈巖這個地點的記憶是甚麼，不在於內容是多蒼茫、多悲壯、多感慨，因此讀者必須由此獲得警訊、爲此感到焦慮等等，而是它本身展示著人如何面對歷史、一種獨具一格的存在姿態。

　　脫開歷史語境的書寫，並不是棄歷史事實於不顧，也不是拒絕歷史意涵的詮釋方式（以吊古解釋，完全沒有問題），而是爲了抗拒無盡時空的浩瀚淹沒。詞人在起句便拉開一道時空距離，旁觀著歷史之流。旁觀的結果即是那些片段的意象，是時刻、時段、歷史事件，是可以保存、隨時擺到眼前的片段；然而，無可避免的遺留，卻一再暴露這種阻擋時間之流的方式的潰敗：時間不斷流變於、寄寓於每一次的空間變形。最後，旅途終點的閃耀，哪怕只是瞬間，也終於照映詞人的身影：詞人只是一位見證自身終將消失於時間流變的見證者，除非禁錮於回憶形式之中，在那裡，雖然可以看到「七寶樓台」與穿梭其間的「空白」共同展示了如何構築記憶這棟宏偉的建築，但在形成意義的過程中，它們同時瓦解了意義的形成。——此即反叛回憶。

二、文本的主體分裂與創作主體的心理狀態

　　反叛回憶的游離形式，造成我們在追索詞作的中心意旨時，相應於碎裂意象的各自佇立，它永恆擱淺於水中央——可以觀望卻永遠不能獲取，始終是躁動的，「水」即時間。實際上，夢窗詞根本沒有所謂的中心意旨，或者說，它只是一個現象，而不是真的有個中心意旨爲詞作本身提供基礎，如同引力不是真的有一股力量在拉引兩個物體，只是兩個物體造成附近空間的彎曲而產生似乎在拉引的現象——重點在於物體，在於意象片段本身。於是，夢窗詞的內容不再以詞人主觀的主體爲意識中心，而以另一個自我，一個比主觀的主體擁有更

廣大的（它包含主觀所遺忘的）視野爲意識中心，此即回憶的視野。它的其中一個特點已如上述：意識中心分散爲相異客體的各自呈現上。

這種結構形式可以追源至南宋詠物詞的關鍵轉變，即姜夔發展出新型的詠物結構。此部分在本文的第二章已經說明過了，如林順夫《中國抒情傳統的轉變——姜夔與南宋詞》所說：

> 一旦突破抒情主體帶有主導性的視角，詠物詞的形式在容納「時間」、「外在狀態」這些因素時就會顯得較有彈性。從結構上來講，「詠物」這一新形式本身就是更大規模的整體，而不必依賴於序與詞的互補。……。矛盾的是，他對於審美觀念的有意識的開拓，在創作結構中達到了頂峰，但卻是以放棄他的主觀感受及縮小創作視角爲特徵的。〔註28〕

經由本文上述的分析，夢窗詞也體現了這些特點，且應用得更廣，不只局限於詠物詞，然而代價似乎是結構的崩塌。簡言之：白石詞中的客觀觀看體現於「同心結構」的統一與和諧，因此，雖然關注的焦點不是人而是物，也很容易把握詞作的中心意旨。夢窗詞則反叛這種空間邏輯，或者說，它根本無視這種空間邏輯所擁有的傳達情意的作用與效果，而逕自形成碎裂分離的片段。文本中的敘述者客觀呈現這些片段的意象，然而「空白」——意象之間的斷裂分離、主體的分裂分散——與應該是和諧統一的客觀結構產生矛盾與扞格，揭露了文本的創作主體的焦慮、迷失的心理狀態。

下文便以夢窗詞中的詠物詞作具體的分析。首先是〈宴清都·連理海棠〉：

> 繡幄鴛鴦柱。紅情密，膩雲低護秦樹。芳根鶼倚，花梢鈿合，錦屏人妒。東風睡足交枝，正夢枕、瑤釵燕股。障灩蠟、滿照歡叢，嫠蟾冷落羞度。　　人間萬感幽單，華清慣浴，春盎風露。連鬟並暖，同心共結，向承恩處。

〔註28〕 〔美〕林順夫著，張宏生譯，《中國抒情傳統的轉變——姜夔與南宋詞》（上海：上海古籍出版社，2005 年），頁 65。

憑誰爲歌長恨，暗殿鎖、秋燈夜語。敘舊期、不負春盟，
紅朝翠暮。〔註29〕

大多數的詠物作品，其物本身已經經過歷史文化的積澱而有了固定的
情意象徵。海棠，便牽繫著唐玄宗與楊貴妃的情事，連理的狀態則一
直是恩愛的象徵。此詞也直接表明這些關係：華清爲楊貴妃賜浴之
池，長恨指的是白居易描寫唐玄宗與楊貴妃之情事的《長恨歌》。因
此，這首詞雖然同樣展現了夢窗詞慣有的密麗，卻不難明白。

　　不過，在詞的演進過程中，依然有著夢窗詞的特色。上闋進行到
一半，我們看到一位忌妒之人，即「錦屏人妒」。然而，下一韻拍的
描繪若說是花人合寫，那麼再下一個韻拍（即上闋的結尾），這個人
突然成爲主角：她／他恐夜深花睡，便手持蠟燭，照耀著這些海棠，
天上的無夫嫦娥反而顯得清冷。換言之，原本是敘述者正面描繪海
棠，此處則轉爲敘述者描繪此人，再藉由此人的惜花之情帶出海棠。
這裡還有兩點可以注意：一，忌妒之人不一定是惜花之人，事實上，
人的概念在此似乎更像是忌妒、憐惜這類情感的泛稱或代名詞。二，
這（兩）位人在下闋完全消失。

　　下闋直接轉向唐玄宗與楊貴妃的情事，並一直持續到詞作的結
尾。可以明顯看到，主線雖然是歷史情事，但盛開的海棠一直起著作
用，一直在避開歷史所發生的悲劇。因此，詞作的結尾雖然是情事的
結尾，卻削弱了歷史事實，而回應著當下這些豐盛的連理海棠。總言
之，文本主體分裂了：首先是連理海棠與人，再來是連理海棠與歷史
事件。這三個主體相互拉扯，造成終篇命意的不得而知。〔註30〕站在
三個主體之外的敘述者，彷彿只是呈現三者相互拉扯的狀態，不偏頗
任何一方。然而，當我們問到爲什麼單純地描繪海棠之豐盛，詞人的

〔註29〕《夢窗詞集校箋》，頁 289～290。
〔註30〕這種文本主體分裂的現象，還有直接呈現於題目上的，如《聲聲慢‧
　　　　四香友人以梅、蘭、瑞香、水仙供客，曰四香，分韻得風字》、《還
　　　　京樂‧友人泛湖，命樂工以箏、笙、琵琶、方響迭奏》等。前者涉
　　　　及社交，下一章會就社交主題作探討。

書寫卻呈現出分裂、拉扯的狀態時，便透露出在這種客觀結構之外還有一股力量一直蠢蠢欲動。它在觀看的距離中悄悄介入，並產生曖昧不明的情意。創作主體的心理狀態由此呈現為：它創造的敘述者的確說了些甚麼，卻像是甚麼也沒說。我們不確定敘述者到底想傳達甚麼情意，而創作主體還游離於這些意象之間。

下一首所詠之物的情況也和海棠類似，本身已有厚重的歷史文化底蘊。〈解語花・梅花〉：

> 門橫皺碧，路入蒼煙，春近江南岸。暮寒如剪。臨溪影、一一半斜清淺。飛霙弄晚。蕩千里、暗香平遠。端正看，瓊樹三枝，總似蘭昌見。　　酥瑩雲容夜暖。伴蘭翹清瘦，蕭鳳柔婉。冷雲荒翠，幽棲久、無語暗申春怨。東風半面。料準擬、何郎詞卷。歡未闌，煙雨青黃，宜晝陰庭館。〔註31〕

與上一首不同的是，詞中所用的典故——蘭昌宮三女——與梅花沒有內容上的關係，在文學上也沒有先例。〔註32〕此即孫虹、譚學純《吳夢窗研究》所說：「夢窗詞中取用與本事遠距化的典故，在這種情況下，無論熟典生典，一經使用，就會因為所賦本體與典故擬體之間的遠距化而增加了理解的『跨度』。」〔註33〕不過，照理說，若只是增加理解的「跨度」，那麼經過對典故內容的熟知與推敲，便可解除這層障礙。夢窗詞最麻煩的地方於此呈現：這些障礙解決之後，的確清晰明朗了，但對它到底想說甚麼依然摸不著頭緒——知識性的了解似乎反而標示著詞作本身的斷裂。

〔註31〕《夢窗詞集校箋》，頁 248。

〔註32〕蘭昌宮三女的典故出自曾慥《類說・傳奇》，大意如下：唐代一名為薛昭的人被貶至海康。在蘭昌宮遇到三女：長曰張雲容，原是楊貴妃的侍兒，次曰蕭鳳臺，次曰劉蘭翹。三人當年為九仙媛所忌所殺，至今已是百年身。擲骰子勝著與薛昭薦枕，雲容勝。纏綿數夕後，雲容得以回歸人間，與薛昭同歸金陵。見《夢窗詞集校箋》，頁 250～251 與〔宋〕吳文英著，吳蓓箋注，《夢窗詞彙校箋釋集評》（杭州：浙江古籍出版社，2012 年），頁 123～124。

〔註33〕孫虹、譚學純著，《吳夢窗研究》（上海：上海古籍出版社，2015 年），頁 445。

　　這首詠梅之作，一開始都是標準的詠物結構：從環境、影、香、色等方面側寫，並融合古人文句，鍊字造句。然而，就在上闋結尾處，詞人安插了蘭昌宮三女的典故，下闋的展開也主要以這個典故爲中心：「酥瑩」、「清瘦」、「柔婉」合寫花人。「冷雲荒翠，幽棲久、無語暗申春怨。」似寫三女長久不見人間，以及張雲容的百年之盼。「東風半面。料準擬、何郎詞卷。」又與典故不太相關，專寫梅花之半殘。結尾之「晝」呼應「夜」和「幽棲久」，言張雲容終與薛昭回歸人間，然而，這與上闋之「暮」便不太相合，而且，在這之中的「煙雨青黃」或許正如箋釋家們指出的，意不在雨而在梅子，這正顯示詞意跳脫於典故之外。如此，上下闋乃至各韻拍雖都緊扣梅花，卻也因爲上下闋語境的分別而顯得處處支離破碎。

　　因此，孫虹、譚學純《吳夢窗研究》說此詞「以蘭昌宮女形容半開梅朵高潔冷豔、幽怨哀頑、矜持尊貴以及詩性之美麗」〔註34〕，是有問題的：敘述者縱使有將傳統文化上梅花的高潔含意賦予此篇，卻沒有表達出來。〔註35〕敘述者展示梅花的各種情姿樣態以及一個與梅花無關的典故，兩者互相彌補，但彌補的痕跡卻清晰可見得如同分離。

　　遠距化的典故結合碎裂的意象，在〈高陽臺・落梅〉出現了極端：

　　　　宮粉雕痕，仙雲墮影，無人野水荒灣。古石埋香，金沙鎖骨連環。南樓不恨吹橫笛，恨曉風、千里關山。半飄零，庭上黃昏，月冷闌干。　　壽陽空理愁鸞。問誰調玉髓，暗補香瘢。細雨歸鴻，孤山無限春寒。離魂難倩招清些，夢縞衣、解佩溪邊。最愁人，啼鳥清明，葉底青圓。〔註36〕

〔註34〕孫虹、譚學純著，《吳夢窗研究》（上海：上海古籍出版社，2015 年），頁 447。
〔註35〕另一方面，楊鐵夫《吳夢窗詞箋釋》說此詞爲冶遊之作。這說法以某方面言還真的滿像的，若真是如此，那麼這首詠梅恰好與傳統文化背反。不過，這只是一種詮釋結果，因此只能當作參考。
〔註36〕《夢窗詞集校箋》，頁 1320～1321。

此首的名詞眩人眼目，尤其開篇的頭兩個韻拍直接呈現十二個意象。另外，除去用語出處，用典也極多，依序有：金沙灘馬郎婦、鎖骨菩薩、壽陽公主梅花妝、白獺髓滅痕、倩女離魂、楚辭招魂、趙師雄遇梅花仙子、江妃解佩。其中，只有壽陽公主梅花妝和趙師雄遇梅花仙子明確與梅花有關，其餘的典故則與梅花完全無關。而且，壽陽公主梅花妝和趙師雄遇梅花仙子，完全是出於切「梅」字之需（如果落梅與典故可以這麼微弱纖細地找，那麼以中國文學的博大精深來說，每一個意象應該都可以找到），因為，句子的意義不在典故之中，也不在落梅之中，而就在句子本身的句意，句意也僅限於此句之內。也就是說，它們與其他韻拍的意象沒有結構上與意義上的關聯。其實，此詞的每個典故、乃至每個意象的運用都是如此，它們的意義僅限於句意之內，各自呈現。這造成三個有趣的現象：如果沒看題目，恐怕壓根兒不知道這是在詠落梅。事實上，我第一次讀這首詞時忘記看題目，便以為是詞人對某個廢墟的感慨，認為是類似上述〈八聲甘州〉的詞作。其次，我們知道了詠落梅，每個意象與落梅也都可以似有若無地牽上連繫，但意象本身便有自身的意義，它們不必非與落梅牽上關係不可。最後，將這些意象合觀，除了各自與落梅相關，彼此卻無關，各有各的語境。因此，結論有點詼諧：我們不知道此篇講了甚麼，似乎只講了落梅，那麼此篇看題目就夠了。

這裡以三個韻拍作為例子。「離魂難倩招清些，夢縞衣、解佩溪邊。」此處透過四個典故似乎講了一個小故事：魂魄離散，便難招回，只夢見她穿著素服，在溪邊解佩，贈予給我。這個故事是獨立的，不僅在上下文中顯得孤立，想與其他韻拍放在一起解釋也顯得彆扭，故事本身也與落梅無關。同樣的，「壽陽空理愁鸞。」講了分離的情況，這與上個故事是最有相關的情況，但這裡的主詞是壽陽公主。而且，縱使將她詮釋為那個幽魂，整首詞的意向也沒有傾向於這個故事的發展。因此，「金沙鎖骨連環」這種遠距化典故的孤立更凸顯了。孫虹、譚學純《吳夢窗研究》說：「以鎖骨菩薩與馬郎婦形容落梅雖然香豔

徹骨，然而超塵脫俗的本體清淨。」〔註37〕這個詮釋僅限於此句中，
原因如同上述：整首詞的意向沒有傾向這個詮釋，它的支撐只能來自
於詮釋者的話語權。

　　總結而言，整首詞的主體結構建立於各個意象的相互爭奪之中。
詞人不斷地寫入再寫入：上一句還在「曉風千里關山」，下一句就變
成了「黃昏冷月」、「庭上闌干」。我們除了知道敘述者因爲題目寫了
落梅之外，並不知道敘述者的落梅代表著甚麼。換言之，成堆的意象
掩蓋了落梅的身影，這與本文分析的第一首詞（〈霜花腴〉）的情況相
似：題目「落梅」連結構中心的寶座都保不住，它被擠到詞作的外部
而成爲一個可有可無的外部語境，事實上，它本來就是詞序提供的外
部語境。中心意旨已經不集中在落梅的身上，而分散於意象的各自完
足的呈現之中。

　　因此，題目「落梅」被架空於題目的位置，成爲詞作最大的「空
白」，各個詞語意象的呈現是落梅遺留下來的形式，它們的在場正標
示著落梅的缺席。另一方面，這首詠物詞的價值不在用典之精深、融
化古文之無痕，更不在落梅代表了或象徵了甚麼，而在於它扭轉了觀
看的方式、詠物的方式：它擺脫「梅」的重負，包括物自身的存在以
及它在歷史文化上的象徵意義，而展示了各種擺脫的姿態，擺脫題
目，擺脫中心，甚至擺脫了讀者的詮釋。於此，其中所揭示的文化意
涵恐怕不是很樂觀：詞人推離「物」及其文化象徵，代價卻是迷失其
中。

　　在這三首詠物詞的例子中，揭示了一個共同現象：「物」在歷史
文化上的事先存在與詞人個人的存在發生碰撞，結果不是「物」或詞
人完全佔據文本主體與意識中心，而是：「物」成爲文本主體之一，
不具有特殊地位，極端的時候幾乎只作爲可有可無的背景語境；碎裂
的詞語意象呈現各自獨立的姿態，形成文本主體、同時也是意識中心

〔註37〕孫虹、譚學純著，《吳夢窗研究》（上海：上海古籍出版社，2015 年），
　　　　頁 447。

的分裂；身爲創作主體的詞人則迷失、乃至消失於這些詞語與「空白」之中。

三、反叛回憶的情事片段

　　從姜夔手中誕生的新型的詠物結構，在夢窗詞中卻呈現了背反的現象：「物」的缺席。實際上，姜夔在拓展出這個客觀結構時，理論上便有可能產生像夢窗詞的現象。當詞人的主體在文本的中心讓位於一個對象、一個客體時，圍繞著客體的客觀結構應運而生，然而，「物」的存在（狹義爲物體，如梅；廣義則可包含情感，如悲哀）與人的存在是兩個獨立的主體，當「物」從一個客觀觀看的客體躍升爲侵襲式的主體時，矛盾便發生了。

　　這個過程可以看成是白石詞與夢窗詞的主要差別：白石詞的「物」是文本的結構與意義的中心，但還是一個客觀觀看的客體，體現於觀看視角的和諧統一。創作主體可以在以「物」爲中心的結構中，將「物」注入、甚至預先設定成特定的情感或象徵，如同第二章所舉的〈疏影〉（「苔枝綴玉」）與〈齊天樂・蟋蟀〉，我們可以很明確地捕捉到前者梅花寫的是「幽獨」，後者的蟋蟀則是「幽思」。因此，雖然創作主體沒有說這是他的情感狀態，但這不是很重要，因爲它已經藉由「物」與「情」的中介（即和諧統一的意象群）呈現出來了，那重點便不在於情感是誰的，而是情感本身。

　　夢窗詞卻不是如此相安無事的場面了。它呈現兩個（或多個）主體的相互碰撞，留下一堆無法整合的意象。於是，原本承擔著「物」與其象徵、「物」與「情」的中介角色的詞語意象，頓時成了文本的主體。「物」被擠爲外部語境，「情」不斷地變換，情感本身也不再重要、也不再能把握，它總是處於過渡的狀態，連同文化的象徵一齊迷失於內部之中。有趣的是，此時詮釋的權力轉移至讀者，卻又告訴讀者這只是妳／你的想法而已。換言之，詮釋於此是一種可能性，不再是決定性。詮釋的結果取決於讀者採取何種視角。

　　後世對三首詞的詮釋便可見到此等現象，這裡便以上述〈高陽臺‧落梅〉為例。劉永濟《微睇室說詞》見到「離魂難倩招清些，夢縞衣、解佩溪邊」這段小故事馬上便說：「詞中用此事與集中《鶯啼序》歇拍『怨曲重招，斷魂在否』同意，皆有所指。蓋夢窗在杭，前妾去後，復眷一女子，未及成婚而病歿，故兩詞皆有招魂之語。因落梅難返枝與春痕難補之語，皆與其情其事暗合，知此句必觸物生感而作，非上文泛用落梅故實可比，亦詠物而關合人情也。」〔註38〕這種詮釋的基礎是文本意象的相似與歷史上吳文英的生平建構。然而，先不論這種詮釋方式的可疑，就算以同樣方式解讀，孫虹、譚學純《吳夢窗研究》卻說此詞是亡國之悲，論據是將此詞與同為遺民詞人的李彭老、李萊老、王沂孫寓含亡國之詠梅詞合觀，意境最為相似，並以張炎選擇夢窗詞調、草窗詞題的〈高陽臺‧西湖春感〉作為佐證。甚至還以意境、意象之相似，推斷憑弔的是西湖的落梅。〔註39〕可以看到，兩者的詮釋有點像是持著各自的吳文英年譜而端出不同的詞作，而誰也無法具有最終的斷定權。這種詮釋空間的可能，是「空白」賦予的。而且，當劉永濟說「此句必觸物生感而作，非上文泛用落梅故實可比」時，不正明明白白地說出此詞的斷裂嗎？具有個人回憶性質的情事片段的突現，揭示了詞人的書寫並不知道要講落梅、還是講落梅為他個人回憶的載體、或是講亡國之悲，因為三者都有可能，也都可能不是。換言之：夢窗詞只呈現當下感知的表面，它反叛任何外部語境的詮釋，那些意象片段永恆擱淺於表面。

　　關於回憶形式與其反叛姿態的含意，在第四章歷史的視野會顯露出來。本節在中後半段集中於詠物詞這個主題，是因為回憶形式是從詠物的客觀結構中孕育變化而形成的。本文已經描述了變化的過程，

〔註38〕見〔宋〕吳文英撰，孫虹、譚學純校箋，《夢窗詞集校箋》（北京：中華書局，2013年），頁1328。

〔註39〕孫虹、譚學純《吳夢窗研究》對〈高陽臺‧落梅〉的分析見《吳夢窗研究》（上海：上海古籍出版社，2015年），頁356～357、408～410。

接著，此處將會看到一個特殊的樞紐：從固定的詠物主題到一種結構形式的全面運用。更形象的說法是，當「物」是詞人個人的回憶，並侵襲至詞人的意識時，詞人便迷失於、消失於那段回憶所遺留下來的片段之中。此樞紐便是〈瑣窗寒・玉蘭〉：

> 紺縷堆雲，清腮潤玉，記人初見。蠻腥未洗，梅谷一懷淒惋。渺征槎、去乘閬風，占香上國幽心展。□遺芳掩色，真恣凝澹，返魂騷畹。　　一盼。千金換。又笑伴鷗夷，共歸吳苑。離煙恨水，夢杳南天秋晚。比來時、瘦肌更銷，冷薰沁骨悲鄉遠。最傷情、送客咸陽，佩結西風怨。〔註40〕

樞紐在於，表面上標明詠物，內容上卻很難不看成一段情事。

　　首先，玉蘭是一種花卉，但這個花卉沒有文學上的重要先例，甚至缺席於文化的象徵。鄭文焯《手批夢窗詞》在還未觸及內容時，便需要先交代何謂玉蘭，而且，還是以物理的認識方式──而不是文學的認識方式──嘗試推論「玉蘭」的品種。後來，孫虹的考辨指明是蘭花，即一般所熟知四君子（梅、蘭、竹、菊）之一的蘭。〔註41〕然而，問題出現了：為何不明白標明是蘭、蘭花、或秋蘭，而偏偏要使用不明所以的「玉蘭」。接著，題目雖然是「玉蘭」，詞作所用之典卻都只切合蘭花，置「玉」於不顧。這可能說明「玉蘭」確是蘭花的一種。然而，用典的情況如同〈高陽臺・落梅〉，僅切「蘭」字，且句子的意義不在典故，而是句子本身的句意。這些句意連結起來，如同後世箋釋家們所作的成果，似乎都指向一段情事的懷念。也就是說，不論「玉蘭」是否為蘭花的一種，也不論「玉蘭」或蘭花所代表的含意，上述兩個現象──物與典故僅止於切字關係與詞作隱含的情事──使得所詠之物只是一位女子的替代。如此，用「玉蘭」可能是為了去除蘭花事先蘊涵的意義，而專指那位女子以及這段回憶，具有個人經驗

〔註40〕《夢窗詞集校箋》，頁1。
〔註41〕鄭文焯的說明與孫虹考辨的過程，見《夢窗詞集校箋》，頁9～11。

及其私密性。

　　不過，先撇除對題目的眾多猜測，就文本而言，除了上述典故的運用之外，此首也呈現夢窗詞慣有的碎裂，正如胡適《詞選》所說：「我們只見他時而說人，時而說花，一會兒說蠻腥和吳苑，一會兒又在咸陽送客了！原來他說的是『玉蘭花』！」〔註42〕詞人若無其事地變換敘述的對象、事件、以及修辭與呈現手法，使得「玉蘭」支離破碎、隱含的女子朦朧不明，表面之直接了當的碎裂與內部之朦朧隱約的整體形成一個巨大的反差。方秀潔〈論詠物詞的發展與吳文英的詠物詞〉便已揭露此點：「若從詠物是否緊扣主題的角度來衡量，該詞確有陷入割裂意象支離破碎的危險。…該詞真正的謎並不在於作為客體物象的玉蘭，而是指隱喻或象徵一位女子的玉蘭。這首詞用隱喻的方法訴說了一則愛情故事。」因此，隱晦曲折的現象「源於詠物對描摹物態的創作要求與詞人用隱喻寄託情思的創作衝動這兩者間的張力。」〔註43〕

　　這種詮釋斷定的前提為，詞人的確想紀錄一段情事回憶，以文本而言，尤其讀到下半闋，確實強烈呈現這個傾向。然而，問題也更加尖銳：何必挑「玉蘭」？直接擺明「蘭花」不是明確許多？更明顯的是：若詞人真的想紀錄，真的想寄託情思於其中，為何將「玉蘭」擺上檯面以示隔層，之後又呈現得如此支離破碎、曖昧不明，似乎見不得人？而且，若要含蓄地寄寓情思回憶，可以如周邦彥〈六醜・薔薇〉、〈花犯・小石梅花〉，一來一回，鈎勒渾涵，或如姜夔〈揚州慢・淮左名都〉、〈小重山令・賦潭州紅梅〉，表達一個整體感受與境界。形象地說：周邦彥與姜夔都可以很安分地融入回憶之中、詞語意象之中，夢窗詞卻似乎非得搞到兩敗俱傷不可。夢窗詞的呈現很顯然並不

〔註42〕見〔宋〕吳文英撰，孫虹、譚學純校箋，《夢窗詞集校箋》（北京：中華書局，2013年），頁9。

〔註43〕方秀潔，〈論詠物詞的發展與吳文英的詠物詞〉，《詞學》，第十二輯（上海：華東師範大學出版社，2000年4月），頁88。

是想要呈現些甚麼，相反，它的呈現方式總是讓人首先看到思緒的快速變化，好似回憶一旦被觸發，它便不受控地蜂擁而至。

從另一個角度來看，〈瑣窗寒・玉蘭〉的表面之碎裂與內部之整體的反差，可以看作是「物」與「情」之間的存在隔閡。以個人經驗來說，物與情的連繫通常是某個當下偶然發生的，這個連繫因此只有當事人在當下親身經歷，並成爲回憶的象徵片段，它只存活於當事人的回憶（與遺忘）裡。而身爲讀者的我們（包括書寫之後的吳文英），情況很明顯：連繫兩者的當下語境消失了，回憶不在場。

在這裡，要先援引鄭毓瑜《引譬連類：文學研究的關鍵詞》對中國文學傳統的感知模式大致分爲「比興替代」與「類推輻輳」的說法，這有助於對此處的理解，從中還可以看到詞體長調爲何與賦有遠親的關係（例如：「潛氣內轉」本是評論賦的術語）：

> 套用比興模式，則極力分辨與凸顯事物的差異，以便確認關聯性的發生，而推類方式，則是極力聚合事物，並不著意於分出差異。〔註44〕

依此，姜夔發展出詠物詞的新型結構比較符合類聚的模式：透過聚合不同意象、不同面相、不同角度而突出中心之「物」，之間的差異在最終指向上也會統合。也就是說，「兩相對應的意義不是最終的目的，連通後的整體理路才是唯一的揭示，所有持續引生的事物都爲了成就一個類應通感的宇宙圖志。」〔註45〕而「宇宙圖志」在詠物結構中便是「物」的圖志。接著，鄭毓瑜繼續說：

> 比興替代模式中，人情與物可以二分，而且可以彼此指代，比如香草即君子、雨澤即恩澤等，而類聚模式中，人情與物並不呈現二分狀態，「物」不必然成爲情感比喻或隱喻，「物」是依其現實處境召喚讀者的認知，聽（讀）者不需

〔註44〕鄭毓瑜，《引譬連類：文學研究的關鍵詞》（台北：聯經出版事業股份有限公司，2012年），頁217。

〔註45〕鄭毓瑜，《引譬連類：文學研究的關鍵詞》（台北：聯經出版事業股份有限公司，2012年），頁219。

要特別推敲，輕易成爲這種論說模式中的「知情」者。這種「知情」表現爲兩種重要的熟悉感，它讓閱聽者隨時與說寫者保持在同一個意指環境中，而不必在對應兩者之間轉換，同時，也就讓聽聞者與說寫者並不特別突出個我的情志，而是相與環境或包裹在同一種人情狀態之中。〔註46〕

藉由這段論述，可以看到夢窗詞的感知模式與上述兩種的顯著差異：「物」依其現實處境召喚的讀者，可能只有回憶自身。詞人無暇顧及因類聚於「玉蘭」而產生的表面斷裂，可能因爲他正身處於「物」的現實處境之中，然而這個現實處境並不爲人所熟知：首先，上面已經說到，「玉蘭」缺席於文學上的重要先例與文化象徵。其次，表面之碎裂並沒有因爲內部蘊含著一個整體而在最終指向上統合起來，「玉蘭」與情事的分際依然存在。像是結尾：「最傷情、送客咸陽，佩結西風怨。」與「玉蘭」的關係僅止於典故的字面切合，而後便拋開切字之「蘭」而表達離別，它成爲不表達「玉蘭」的情事片段的意象。「一盼。千金換。又笑伴鴟夷，共歸吳苑。」則根本與蘭無關。

總言之，現實處境內塑爲內在語境，我們被排除於內在語境、知情者之外。詞人的書寫，彷彿我們自然便會了解一樣，逕自羅列那些碎裂的詞語意象、轉換敘述的對象與方式，不去處理因爲當下語境的消失和不在場而形成的「空白」，也不去理會整體的情思與意境。這些情況正顯現出創作主體的迷失狀態。最終，他的身影陷溺於回憶的侵襲環繞，身處外部的我們，只能看到文本呈現了一系列不表達任何外部主體而只展示自身的情事的多重片段，以及銜接片段的「空白」。

上述的反叛，當它越出詠物的主題、乃至越出長調的體式時，大致有兩種情況。首先是帶有個人情事印記的詞作，如〈鶯啼序〉（「殘寒正欺病酒」）、〈夜遊宮‧竹窗聽雨，坐久，隱几就睡，既覺，見水

〔註46〕鄭毓瑜，《引譬連類：文學研究的關鍵詞》（台北：聯經出版事業股份有限公司，2012 年），頁 219～220。

仙娟娟於燈影中〉、〈風入松〉（「聽風聽雨過清明」）等。在這類詞作中，可以明顯讀出有一段情事隱含在內，甚至可以聯想成一篇情事小傳。而且，透過大文本的閱讀方式，有些情事片段會結合特定場景或節令，而重複出現。但當我們回過頭專注文本時，會發覺它其實甚麼都沒說，那些相近的意象只在自身的展示中發揮作用。我們可以將它們嵌合於一個整體之中，但呈現的樣貌不僅永遠僅止於「暗合」，乃至永遠都有許多遺忘被遺留在表面，無法消除。這些現象透露出某種獨特的存在方式，以及個人之於時代的訊息。另一方面，這種現象呈現於社交詞上，便揭露了存在處境的困惑，這便是下一章首先要面對的論題。

第四章　夢窗詞的歷史視野

徐和瑾在安德烈‧莫洛亞（André Maurois，1885～1967）《追尋普魯斯特》的〈譯後記〉說：

> 莫洛亞撰寫這部傳記有著十分有利的條件。他的岳母婚前名叫讓娜‧普凱，曾是普魯斯特十分喜愛的女友。……。他的妻子西蒙娜小時候曾在半夜裡被叫醒，因爲普魯斯特想要見她，以構思小說中敘述者同聖盧和吉爾貝特‧斯萬的女兒的談話。然而，莫洛亞並未充分利用這些有利條件。他不像聖伯夫那樣，認爲要透徹理解一部作品，就必須深入認識創作這一作品的個人，努力掌握作家的其他文字材料，如未曾發表的文章、信件、日記等，而是像普魯斯特那樣，認爲一位藝術家由生活者和創作者這兩個人組成，認爲「一本書不是我們在我們的習慣、社會和我們的惡習中表現出來的自我的產物，而是另一個自我的產物」。藝術家的生活不能解釋其作品，但是，他的生活卻可以用他的作品來解釋。〔註1〕

這段引文提點了某種研究方式，其中，引文的最後一句：「藝術家的生活不能解釋其作品，但是，他的生活卻可以用他的作品來解釋。」

〔註1〕　〔法〕安德烈‧莫洛亞著，徐和瑾譯，《追尋普魯斯特》（上海：上海譯文出版社，2014年），頁310。

值得拿來參照，尤其當我們發現吳文英的身影幾乎是消失於歷史之中時。這個消失，造成研究吳文英的人在根本上是逼迫於吳文英的歷史缺席而不得不另尋出路。

但若換個角度，如果說，莫洛亞研究普魯斯特的方式是順應普魯斯特《追憶似水年華》的視野，那麼研究吳文英所遇到的「逼迫」，可能也代表著一種視野，一種從夢窗詞而來的視野。換言之，「吳文英」的「空白」現象——吳文英主要是以一本詞集及其友人、從幕的交遊紀錄存在於歷史之中——的緣由，便與夢窗詞的回憶視野有千絲萬縷的根本關係。這個視野已如第三章所述，展示於文本的形式之中。

夢窗詞的回憶形式，首先便將「吳文英」的含意覆蓋消抹，它只是掛在作者欄位上的一個籠統的名字，詞作的意識中心不再是詞人的主觀主體，而是逐漸被分散至不同的客體之中。於是，中心意旨成為一種現象，是主題、意象、情感相互拉扯的場域。我們是藉由閱讀的過程中才認識了此篇的作者（在這裡，應當是創作主體），而不是透過作者解讀詞作。進一步，藉由夢窗詞的詞序、詞作情境建立吳文英的生平情事的這個方法，除了本身的限制與可疑之外，最根本的問題在於，它也無法消除由此建構的生平情事的片段性質，事實上，它的建構基底便是這些片段性。這些現象都暗示著，我們必須回歸到夢窗詞，注重它的文本性。其實，一個顯而易見的事實是：夢窗詞得以流傳至今，依靠的便是它身為一個文本，而不是作為吳文英的作品。

另外，將焦點從單一詞作擴至夢窗詞整個大文本，也有幾個值得注意的現象。首先，每一首詞在不同的創作背景、創作行為中被「吳文英」創作出來，但「吳文英」不一定呈現同一種個性、同一種面貌。此點在具有社交性質的詞作上，應該特別被強調。接著，建立吳文英的生平情事的基底是詞作，但詞作的真實基本上被限定於詞作之中，若將這個真實向外延伸推展，它就成了一種歷史文獻。問題在於，夢窗詞的內容常常涉及個人的回憶，而回憶有著自身的邏輯與結構形式，它不是歷史事實的範疇所能囊括的。更進一步，縱使是最接近歷

史文獻的社交詞，當下語境的消失便宣告了它的流傳只能是一種藝術品的形式——文本的虛構躍然紙上。

　　總言之，夢窗詞無疑是從南宋中末期的文化中誕生的，但重點不是這個事實，而是以這個事實為基礎下，我們可以透過夢窗詞的視野來觀察它如何展示自我、如何存在、以及如何看待它所身處的時代。

第一節　歷史與自我

一、歷史事實語境中的文本虛構：詞序與詞作的存在關係

　　藉由夢窗詞來還原、建構吳文英的生平，不僅因為夢窗詞不以回憶的具體內容作為中心而顯得困難重重，呈現的內容與形式便與這種作法的意圖背道而馳。建構生平要求的是客觀事實的準確時空座標，但夢窗詞呈現的內容常常是基於當下感受或當下語境的回憶，並隨著形式的斷裂與隔絕，呈現出焦慮迷失的狀態。這裡先以〈西平樂慢・過西湖先賢堂，傷今感昔，汍然出涕〉為例：

> 岸壓郵亭，路欹華表，堤樹舊色依依。紅索新晴，翠陰寒食，天涯倦客重歸。歎廢綠平煙帶苑，幽渚塵香蕩晚，當時燕子，無言對立斜暉。追念吟風賞月，十載事，夢蒼綠楊絲。　　畫船為市，天妝豔水，日落雲沈，人換春移。誰更與、苔根澆石，菊井招魂，漫省連車載酒，立馬臨花，猶認蔫紅傍路枝。歌斷宴闌，榮華露草，零落山丘，到此徘徊，細雨西城，羊曇醉後花飛。〔註2〕

近年來在還原吳文英的年輕時期時，這首詞是重要指標，主要有兩點：一，確立此詞的創作時間是淳祐三年（1243），二是憑弔對象為袁韶。有趣的是，正如孫虹、譚學純《夢窗詞集校箋》所說，「夢窗詞一般都不忌諱寫出贈主，此詞卻閃爍其辭」，原因為何？書中給出的答案為：此詞的創作時間的政治環境頗不利袁韶，即「端平——淳

〔註2〕　《夢窗詞集校箋》，頁554。

祐更化」。〔註3〕很明顯這是循環論證，信者恆信，不信者恆不信。本文並不排除這個論證的歷史可能性，而是以另一個根本的、也就是文本的層次來嘗試說明這個現象所蘊涵的意義。

首先，這首詞的題目將情意基調定得很明確，結構也是如此：詞人在上闋用了一系列的物象和場景，來營造、渲染即將進入過往記憶的氛圍，頗有周邦彥的筆法。緊接著，下闋起句便直接進入記憶之中，然而馬上可以發現，詞人從來沒有真正完全地由此進入過往：「畫船為市，夭妝豔水」之後陡然一轉又回到當下，接著，看似是場景的今昔交錯，卻幾乎是當下情境氛圍的延伸與擴展，出現的物象，諸如「苔根」、「菊井」、「花枝」等，都是遺留至今的過往之痕跡。在形式上，下闋只有三個韻拍，相應的是每一個韻拍都非常長，分別為四句（十六字）、五句（二十八字）、六句（二十六字），並多以四、六言為主。如此，句子間的連貫與句式的相似並列將韻拍的分段功能削弱，代之呈現的是，不斷反覆的今昔之情意物象的快速變化，上一句彷彿只是下一句的過渡，根本來不及處理其中的「空白」。例如，「菊井」之「招魂」突然出現，隨即又消失於情境之中，前無因後無果，我們只能以題目來捕捉它的意義。至於「菊井」是水仙王廟的「薦菊井」，則是將此意象單獨抓出來考證的結果，它與文本形成的情境氛圍是兩個不同範疇。也就是說，「菊井」的現實依據並不能成為此處的參照。

總結而言，整首詞從一開始便始終關注當下，回憶也托寓於當下之景之物，逐漸佔據文本的意識中心，形成了整體的當下的情境氛圍。換言之，此詞關注的不是過往之記憶為何（包括詞人與憑弔之人的相處關係），而是當下的回憶行為與場合。題目看似閃爍其

〔註3〕 考證的過程與內容詳見〔宋〕吳文英撰，孫虹、譚學純校箋，《夢窗詞集校箋》（北京：中華書局，2013年），頁563～568以及孫虹、譚學純著，《吳夢窗研究》（上海：上海古籍出版社，2015年），頁79～85。

辭，是因為歷史的事實語境並不是重點，重點是在詞作中創造的語境，也就是當下的情境氛圍，而這代表詞人或許已然意識到過往的不可挽回。

　　最後，讀到結尾，我們已經看到夢窗詞的結尾經常潛藏著不尋常的現象，這首詞也不例外。此詞的結尾雖然在形式上承接著韻拍拉長的特點，時間點也同樣是當下，但在內容上卻與下闋乃至整首詞，形成一個對比：整首詞運用詞語意象的羅列與情感的渲染所建立的當下的情境氛圍，在結尾歸結於一個普遍經驗的「空白」。借用巫鴻〈廢墟的內化：傳統中國文化中對「往昔」的視覺感受和審美〉中「跡」與「墟」的說法可以比較清楚地了解這個對比：

> 「跡」與「墟」因此從相反的方向定義了記憶的現場：「墟」強調人類痕跡的消逝與隱藏，而「跡」則強調人類痕跡的存留與展示。從嚴格的意義上講，「墟」只能是冥想的對象，因為古代建築的原型已不復存在；而「跡」本身就提供了廢墟的客觀標記，無始無終地激發人們的想像和再現。〔註4〕

上述例子的「菊井」便是一種「跡」，它的孤立突現、客觀獨立確實無關緊要，因為它如同情境氛圍中的其他物象，已經激起詞人在此地的記憶（雖然我們不知道具體內容究竟是什麼）。相反，「歌斷宴闌」、「榮華露草」、「零落山丘」等一系列在結尾出現的消逝意象，是一種人的普遍經驗，跳脫了詞人「到此徘徊」的記憶。這樣的進程似乎暗示著，詞人及其當下之情境氛圍最終都會同歸於這些沒有分別的消逝。「到此徘徊」的「此」成了沒有此時彼時的「此地」，是沒有情境氛圍的「此地」，它脫離了當下，也脫離了詞人的特定回憶。詞人的視野褪去了當下的情境氛圍的包覆，在這之外觀察到了、也經歷到了未來會發生的事：最後的羊曇過西州門慟哭的典故形象，即是那個已經經歷的「冥想的對象」。

〔註4〕　見〔美〕巫鴻著，梅玫等譯，《時空中的美術：巫鴻中國美術史文編二集》（北京：生活・讀書・新知三聯書店，2009年），頁55。

這個「冥想的對象」切「泫然出涕」之題，但作爲文本的結尾，它是一種能引起外部任何人的同情共感的開放式「空白」——它是詞人之記憶褪去當下情境氛圍的包覆而成爲客觀獨立的存在時，同時也呈現詞人迷失、消失、游離狀態的表徵。在這之中，已經尋不著詞人及其情境氛圍的任何蹤影，所同所共的情感已經成爲任何人的普遍經驗（例如羊曇，以及讀者）。這種開放的「空白」與個人私密的紀念地恰好相反，但同樣呈現篤定的反叛姿態：整首詞看似讓讀者漸次進入回憶之中，卻表明只能停留於當下、一切只剩當下，最後詞人也脫離當下而出，遺留了表層意象的「空白」在詞語中。

我們可以將此首〈西平樂慢·過西湖先賢堂，傷今感昔，泫然出涕〉與上一章所舉的〈聲聲慢·陪幕中餞孫無懷於郭希道池亭，閏重九前一日〉作個簡單的對比：兩者同樣以當下爲基礎，由此漸漸進入過往記憶之中。差異在於結尾的處理：〈西平樂慢〉脫離詞序於外；〈聲聲慢〉隔絕詞序於內。結合言之，詞語意象在詞作形成意義的過程中不斷地游離，最終雖然一內一外的方向不同，但都將詞序語境的包覆與定形作用徹底廢除，「當下」與詞人也都消失其中。

這種現象耐人尋味：一般認爲是作者創作作品的「作者」觀念在此顯得非常薄弱，除了咬定一個名爲吳文英的創作之外，便一無所知，我們在詞作中根本尋不到他的身影。換言之，詞作與詞序的游離、乃至隔絕與脫離的關係，敞開了極端的詮釋空間——它讓讀者最終只能以「象徵」的方式來連繫「吳文英」的眞實存在。

在這裡，本文將夢窗詞的詞序範疇大略等同於創作主體的主觀範疇，也就是「自我」範疇。另一方面，夢窗詞的回憶形式（尤其是某些詞語語句）卻深入這個範疇之內或越出其外。因此，詞序與詞作的分際便是「自我」的邊界。接著，下文的主題將聚焦於具有社交性質的詞作，以此探討這道「自我」的邊界。從中便明顯呈現出夢窗詞的「自我」形式與其觀念，這與吳文英消失於歷史的現象有深刻的相應關係。

首先是〈解語花·立春風雨中餞處靜〉：

> 簷花舊滴，帳燭新啼，香潤殘冬被。澹煙疏綺。凌波步、
> 暗阻傍牆挑薺。梅痕似洗。空點點、年華別淚。花鬢愁，釵
> 股籠寒，彩燕沾雲膩。　　　還鬥辛盤蔥翠。念青絲牽恨，曾
> 試纖指。雁回潮尾。征帆去、似與東風相避。泥雲萬里。應
> 剪斷、紅情綠意。年少時、偏愛輕憐，和酒香宜睡。〔註5〕

詞序標明了時間與酬贈對象，提供了一個粗略的歷史事實語境，詞作本身卻另造一境：這個斷定在起句還沒有很明顯，但到「凌波步、暗阻傍牆挑薺。」便呼之欲出了，詞中所寫的內容除了立春風雨之外，還是一對男女即將離別的場景與情意。問題來了，除非處靜是女的，否則詞中之女該作如何解？吳蓓《夢窗詞彙校箋釋集評》敏感地藉此拈出「騷體造境法」：「贈別舞臺上出現一男一女兩位主角，男為被送之人，女則送行之人。夢窗托身於女，或隱身其後，方便其事。」接著得出合理的詮釋內容。〔註6〕我讚賞這種敏感，但或許是箋釋本身的限制，吳蓓沒有進一步說明為何要用此法，即「吳文英」明明在詞序標明了「餞處靜」，為何要大費周章地運用此法？

　　會這樣問是因為詞作中有一個小「缺失」引起我的注意：「吳文英」的「托身於女」與「隱身其後」很明顯是兩種不同的口吻，前者是有限視角，是造境中的女子；後者是全知視角，即造境之人，即敘述者「吳文英」。這個斷裂的情形恐怕永遠找不到原因，事實上，這層斷裂也很朦朧，因為大多數的語句作「托身於女」解與作「隱身其後」解，似乎皆可通。至此，此詞應當是寫「立春風雨中之餞」，而主題便是「餞」的場景與情意。

　　然而，問題還是沒有解決，詞作的結尾：「年少時、偏愛輕憐，和酒香宜睡。」還是出現上述明顯的斷裂：它以女子的口吻道出一

〔註5〕《夢窗詞集校箋》，頁254。
〔註6〕詳細的詮釋與箋釋內容見〔宋〕吳文英著，吳蓓箋注，《夢窗詞彙校箋釋集評》（杭州：浙江古籍出版社，2012年），〈前言〉頁4～5與126～129。

段深涉兩人之間的回憶（若以「隱身其後」解，反而更顯突兀斷裂）。我們不敢確定此句是規勸（承上個韻拍：「應剪斷、紅情綠意」而來）還是回憶兩人的過往，但可以確定的是，結尾揭露出兩人之間的熟識，以及這位女子最後的思緒回到過往。這個現象其實也不算奇特，餞別之時本來就很容易想起與被餞別之人之間的共同過往。但是，身處於這段關係之外的任何人，即文本之外的任何人，卻也因此失去理解以及同情共感的機會。其中鉅細靡遺的感知與關係專屬於兩人，回憶在此形成一個內部語境。事實上，整首詞在根本上是以拒絕任何外部的同時性介入（諸如同情共感、認同理解等等）的情況來書寫的，這在起句「簷花舊滴，帳燭新啼，香潤殘多被。」便已有暗示：起句以一個封閉的閨房為開端，它與外部世界相隔。它巧妙地藉著「舊滴」「新啼」的對仗，道出立春剛好位於春天與多天之樞紐的重疊與延續。然而在這之後，時間似乎不再往前走了：詞人盡力描繪當下之立春餞別與些許的過往片段，最後遁入兩人之間的回憶便結束此篇。整首詞從開端到結尾，處處留下對未來的「空白」，它不屬於餞別之後，而是開端「簷花舊滴」之前的過往的「空白」，是在書寫之前、專屬於兩人之間所累積的豐富（也可能單薄）的情意與關係。

　　這種回憶視野的書寫是一個封閉的語境：以詞序語境（「立春風雨中餞處靜」）而言，它脫之於外；以「立春風雨中之餞」而言，它隔之於內。前者的現象說明了詞序所標明的歷史事實——即吳文英與處靜之間的關係——反而顯得次要，文本呈現的是另一個語境。回憶形式的語境與歷史事實的語境的關係（包含無關），我們只能以「象徵」的方式、也就是以斷裂的「空白」形式聯繫起來。事實上，這個「空白」非常重要——它使書寫成為可能。否則，那些千頭萬緒的歷史事實的情況如何能濃縮為一個字而為後續的整篇詞作起頭？書寫必須「遺忘」那些千頭萬緒。換言之：「空白」是書寫這一行為的開端，而且，它也使書寫這一確實發生於歷史事實之中的行為得以脫離於外，成為文本開端的開

端。在少數詞作中，這種另造一境的意圖便直接呈現在起句上，如〈瑞鶴仙・壽史雲麓〉：「記年時茂苑」、〈木蘭花慢・壽秋壑〉：「記瓊林宴起」、〈浪淘沙慢・賦李尚書山園〉：「夢仙到」、〈夜遊宮・贈盧長笛〉：「沙河塘上舊遊嬉」、〈聲聲慢・和沈時齋八日登高韻〉：「憑高入夢」、〈八聲甘州・靈巖陪庾幕諸公遊〉：「渺空煙四遠」等等。

　　另一方面，「空白」使得「書寫之後」的造境隔絕於內。它內蘊於回憶形式的語境，阻絕了與外界的交流和介入，而只停留於「立春風雨中之餞」這層表面，以及詞作裡那些片段的詞語意象。這造成一個現象：在這之中，吳文英與處靜消失了，或者說被替換掉了：詞中那對男女在大部分的語句中完全有理由可以對應於吳文英與處靜，然而也可用完全同樣的理由說兩組之間並不相關。「空白」所形成的封閉造成兩組各自獨立，而各自獨立正是對應的基礎。

　　總結上述兩種情況，身處文本外部的讀者發現了「書寫之後」的「吳文英」的身影：它存在於歷史事實語境與回憶語境這兩極之間（包含這兩極本身）廣闊的「空白」場域。然而，不論它位在何時何處，我們只能以「象徵」的方式捕捉它的存在。簡言之：「吳文英」是以象徵的方式存在，是「空白」的存在。「空白」在此標誌著，它將誕生於當下之社會環境、歷史時刻的書寫行為，最終以文本的形式塵埃落定。在此形式中，文本的虛構取代了歷史事實。

二、回憶形式的自我及其存在處境

　　讓我們重新整理，設想一下當時的情況：吳文英（歷史上曾經存在的那個人）在準備寫上述那類的詞作時，所有千頭萬緒在他的書寫開端形成一道「空白」，藉此得以開始書寫。而且，他還選擇創造一個回憶形式的語境將之推上檯面，自己則遁隱、消失其中。此時，我們只能以象徵的形式找到「書寫之後」的「吳文英」。但，到底是為什麼？為什麼要如此大費周章？

　　在酬贈某些長官上級、甚至位居顯赫的對象時，我們很容易會從當

時的社會政治環境來為此開脫，例如：囿於不利的政治氛圍或社交的基本禮儀，此舉可以在表面順應的同時，又不將真實的自我呈現（或呈獻）。事實上，這種解釋永遠合理，因為論述的前提要求它合理。因此，它僅能停留在猜測的層面，並佐以許多歷史文獻將其包覆，以繼續嘗試印證（或推翻）這層猜測的可能性。然而，若仔細一看這種研究的方法與模式，不正是以一種「象徵」的方式去嘗試捕捉那位作者的身影嗎？例如，吳文英與賈似道的關係一直以來為人津津樂道，藉此來大談吳文英的品性問題，但所依據的必定是「書寫之後」的、文本之中的「吳文英」。另一點更重要的是，上述〈解語花・立春風雨中餞處靜〉的酬贈對象不是他親兄弟也是他朋友，為何一樣要創造一個模稜曖昧的回憶語境取代原本單純明確的關係？為何要如此地離散於、游離於「空白」之中（除非他們交惡了）？類似的情況也發生於〈瑞龍吟・送梅津〉、〈八聲甘州・和梅津〉、〈尾犯・贈陳浪翁重客吳門〉等交遊之作。

　　這個問題涉及到夢窗詞呈現的藝術觀，此處先回到夢窗詞的自我形式的特質論起。

　　首先，「吳文英」是一種象徵方式的存在，那麼，詞序中主觀之自我對「吳文英」而言只是其中一種姿態，它與對象的關係依存在歷史事實語境裡。因此，應該換個角度說，在回憶的形式中，「吳文英」的自我是離散的，與之相應的自我的邊界也處於游移的狀態，而承載這自我的是文本、詞語，是中國的文字語言。中國文字語言的系統本身就傾向於象徵，這在高友工《中國美典與文學研究論集》已有說明，並說明了這種運用：

> 如果說一般語言是內涵作為語典的一部分是為外指服務，
> 在形象語言中外指則為內涵服務，也可以說詞意的性質是
> 類性，而非外物。……當我們記得形象純屬心象，是行動
> 語言很難掌握的。而現在由於中國的孤立語，由於中國的
> 象意字，也許更由於中國人對這種內在意象的重視，竟能
> 用我們最古老的文字語言來象徵，捨細節而取主旨，輕實
> 證而重印象；以至現實時間反而要通過心理空間來表現。

內在經驗居然能用純形象語言的象徵來保存。〔註7〕

夢窗詞也是如此，只不過它將此法推向極端：以文字承載心象，同時文字又鎖住這些心象的意義，「空白」浮於表面。它呈現反叛的姿態，拒絕外部的介入，這些心象、形象、意象與其回憶，便不能再以同情共感的方式去獲取、去認同，否則便如上引〈西平樂慢〉，同情共感的只是一種人類的普遍經驗，「吳文英」已經消失離去。這種象徵方式的存在的意義，依阿萊達·阿斯曼《回憶空間：文化記憶的形式與變遷》的話說，乃「事後補充上去的」〔註8〕：

> 回憶會變成逸事，通過不斷地講述，這些逸事得到不斷的擦拭。在這個過程中，穩定的力量漸漸地從強烈情感轉移到了語言公式上。對於逸事來說重要的是，「它的笑料或戲劇性在交流中得到保存，或者正是在交流中得以形成」。逸事和象徵在這裡代表著敘述的不同形式：在逸事裡，回憶在一個不斷重複的言說行為中得到穩固，而在象徵裡，回憶則在一個詮釋性的自我闡釋的行為中得到固定。一種敘述的特點代表了值得記住的（das Merk-Würdige），也就是代表了記憶，另一個則代表了闡釋和意義。〔註9〕

這段可與高友工的說法作個對應：「逸事」屬於為外指服務的一般行動語言，夢窗詞的回憶形式則屬於為內涵、內在意象服務的「象徵」。因此，自我的形式與意義存在於事後的補充與闡釋中。以本文而言，便是在「書寫之後」之中。

在這裡，自我與詞語的關係對調了：原本，詞語是用來承載、抒發自我，是自我的一個附庸；夢窗詞則呈現出，所謂的自我只能是次要的，它是「事後補充上去的」，詞語本身的意義才是首要的。擴大

〔註7〕 高友工，《中國美典與文學研究論集》（臺北：國立臺灣大學出版中心，2004 年），頁 205～206。

〔註8〕 〔德〕阿萊達·阿斯曼著，潘璐譯，《回憶空間：文化記憶的形式與變遷》（北京：北京大學出版社，2016 年），頁 293。

〔註9〕 〔德〕阿萊達·阿斯曼著，潘璐譯，《回憶空間：文化記憶的形式與變遷》（北京：北京大學出版社，2016 年），頁 300～301。

言之便是，詞作中呈現的回憶、情事本身，不論事實與否、虛構與否，都是首要的。因此，正如「吳文英」的「自我」是一種離散的、游移的狀態，它在事後的各個補充、各個闡釋中雖然能得到固定，但這些各個的固定不必然形成統一的自我形象。反叛，不僅避免了成為逸事、傳記等線性時間形式，也拒絕成為固定的某某象徵的空間結構。換言之：「吳文英」是一個不斷處於建構行為的建構。

若以夢窗詞的大文本而言，「吳文英」也是象徵形式的存在。每首詞的書寫背景與行為散佈於不同的意圖、不同的開端，它們彼此之間基本上是隔著一道時空距離。進一步，單一詞作中的「吳文英」，存在於與其對象的關係之中，而不是單純地在固定的自我或對象裡。這種雙重隔閡便是為什麼「吳文英」的人品始終為人詬病，因為它的立場太曖昧不明、太游移不定了。例如，上一章討論到的詠物詞即是如此：它不像姜夔，乾脆地存在於結構形式的統一和諧，而是就存在於文本中不斷相互拉扯的各個情意、各個物象、各個「空白」之中。每一個都是他，但每一個都不完全。

因此，本文對串聯不同詞作之相近意象和意境以形成一段「逸事」的作法存有疑慮。其中，有些詮釋會讓人摸不著頭緒：「空白」被建構出來的故事所填滿，但卻毫無理由，只因為故事中的吳文英、以及在這故事之外被建構的吳文英生平有可以相應的行跡。

此處以孫虹、譚學純《吳夢窗研究》中在建構其「蘇州營妓」為例。〔註10〕首先，此書以〈八聲甘州‧和梅津〉為例，說「這是向契友尹煥娓娓訴說與蘇妓的愛情經歷：邂逅於出入杭州幕中時蘇州營妓，在夢窗入蘇幕後洽亦至蘇，二人再次驟然相逢與最終離別。」〔註11〕一開始便很奇怪了，在和作中向別人訴說自己的愛情經歷，就算

〔註10〕全文見孫虹、譚學純著，《吳夢窗研究》（上海：上海古籍出版社，2015年），頁342～348。

〔註11〕孫虹、譚學純著，《吳夢窗研究》（上海：上海古籍出版社，2015年），頁342。

是摯友，這種作法也不知該如何說通。事實上，前人大多數是將詞作中明顯的情事托付於尹煥的情事，這至少合理一點。其次，書中以「桂花」為蘇州營妓系列詞的重要意象，詞例是〈風入松・桂〉、〈聲聲慢・詠桂花〉、〈金琖子・吳城連日賞桂，一夕風雨，悉已零落，獨寓窗晚花方作小蕾，未及見開。有新邑之役，掲來西館，籬落間嫣然一枝可愛，見似人而喜，為賦此解〉與〈朝中措・聞桂香〉。先不論前兩篇是詠物之作，單以這四篇而言，彼此之間的內容根本沒有關係。例如，〈風入松・桂〉中「西湖開窗對歌賞桂」〔註12〕的片段在其他三篇中完全沒有提及，而書中卻說它「閃現」於一篇完全跟「桂花」無關、而跟荷葉有關的〈齊天樂・白酒自酌有感〉：「當時湖上載酒，翠雲開處共，雪面波鏡。」〔註13〕接著，書中以「蘇州西園」綰合〈風入松〉（「聽風聽雨過清明」）與〈浪淘沙〉（「燈火雨中船」）、以「梨花寒食」綰合〈齊天樂〉（「新煙初試花如夢」）與〈解蹀躞〉（「醉雲又兼醒雨」）。先不論這種連結的薄弱，這些詞卻都有一個共同的現象：沒有詞序。因此，這倒顯得是詮釋者從外部包覆了一個生平的語境。接下來的兩首詞例也沒有詞序：〈晝錦堂〉（「舞影燈前」），此詞「是在蘇州營妓歌舞舊地，對相處、分離、悔疚、相思、期盼有著細緻描述，並若隱若現地暗示著蘇州營妓流落至杭州的芳蹤。」〔註14〕詞作中確實都有「分離」、「相思」等情意，但為何一定是「蘇州營妓」？〈宴清都〉（「病渴文園久」）的情況也是如此，書中說此詞是「傾訴當年杭州遊冶後的分離，也顯示蘇州再次分離即蘇妓歸杭後的音訊不通。」〔註15〕問題在於，就算真的是在寫這段情事，這首詞所呈現的「蘇州營妓」的形象或相關意象，與前者任何一首詞有何必

〔註12〕孫虹、譚學純著，《吳夢窗研究》（上海：上海古籍出版社，2015 年），頁 343。

〔註13〕孫虹、譚學純著，《吳夢窗研究》（上海：上海古籍出版社，2015 年），頁 343～344。

〔註14〕孫虹、譚學純著，《吳夢窗研究》（上海：上海古籍出版社，2015 年），頁 346。

〔註15〕孫虹、譚學純著，《吳夢窗研究》（上海：上海古籍出版社，2015 年），頁 347。

然的關聯？此詞只突兀地出現一個「西湖釀入春酒」的「西湖」，似乎便沒有了。例如，此詞出現「梨花」、「翠柳」、「江楓」，其中卻沒有「桂花」。書中論述的最後，將〈青玉案〉（「短亭芳草長亭柳」）（此詞依然沒有詞序）以悼亡解而作結。這裡至少有兩個問題：一，「摘枝嗅梅是蘇州營妓系列詞中屢見意象。」〔註16〕至此，蘇州營妓系列已經涉及了至少桂花、梨花、梅花三種花，這還不包括論述中零散出現的花葉。二，詞中「短亭芳草長亭柳。記桃葉，煙江口」的意象場景似乎更像書中所謂的「杭州亡妓」：「……杭妓詞中慣用的桃花溪水意象」〔註17〕。而且，此詞若不解爲悼亡之作，依照書中的論述邏輯，是可以與「杭州亡妓」的〈桃源憶故人〉（「越山青斷西陵浦」）與〈西江月〉（「江上桃花流水」）合看的（這兩首也沒有詞序）。

分析此書的缺失的主要目的，不是對一種研究方式的批評，因爲情況顯然比這個更加複雜：如果我們完全接受上述的建構，「蘇州營妓」的面貌並沒有因此顯得清晰明朗，只有更加瘢痕累累、模糊曖昧。失落的片段在趨於整體面貌的建構進程中不斷地隨之湧現。

從這種建構的邏輯起點來看，在各個詞作及其語境的獨立、詞序沒有明顯說明關聯的情況下，這個起點必須至少爲兩首詞作，否則沒有參照座標以供對應對比。換言之，起點不是一個點，而是一種斷裂的、強硬的合一。或者說，它像是一組雙星系統（或聯星系統），繞著一個中心轉。然而，這個中心本身可能甚麼都不是、甚麼也沒有，只是一片「空白」──那個點、那個圓（球）心，是依循我們的需求、我們的視野而加上去的，它恰好反映出這個視野的活力與可能性，以及局限與狹隘。這裡以上述縮合「蘇州西園」的〈風入松〉與〈浪淘沙〉爲例：

〔註16〕孫虹、譚學純著，《吳夢窗研究》（上海：上海古籍出版社，2015 年），頁 348。
〔註17〕孫虹、譚學純著，《吳夢窗研究》（上海：上海古籍出版社，2015 年），頁 340～341。

　　　聽風聽雨過清明。愁草瘞花銘。樓前綠暗分攜路，一
　　絲柳、一寸柔情。料峭春寒中酒，交加曉夢啼鶯。　　西
　　園日日掃林亭。依舊賞新晴。黃蜂頻撲鞦韆索，有當時、
　　纖手香凝。惆悵雙鴛不到，幽階一夜苔生。〔註18〕

　　　燈火雨中船。客思綿綿。離亭春草又秋煙。似與輕鷗
　　盟未了，來去年年。　　　往事一潸然。莫過西園。凌波香
　　斷綠苔錢。燕子不知春事改，時立鞦韆。〔註19〕

這一組相比於四篇桂花詞、梨花寒食等薄弱乃至無關的連結，已經是
意象、意境最爲相似的一組。然而，明顯重疊出現的「西園」、「鞦韆」，
卻也不能直接理所當然地劃上等號，兩者的語境根本就不相同：前者
是清明時節，地點可能就在「西園」；後者是舟中所感，時間點並不
明確。兩者的開端分散在不同的時空，而且，書寫的意圖與命意本身
也不明確，正如陳匪石《宋詞舉》分析完〈風入松〉的脈絡時，最後
卻寫道：「至其命意所在，爲賦？爲興？爲比？不能執一以求之。」
〔註20〕如此，此「西園」何以必爲「蘇州西園」？

　　　一種更根本的「空白」出現於「西園」這個詞語意象本身。孫
虹、譚學純《吳夢窗研究》便已道出：「『西園』本泛稱遊樂的園苑，
是歷代詩詞中的常見意象。……。『西園』、『燕子』連類而及也屢見
不鮮。」〔註21〕既然如此，問題來了，事實上，所有身處於歷史文
化之中的人在書寫創作時都會遇到這個問題：「西園」這個詞語在書
寫之前所擁有的意象積累，在多大程度上侵入了當下正在書寫「西
園」這一行爲？孫虹、譚學純《吳夢窗研究》將夢窗詞中的「西園」
分爲至少四種意指〔註22〕，並不能說明這個問題。因爲，藉由外部

〔註18〕《夢窗詞集校箋》，頁 953～954。
〔註19〕《夢窗詞集校箋》，頁 1716～1717。
〔註20〕見〔宋〕吳文英撰，孫虹、譚學純校箋，《夢窗詞集校箋》（北京：
　　　　中華書局，2013 年），頁 957。
〔註21〕孫虹、譚學純著，《吳夢窗研究》（上海：上海古籍出版社，2015 年），
　　　　頁 312～313。
〔註22〕此四種爲「紹興府治園圃中著名建築」、「與朋友共遊之園」、「實指蘇

考證所得的分類，忽視了「西園」這一個詞語在各自詞作中的運用形式，包括它的意象獨立性以及與其他意象之間的關係。尤其，夢窗詞對「西園」的用法，一如諸多意象的使用，常常是以孤立突現的片段形式出現。例如〈瑞鶴仙〉，這首同樣被列爲「蘇州營妓」系列的詞作（也同樣沒有詞序）〔註23〕：

> 淚荷拋碎璧。正漏雲篩雨，斜捎窗隙。林聲怨秋色。對小山不迭，寸眉愁碧。涼欺岸幘。暮砧催、銀屏剪尺。最無聊、燕去堂空，舊幕暗塵羅額。　　行客。西園有分，斷柳淒花，似曾相識。西風破屐。林下路，水邊石。念寒蛩殘夢，歸鴻心事，那聽江村夜笛。看雪飛、蘋底蘆梢，未如鬢白。〔註24〕

此詞上下闋明顯分爲兩境。上闋主要描繪室內；下闋藉由「行客。」一短韻拍轉境，接連帶出思念的、回憶的場景。其中，「西園有分，斷柳淒花，似曾相識。」便是在這種情況下出現：「西園」是一個回憶裡的場景。整首詞中，佈滿諸多看似確定的意象，卻因爲各自獨立而沒有可供參照的時空座標，反而顯得不知其所指，諸如：「寸眉愁碧」、「燕去堂空」、「寒蛩殘夢」、「雪飛鬢白」以及「西園」等等，這些詞語意象突然浮現，又隨即消失於下一個意象的顯現，各自的意義並不需要相互指涉而完足，它們的完足來自於回憶的視野。於是，其間的「空白」只能在「象徵」的層面上找尋共同指向，「吳文英」與其中所思念的對象也遁隱到這些意象的有關與無關之間，它們必須身處於交相感應或相互拉扯的場域之中才得以形成。同樣的，〈燭影搖

州城西名園」、「蘇州營妓侑觴共遊之園，而非寓居場所」。詳見孫虹、譚學純著，《吳夢窗研究》（上海：上海古籍出版社，2015年），頁313。

〔註23〕有趣的是，在上述孫虹、譚學純《吳夢窗研究》對「西園」的分類中，此詞是「與朋友共遊之園」，與其所校箋的《夢窗詞集校箋》將其歸爲「蘇州營妓侑觴共遊之園，而非寓居場所」並不相同。這個現象或許便已透露出，對夢窗詞的意象的具體解讀，常常端看其視角如何。視角一變，具體內容也隨之而變。

〔註24〕《夢窗詞集校箋》，頁53～54。

紅・餞馮深居翼日其初度〉：「飛蓋西園」〔註25〕、〈風入松・桂〉：「暮煙疏雨西園路」〔註26〕、〈掃花遊・春雪〉：「醉西園、亂紅休掃。」〔註27〕以及上述所引兩例等等，它們（「西園」）當然可能都具有各自實指的意義，或各自所引用的語典，但它們首先存在於各自的文本中，並在各自的語境中與其他意象發生相互感應或拉扯的關係。否則，空有外殼的實指也無法形塑文本本身（更何況，它們大多數都不是詞作的主題），具有社交性質的詞作也會變得了無意義，詠物詞則會暫時脫離所詠之物。

　　但是，我們還是沒有解決上述的困惑，即：以「西園」為例，它在多大程度上用典？這個問題恐怕永遠懸而未決，下一節我會再嘗試處理它。不過，藉由這個問題，本文的分析至少揭露了一些現象：建構關係的邏輯起點在本質上為分裂的「一」，「一」的中心為「空白」，以此建立的關係不僅根基不穩，也滿是斷裂飄移的痕跡，甚至最終陷入關係的循環論證之中。依此，它所建立的「同」，便不是分散在不同詞作的意象的具體內容——例如某些「西園」指的是「蘇州營妓」的「蘇州西園」——而是藉由闡釋形成的不斷建構的存在。以「西園」為例，它在詞作中更像是一個徒有地名、提供背景的乾扁的代名詞。此時，它若要脫離乾扁、要成為具有具體指涉的名詞，它就需要不斷的外部補充與事後闡釋（如實際地點、用典出處等）。事實上，「蘇州營妓」、乃至夢窗詞中涉及到回憶情事的各個對象也是如此：它不必然是單數，而應當跟「吳文英」一樣，是個複數，沒有統一的形象，一個存在於象徵之中的關係。周圍的、夾雜其間的「空白」造就了它的意義的多樣性，卻也局限了它。在書寫開端的那道「空白」之後，它就必須身處於文本的內容與結構形式之中，進而產生意義。這種片段的意義（以及「空白」的意義）的事後性，與「吳文英」的「自我」

〔註25〕 《夢窗詞集校箋》，頁 1147。
〔註26〕 《夢窗詞集校箋》，頁 960。
〔註27〕 《夢窗詞集校箋》，頁 403。

屬於同一種形式。

在這種情況下，讀者無法從外部進入。我們嘗試以同情共感的體驗是一種強行介入而造成的錯覺，其中並無「吳文英」的身影。它拒絕任何對它唯一的詮釋，同時敞開所有可能的詮釋。另一方面，這即是說，如果我們找到了一種詮釋，或先抓住其中一點來開啓往後的詮釋，那麼詮釋話語的開端性便會讓文本的「空白」隨之浮現。──我們不能既要求眞實又要求完整。換言之，同情共感的作品在某種程度上，總有點尋求慰藉的味道，在最高的意義上便是自我的抒發、自我的慰藉，例如傳統「士不遇」的情意，因此有所謂的士大夫階層、文人階層的相互認同、集體意識等；夢窗詞則在最終斷然拒絕慰藉與認同，赤裸裸地展示一種同時外於自我也內於自我的眞實，即回憶的眞實。這個眞實的首要基礎，就建立在原初的消逝之上。詞作開端的開端，即詞人的書寫，打從一開始就意識到某種東西已經消逝，否則他無處下筆。又眞實又完整的只限定於每一個不斷流變而消逝的「當下」。詞人對「當下」的追尋越是根本，詞作呈現的在場越是形成一股強旋渦流，充溢著濃重的喪失感，誘使人無法自拔地沉醉並消失其中。──夢窗詞是存在處境的展示，是一種關於存在的體驗。

總言之，夢窗詞身爲文本，如果單一詞作本身、以及詞作與詞作彼此之間的關係便是如此紛雜的呈現（而且，有些詞作還沒有詞序），它（們）本來就拒絕、或至少不傾向讓我們將這些表層的感知印象還原、轉化、建構至一個實實在在的、曾經存在於歷史現實之中的本體。透過「書寫」，吳文英已經讓自己以及他的回憶──或回憶的他──替換爲「書寫之後」的夢窗詞（「吳文英」）而存在。它拒絕與外部交流、拒絕以同情共感的形式而成爲一位可傳誦的故事的主人公。在詞作與詞作的關係中，我們找不到完美的、統一的講述的開端，而只能從外部、事後不斷地補充它、建構它、闡釋它。──這個現象說明：「書寫之後」的夢窗詞將永遠處於一個「過渡」的型態。

第二節　歷史與文本

一、詞語的廢墟化

　　何謂「過渡」？按一般意義來說，過渡是一種時間線性的連接，並意圖於一個特定事件的完成，因此是及物的。上引巫鴻的「跡」便是這類「過渡」的一種展現，他說「跡」除了包含「可觸可及的『記號』（mark）」與「行為和運動」兩種含義之外，「在文言文中也可用作及物動詞，意味追尋某人或某事的實跡」。〔註28〕這呼應著一般傳統的閱讀習慣，亦即作品的生成對應於作者的生平。以上引〈西平樂慢〉來說，歷來箋釋「菊井」這個詞語的具體指涉為「薦菊井」，它作為一種及物的過渡，是要向我們表明存在於歷史事實的、位於杭州、詞人親眼見過的那口井。這固然可能沒有錯，但卻忽略了「菊井」這一詞語在文本中的用法：它首先生成的意義是在〈西平樂慢〉所創造的情境之中，此時，它的快速過渡標示了它的片段性質。不過，它還是及物的，只是它的所及之物是虛構的。如此，及物的過渡中還可以分為事實的及物與虛構的及物（或更多種），這牽涉到讀者採取何種視角。但，另一方面我們也已經看到，夢窗詞的某些詞語或外離於、或內隔於任何語境，而只指向自身。這種詞語沒有意圖於某個外部事件的完成，它自身的存在即是意圖本身——本文稱之為不及物的、本身即是（象徵著）過渡的「過渡」。藉由兩種「過渡」的約略區分，我便可嘗試回答上一節遺留下來的疑問：某個詞語在書寫之前所擁有的意義積累，在多大程度上侵入了當下正被書寫下來的這個詞語？簡言之：夢窗詞如何用典？

　　我想從頭論起。首先，藉由夢窗詞建構吳文英的生平，便是將夢窗詞看作一個雖然零散卻整體的「跡」，藉此還原理想中的吳文英生平。這個用意、意圖總的來說是好的，但有時卻很容易陷入詮釋迴圈。

〔註28〕〔美〕巫鴻著，梅玫等譯，《時空中的美術：巫鴻中國美術史文編二集》（北京：生活・讀書・新知三聯書店，2009 年），頁 54～55。

例如，將一首表面看起來為單純的懷古詞看作是借古諷今的、有政治傾向的詞作，以此將創作時間定於某一特定事件發生的年份，但證據卻是將詞作闡釋成它確實是在借古諷今，並將詞作中的場景情意配合事件，一一落實。孫虹、譚學純所著的《夢窗詞集校箋》、《吳夢窗研究》便是以此將〈高陽臺・過種山即越文種墓〉校箋、闡釋成追悼吳潛之作。闡釋的內容與主要脈絡為：以文種忠於越王勾踐卻在功成之後反被其所殺的關係，喻吳潛身為一代忠臣而被毒殺的當今事件。此點在吳熊和《隱辭幽思、詞風密麗的吳文英》與陶爾夫、劉敬圻《吳夢窗詞傳・詞選》已經道出，只是他們以此泛說吳文英不是一位不關心國事的詞人，並沒有指實為一特定事件。〔註 29〕這裡出現一個問題：所到之地（文種墓）的歷史事件本是如此，加上懷古主題早已形成一種制式化的傷感情緒，在這兩點的涵蓋下，如何能斷定作者的本意是借古諷今？先錄此詞：

> 帆落迴潮，人歸故國，山椒感慨重遊。弓折霜寒，機心已墮沙鷗。燈前寶劍清風斷，正五湖、雨笠扁舟。最無情，岸上閑花，腥染春愁。　　當時白石蒼松路，解勒回玉輦，霧掩山羞。木客歌闌，青春一夢荒丘。年年古苑西風到，雁怨啼、綠水蒹秋。暮登臨，幾樹殘煙，西北高樓。
> 〔註 30〕

其中，「弓折霜寒」、「燈前寶劍清風斷，正五湖、雨笠扁舟。」、「當時白石蒼松路，解勒回玉輦，霧掩山羞。」等，本是流傳下來的歷史內容。另一方面，強烈的感傷情緒還可以藉由表面的所押之韻一窺其制式特點，這在宇文所安《晚唐：九世紀中葉的中國詩歌（827～860）》談到「懷古」發展到晚唐時，已經說明「尤」韻部已與憂鬱的情感形成特定的連結。〔註 31〕簡單來說，我們甚至不用真的去

〔註 29〕詳見〔宋〕吳文英撰，孫虹、譚學純校箋，《夢窗詞集校箋》（北京：中華書局，2013 年），頁 1344～1345。

〔註 30〕《夢窗詞集校箋》，頁 1340。

〔註 31〕宇文所安《晚唐：九世紀中葉的中國詩歌（827～860）》：「八世紀下

到文種墓，也可以用同樣的模式創造出一篇類似的詞作。這說明，
這種「詩意的『條件反射』」的「成問題的詩法」不僅「鼓勵無盡的
重複和容易的滿足」〔註32〕，也給予了呼應類似事件的詮釋意圖的

半葉的律詩詩人在七言中使用『尤』部韻字和常見的押韻詞。雖然
這些大多不是『懷古』，但是它們所喚起的場景（部分由於押韻詞的
緣故）帶有同樣的憂鬱景色。早期的著名文本似乎已經建立了使用
這一韻部的特定情緒。……。進入九世紀，我們便遇到劉禹錫的著
名詩篇，詩中不再提及消逝的神仙，而是將變化多端的憂鬱與『懷
古』及某一人類歷史遺址聯繫起來。……。我們應該指出，雖然這
種情緒並不侷限於押『尤』韻的七言律詩，但此類詩篇預定傾向於
這種傷感情緒，因為尤韻七言律詩的名篇越來越多。」（The regulated
verse poets of the second half of the eighth century used the *ou* rhyme
and the common rhyme-words in their poem in the long line. Although
most of these are not "meditations on the past," they invoke scenes (in
part because of the rhyme-words) with the same kind of melancholy
vistas. It seems that the famous precedent texts had already established a
certain mood when this rhyme was used. … . As we move into the ninth
century, we encounter Liu Yuxi's famous poem, which links the
melancholy of mutability with the "meditation on the past," with some
site of human history and without reference to vanished immortals. … .
We should note that while this mood is no way restricted to regulated
verse in the long line rhyming *ou*, such poems are predisposed to this
kind of pathos because of the growing history of famous poems in the
form with the same rhyme.）見〔美〕宇文所安著，賈晉華、錢彥譯，
《晚唐：九世紀中葉的中國詩歌（827～860）》（北京：生活・讀書・
新知三聯書店，2011 年），頁 199～202。原文見 Stephen Owen, *The late
Tang: Chinese Poetry of the Mid-Ninth Century (827-860)* (Cambridge
(Massachusetts) and London: Harvard University Press, 2006), p.200-203.

〔註32〕〔美〕宇文所安著，賈晉華、錢彥譯，《晚唐：九世紀中葉的中國詩
歌（827～860）》（北京：生活・讀書・新知三聯書店，2011 年），頁
202～203。前後文的原文為：We can perhaps identify one aspect of Late
Tang poetry here: an established body of earlier poetry had invested
certain topics, images, forms, and even certain rhymes with powerful
associations of mood. The response to conjunctions of these elements
was a poetically "conditioned response." Although this could be used
very successfully, as in Xu Hun's poem cited above, it was a particularly
problematic poetics, inviting endless repetition and easy satisfactions.
見 Stephen Owen, *The late Tang: Chinese Poetry of the Mid-Ninth
Century (827-860)* (Cambridge (Massachusetts) and London: Harvard
University Press, 2006), p.203.

空間。換言之，如果〈高陽臺・過種山即越文種墓〉不小心被歸類為姜夔的詞作（這首詞乍看之下，其風格頗似白石詞之「清空」），大概也可以找到類似的政治事件以確定創作時間。

另一方面，書中考出此詞的創作年份為景定三年（1262），依其書中勾勒的生平，吳文英此時的幕主為嗣榮王趙與芮，嗣榮王為理宗母弟，度宗生父。這下子，這首原是泛泛而懷的詞作縱身一躍，突然成了深含不可明言的寓意的詞作（其中還必須先說明吳文英是個會關懷朝局時政的悲憫之人，然而，這點的論證也是先將詞作闡釋成在關懷國事。另外，論證吳文英與吳潛至少是友好的關係也屬於這種循環論證）：因為理宗、度宗都與賈似道毒死吳潛有間接關係，因此「夢窗即便能明辨忠奸，亦不能身在榮邸而言其家事，並且未必能知賈似道毒死吳潛的內幕，但對吳潛貶謫荒蠻並且暴卒，中心藏之，不能忘之，故在懷古詞中悲憫國事日蹙，為千古忠臣痛瀉其憤。」〔註33〕這樣的說辭，用宇文所安的話說（這種事也常發生於箋釋李商隱的詩）：「注疏家簡直就像盡力為客戶辯護的律師」〔註34〕。（而且，值得疑問的是，在詞作中呈現出關心國事的情感姿態，就表示吳文英有高尚的品格嗎？或，關心國事等於高尚品格？）不過，這些現象恰好提醒宇文所安在〈黍稷和石碑：回憶者與被回憶者〉已經道出的：第一篇

〔註33〕 孫虹、譚學純著，《吳夢窗研究》（上海：上海古籍出版社，2015年），頁364。也見於〔宋〕吳文英撰，孫虹、譚學純校箋，《夢窗詞集校箋》（北京：中華書局，2013年），頁1345～1346。可以注意到，同樣邏輯的說辭已見於上引〈西平樂慢・過西湖先賢堂，傷今感昔，泫然出涕〉中，即訴說著為何詞序閃爍其辭。

〔註34〕 〔美〕宇文所安著，賈晉華、錢彥譯，《晚唐：九世紀中葉的中國詩歌（827～860）》（北京：生活・讀書・新知三聯書店，2011年），頁351。原文整句為：The commentators, ever solicitous of Li Shangyin's reputation, have a serious problem here; some resemble nothing so much as lawyers trying to make the best case for their client. 見 Stephen Owen, *The late Tang: Chinese Poetry of the Mid-Ninth Century (827-860)* (Cambridge (Massachusetts) and London: Harvard University Press, 2006), p.359.

「懷古」作品是藉由詮釋而「創造」出來的，此即經由《毛詩・序》解釋的〈黍離〉。〔註35〕那麼，這首詞會如此詮釋便是固有的、傳統的閱讀模式的自然結果。

因此，下文將重新分析這首詞，以便重新體驗它的價值。

開端：「帆落迴潮，人歸故國，山椒感慨重遊。」便意義重大，它讓讀者直接感到具體內容的曖昧不明：歸故國之人似乎不是感慨重遊的詞人。除非直接斷定此詞寫於南宋亡後，或者將「故國」作家鄉（如杜甫〈上白帝城詩〉：「取醉他鄉客，相逢故國人。」〔註36〕）、舊地（如蘇軾〈念奴嬌〉：「故國神遊，多情應笑我，早生華髮。」〔註37〕）等其他解，兩者才能是同一人。隨著描述歷史事實的開展，詞序的歷史事實語境才提供了一個較合理的看法證實了兩者是兩個人：「帆落迴潮，人歸故國」是在講越王勾踐滅吳之後的回國；「山椒感慨重遊」則是當今之詞人。如此，除了此詞在首句便出現文本主體的分裂以外，藉由書寫的開端，這段歷史事件得以以開門見山的方式映入眼簾，是一種造境。這與〈八聲甘州・靈巖陪庾幕諸公遊〉有點類似，它們在開端都表明與歷史的關係不是在歷史之後的關係（如：為歷史而書寫），而是一種同等的相鄰關係，並持續到結束。因此可以馬上看到，下文之今昔交錯是沒有轉折詞或任何提示的（此即夢窗詞的特徵之一）。接著兩個韻拍：「弓折霜寒，機心已墮沙鷗。燈前寶劍清風斷，正五湖、雨笠扁舟。」描繪歷史事件，「最無情，岸上閑

〔註35〕詳細內容見宇文所安著、鄭學勤譯，《追憶：中國古典文學中的往事再現》（台北：聯經出版事業股份有限公司，2006 年），頁 29～34。另外，鄭毓瑜析理了王逸注〈騷〉的詮釋模式，其中涉及了由「借用」到「替代」的不同，在根本上便是口說與書寫的不同。這說法也證實了在漢代的確發展出一套在書寫、文體批評的背景下，以詩言志的詮釋邏輯與意圖。詳見鄭毓瑜，《引譬連類：文學研究的關鍵詞》（台北：聯經出版事業股份有限公司，2012 年），頁 190～205。

〔註36〕高文主編，孫方、佟培基副主編，《全唐詩簡編》（上海：上海古籍出版社，1993 年），頁 651。

〔註37〕唐圭璋編，《全宋詞》（臺北：文光出版社，1983 年），頁 282。

花，腥染春愁。」又回到當下。

　　下闋起句一樣進入過去，直至「青春一夢荒丘」的「荒丘」，過往的歷史事件才與當下有了具體的、在現實空間中的唯一連接：這個「荒丘」，這座文種墓，是那段遙遠的過去的實質證明。以巫鴻的話而言，「荒丘」在這裡是一個「墟」：

　　　　「丘」作為一種獨特的廢墟概念和形象，從未在傳統中國
　　　　文化和藝術中消逝。……「丘」首先意謂一種具體的地形
　　　　特徵，而「墟」的基本含義是「空」。引進「墟」作為表示
　　　　廢墟的第二個詞彙──最終變成了最主要的用詞──標誌
　　　　出對廢墟概念和理解的一個微妙的轉向。我們可以把這個
　　　　轉向解釋為對廢墟的「內化」（internalizing）過程。通過這
　　　　個過程，對廢墟的表現日益從外在的和表面的跡象中解放
　　　　出來，而愈發依賴於觀者對特定地點的主觀反應。……作
　　　　為一個「空」場，這種墟不是通過可以觸摸的建築殘骸來
　　　　引發觀者心靈或情感的激盪：這裡凝結著歷史記憶的不是
　　　　荒廢的建築，而是一個特殊的可以感知的「現場」（site）。
　　　　因此，「墟」不由外部特徵去識別，而被賦予了一種主觀的
　　　　實在（subjective reality）：激發情思的是觀者對這個空間的
　　　　領悟。〔註38〕

雖然這個「荒丘」嚴格上來講，並不是某個過去建築的廢墟，但作為一種歷史記憶的遺留，同樣是一種「墟」。〔註39〕詞中呈現的主要是

〔註38〕〔美〕巫鴻著，梅玫等譯，《時空中的美術：巫鴻中國美術史文編二集》（北京：生活・讀書・新知三聯書店，2009 年），頁 37。

〔註39〕阿萊達・阿斯曼《回憶空間：文化記憶的形式與變遷》在論述歌德《親和力》時也提到類似的觀點：「遠古文化在這裡意味著不可移動性、固著在某一小塊土地上，這塊土地保證了所愛之人的在場。重要的是這種在場而不是紀念碑：一個年輕的法學家闡釋了這種觀點，既不是木頭十字架，也不是鐵十字架，也不是石頭，『吸引著我們，而是下邊保存著的，被托付給泥土的東西。我所說的既不是紀念，也不是這個死者本人，也不是對他的回憶，而是現在。』」見〔德〕阿萊達・阿斯曼著，潘璐譯，《回憶空間：文化記憶的形式與變遷》（北京：北京大學出版社，2016 年），頁 377。這讓我注意到，

基於詞人想像中、記憶中的歷史事件與觀感，是立基於這個「墟」。因此，在詞人意識到所有關於文種的歷史之「青春一夢」，早已夢醒成「荒丘」時，他的視野才完全回到當下。接下來的「年年古苑西風到，雁怨啼、綠水涵秋」，便以視覺的、聽覺的乃至觸覺的感受反襯、渲染那道「荒」的寧靜肅穆。「年年」在此呼應著「荒丘」，呼應著那種彷彿永無止盡、屬於一種禁錮於年復一年的永恆圖像之中──說彷彿是因為，這裡所謂的永恆只對那些知道它的人敞開。

　　結尾，詞人的視線飄向遠處，定格於「西北高樓」。這是一個看起來極普通、也極富蘊意的結尾。說它極普通，除了字面上的白描之外，它也是一個常用的典故，《古詩十九首》有云：「西北有高樓，上與浮雲齊。」另外，因為辛棄疾〈水龍吟・過南劍雙溪樓〉已有「舉頭西北浮雲，倚天萬里須長劍」〔註 40〕之語，「西北」更有了收復中原之想望的含義（但與此同時，「西北」也可以只蘊涵這層想望之義而沒有實指的方位義）。應當是在這層意義下，上文中吳熊和與陶爾夫等學者才會認為吳文英也有關懷國事之義。孫虹、譚學純則進一步在《嘉泰會稽志》裡找到相應的資料指明為飛翼樓，並將飛翼樓相關的背景與文獻加以佐證吳文英確實有同樣的感慨。〔註 41〕但是，這裡的「西北高樓」的重要性不在於它究竟是西北方的哪一棟樓、以及這棟樓如何與吳文英的心事相關，更何況，詞作中根本沒有這方面的提

　　　此詞裡面並沒有提到墓碑或碑文，或許「荒」字本身就道出這個「丘」即是「墟」。

〔註 40〕見唐圭璋編，《全宋詞》（臺北：文光出版社，1983 年），頁 1896。

〔註 41〕孫虹、譚學純《吳夢窗研究》：「此處特指雄踞種山西北之巔的飛翼樓，傳說是范蠡為壓強敵吳國而建。……。飛翼樓屢經毀圮，南宋越帥汪綱重建。其《飛翼樓記》表達了重建之用意：『萬壑千岩，四顧無際，雲濤煙浪，渺渺愁予。使登斯樓者，撫霸業之餘基，思臥薪之嘗膽，感憤激烈，以毋忘昔人復仇之義，庶幾乎鷗夷子之風，尚有嗣餘響於千百世者。』夢窗詞末韻三句實與汪綱同一感慨。」見孫虹、譚學純著，《吳夢窗研究》（上海：上海古籍出版社，2015年），頁 362～363。

示或暗示。它在字面上就是四個明明白白的字：「西北高樓」，其實如果詞人的意圖在於指明，可以直接寫「飛翼高樓」（當然，這樣寫實在不怎麼高明）。其次，整首詞比較像是對無情的古今變換的感慨，而不是因爲「西北」的出現遂有了激憤國事之類的感慨。而且，在〈惜秋華・八日登高，飛翼樓〉、〈醜奴兒慢・麓翁飛翼樓觀雪〉中，兩首詞序明顯提到此樓，但這兩首也沒有運用飛翼樓背後的含意而顯得關心國事，前者反而只是泛泛地悲歎歲月的逝去；後者則著重觀雪之情意。〔註42〕這說明，並不是只要一提到「西北」、或指明是「飛翼樓」，就可以撇去詞作本身不談，而說它深蘊著對時政國事的激憤之情。

重點應該在於「西北高樓」的運用：它的出現非常突兀，尤其上一句還在「年年古苑西風到」、「雁怨啼」的動態場景之中，此韻拍已經轉換至有「殘煙」的靜態場景。

「西北」與「高樓」，這兩個詞語本身及其相互組合，已經蘊涵了多種因歷史文化而累積的意義，但此時它的呈現脫落了這些累積，只以「西北」、「高樓」如此最白描、卻也是最突兀的方式佇立於此——這棟樓，突兀地、空降式地來自他方，它以一個遙遠空闊的方位（不單是距離）介入此地之「荒丘」的空間。我們體驗到的首先是「西北」本身抽象卻具體的空，接著，在空之中、在靜態之中的「高樓」與已經擠滿歷史意義的、充滿動態變換的「荒丘」形成巨大的反差。

〔註42〕兩首之全詞如下。〈惜秋華・八日登高，飛翼樓〉：「思渺西風，悵行蹤、浪逐南飛高雁。怯上翠微，花樓更堪憑晚。蓬萊對起幽雲，澹野色、山容愁捲。清淺。瞰滄波、靜銜秋痕一線。　　十載寄吳苑。慣東籬深把，露黃偷剪。移暮影、照越鏡，意銷香斷。秋娥賦得閒情，倚翠尊、小眉初展。深勸。待明朝、醉巾重岸。」　　〈醜奴兒慢・麓翁飛翼樓觀雪〉：「東風未起，花上纖塵無影。峭雲濕，凝酥深塢，乍洗梅清。釣捲愁絲，冷浮虹氣海空明。若耶門閉，扁舟去懶，客思鷗輕。　　幾度問春，倡紅冶翠，空媚陰晴。看真色、千巖一素，天澹無情。醒眼重開，玉鉤簾外曉峰青。相扶輕醉，越王臺上，更最高層。」分別見《夢窗詞集校箋》，頁 1101～1102 與1171～1172。

這裡的呈現方式和用法便明顯與辛棄疾「舉頭西北浮雲」的「西北」不同，它的下一句「倚天萬里須長劍」便將「西北」包覆，統攝於辛棄疾的胸懷之中，貫穿全詞。因此，巨大的反差撕裂了、乃至模糊了「當下」：此地之「荒丘」承載著沉重的歷史與過去，「殘煙」之中的「高樓」則代表著剛出現的如今，其「西北」強烈地凸顯它來自他方以及它的「空白」（我們不知道它爲何佇立於此、代表了甚麼、裡面發生了甚麼）。「高樓」與「荒丘」相遇，整首詞於此戛然而止。兩者之間存在著一道沉默的時空距離，這道距離突兀地顯現，詞人沒有繼續處理它，任憑它在終點之處散發它那自身偌大的、無以逾越的間斷，然而，一切的活力，一切的可能，一切即將發生、或正在發生的事物，都由此開始、由此顯現。──相遇不是開始，相遇本身就是開始，而且只能處於開始，一再開始。它因而呈現了夢窗詞如何看待歷史的視野：在相遇的「當下」打開了歷史與如今之間的時空缺口，詞人以同時存在的方式呈現兩者的關係（而不是如今位在歷史之後），「荒丘」與「高樓」兩種空間並立，一切都正在發生，然而誰也無法抓住那個「當下」。

在接近尾聲的這些現象，不僅呼應著起句開端的分裂與造境，更有意思的是：身爲詞語本身的「西北高樓」，它在歷史文化上積累的意義頓時成了內蘊其中的「空白」。──此爲詞語的廢墟化。稱其爲廢墟化，是因爲廢墟的形式包含了一組正反兩面的時空維度：作爲過往的遺留，它是恆久不變的斷裂；作爲當下的自身，它是轉瞬即逝的「空白」。合而觀之，廢墟的存在即是不及物的「過渡」，或者可以說，它無法自行及物，它需要外部的語境或事後的重構才能及物。夢窗詞的詞語廢墟化便是將詞語以廢墟的形式呈現出來：詞語本身在歷史文化的積累之中，建構著它所能容納的意義及關係網，夢窗詞卻以片段的、孤立的形式推出檯面。詞語可能承載著大量意義，同時也可能完全脫離這些意義。於是，我們才具有廣大的詮釋空間，也才會想試著闡釋它，看它該是用哪種典故或哪棟樓解釋，或者，藉由遺留的線索

還原原本的樣貌。因此，此時的任何詮釋不僅退居其次，也透露出該詮釋的視角及其如何看待這些形式的張力，如「化質實爲清空」、「行氣清空」、「潛氣內轉」等〔註 43〕。以這首詞爲例，形象地說，「吳文英」的書寫意圖與「西北高樓」呈現切線關係：詞人是那條直線，在書寫「西北高樓」時，切過以「西北高樓」爲中心的那一道圓，至於從所切之點到此圓的內部，便是讀者的事了。〔註 44〕

二、文本取代人生及其時代

上一小節由一篇懷古詞開始論述，便是著眼於懷古主題與歷史的相關。不過，在本文第三章已有提到與詞語廢墟化相似的概念：視界即屏蔽，屏蔽即視界。詞語與「空白」，表面上雖然一實一虛，卻都是一種呈現，在回憶的形式中具有同等的力道與地位。另外，由於詞語是被書寫的，因此同時也可能是被抹去的，如同一棟建築與廢墟之間的關係，它關乎的是記憶的形式；從中誕生的「空白」卻標示著書寫的另一面：「空白」不可能被抹去，它連被抹去的機會都沒有，因此它更不可能消逝，它隨著回憶而成爲遺忘，隨著遺忘而成爲回憶。論述至此，我想說的是，夢窗詞在重新質疑並重新尋找詞語、語言的另一種可能。

詞人知道這類詞語在歷史文化的積累下所擁有的飽滿的、蘊意豐富的效果（這是廢墟化的前提，如廢墟的前身是一棟建築），卻不理會這些潛在的可能。在詞語的擁擠堵塞之中，他以斷裂轉換、確切突

〔註 43〕此處須注意的是，我認爲夢窗詞的「清空」與白石詞的「清空」有根本的不同。因爲後者不是重新質疑、尋找詞語的可能，而是更加純熟地使用詞語的效果、內涵，以達統一和諧的「清空」。

〔註 44〕「切線關係」的發想來自於薩伊德論述近代希臘詩人卡瓦菲（1863～1933）的詩作〈伊薩卡〉的說法：「……自己並不參與情節的說話者始終站在局外，隔一段距離，與詩境至多是切線關係。」詳見 Edward W. Said 艾德華‧薩伊德著，彭淮棟譯，《論晚期風格：反常合道的音樂與文學》（台北：麥田出版，2010 年），頁 266～270。可以注意的是，薩伊德析理的「晚期風格」與夢窗詞的現象有許多可以參考、不謀而合之處。

兀的形式，凸顯出詞語本身及其「空白」。換言之，詞語作爲某種媒介（回憶的、紀錄的、交流的等等）的過渡性質被完全彰顯出來，而當某些詞語因內蘊其中或脫離於外的「空白」而形成自身語境時，它就成了過渡的「過渡」，接著，才是這些詞語在閱讀層面上的各種詮釋與效果。因此，如果還記得夢窗詞的文本虛構取代了歷史事實，那麼詞語廢墟化的這種形式便說明了「吳文英」如何成爲以「象徵」的方式存在：「吳文英」的存在身處於「過渡」之中，此時唯一固定的就是詞語，也就是文本。

　　這些文本如同廢墟，標誌著某種東西已經逝去，它能被看作是靈光乍現的、具有深厚藝術性的、因此被稱爲偉大的時代或個人的精神象徵；同時，也可能完全相反，只被視爲垃圾的一種形式，被人唾棄（如：耽溺於藝術的創作而逃避現實），甚至被丟棄一旁。但不管如何，它都位於「書寫之後」，隔著那道脫離於歷史時間、內隔於現實空間的時空距離召喚著我們，以及它自身。它是一種永恆過渡的存在。另一方面，若想具體落實它的內容與意義，便不斷地需要一個外部語境的定形或事後的詮釋，其落實與意義，必須經過詞語的、語言的不斷闡釋、不斷建構才能獲得保證。這也説明，落實與否其實已經與詞作本身的存在無關。如此一來，夢窗詞不能是某種圖像比喻（如鄭毓瑜的宇宙圖志），因爲它只能存在於書寫之後、詞語之中。關於這點，張炎身爲不俗的詞人，其比喻——「七寶樓台」——敏感地捕捉到這種特質：「七寶樓台」爲一棟建築。「碎拆下來，不成片段」揭示了詞語的片段性質，但詞語終究不是片段，而且「七寶樓台」本身就不是拿來拆、也不能拆、拆不下來的。〔註45〕換句話說，片段性質的突兀與孤立使得這些詞語在傳達意義時，必須同時展示詞語的定義及其假設（約定俗成的與象徵的），以及詞語之間的關係，否則意義會失落在片段之中與之間。此時，書寫者與讀者便是以這些定義、假

〔註45〕關於「七寶樓台」作爲一個不可拆碎的建築的整體性質，是劉漢初教授於口試時特別提醒的觀點。於此再一次感謝劉漢初教授的提點。

設與關係搭起意義的橋樑，而隨著讀者游走在建築的不同位置，單純的光與影便會交錯成千變萬化的色彩，「七寶樓台」與「吳文英」的面貌便會不同。因此簡單來說，我們現在所認識的「吳文英」，正是夢窗詞的形式本身所能建構的現象中的其中一種建構成果，並且永遠只能處於未完成的狀態，也就是「過渡」的存在。

所謂的「過渡」、未完成，指的是一種性質或狀態，而不是既定的事實或結果。不過，「吳文英」之「過渡」呈現在表面上卻總是互相分離。此處以一組詞來更深入地說明「吳文英」無法用單純線性的連接以描繪其形貌的現象。稱其爲一組是因爲詞序的相關，此即〈木蘭花慢·遊虎丘陪倉幕遊。時魏益齋已被親擢，陳芬窟、李方庵皆將滿秩〉與〈木蘭花慢·重遊虎丘〉。「重」字清楚標明歷史的前後關係，然而，兩篇詞作的關係似乎也僅只於此。先分別錄此兩首：

> 紫騮嘶凍草，曉雲鎖、岫眉顰。正蕙雪初消，松腰玉瘦，憔悴眞眞。輕藤。漸穿險磴，步荒苔、猶認瘞花痕。千古興亡舊恨，半丘殘日孤雲。　　閒尊。重吊吳魂。嵐翠冷、洗微醺。問幾曾夜宿，月明起看，劍水星紋。登臨總成去客，更軟紅、先有探芳人。回首滄波故苑，落梅煙雨黃昏。〔註46〕

> 步層丘翠莽，□□處、更春寒。漸晚色催陰，風花弄雨，愁起闌干。驚翰。帶雲去杳，任紅塵、一片落人間。青塚麒麟有恨，臥聽簫鼓遊山。　　年年。葉外花前。腰豔楚、鬢成潘。歎寶奩塵久，青萍共化，裂石空盤。塵緣。酒沾粉污，問何人、從此濯清泉。一笑掀髯付與，寒松瘦倚蒼巒。〔註47〕

詞序已經表明各自的語境，各自也充滿著游移不定。而且比較之後，其「重遊」只陳述了一個客觀事實，跟前次遊歷的經驗根本無關。至此，顯現了「吳文英」的一貫作風（這是唯一相近的）：兩首遊虎丘

〔註46〕《夢窗詞集校箋》，頁1181。
〔註47〕《夢窗詞集校箋》，頁1189。

是兩種表達，兩個「吳文英」沒有交集，存在於各自的詞作之中。簡述如下：

　　第一首的詞序中有「陪倉幕遊。時魏益齋已被親擢，陳芬窟、李方庵皆將滿秩」，提供了創作背景與粗略的時間點，但必須讀至「登臨總成去客。更軟紅、先有探芳人」才切到此題，如吳蓓箋釋所言：「此處筆落登臨之人，巧妙顧全題面。『總成去客』安置『將滿秩』，『先有探芳人』安置『已被親擢』。」〔註48〕此韻拍的意義主要在於，遊虎丘產生的懷古之情。

　　此詞的結構張力體現於：從上闋吊唐代真娘至下闋吊吳王闔閭，歷史越往遠古回歸，現在的時間卻是從「曉雲」至「殘日」再至「黃昏」的向前流逝。因此最後「登臨總成去客。更軟紅、先有探芳人。回首滄波故苑，落梅煙雨黃昏。」是詞人察覺到遊歷歷程中的時間張力而發出的總體感慨，「回首」非常具有力道。不過，這只是其中一種詮釋，因為我們也可以將下闋繼續看作吊真娘。這種相異的詮釋可能，在於詞中「重吊吳魂」的「吳魂」的游移不定。它是個「廢墟」：「吳魂」之「吳」同時隱含著吳國與吳地，而「吳魂」的所指可能是真娘或吳王闔閭，甚至也不排除是與此國此地有關的歷史人物，如夫差、伍子胥、西施等。因此，「吳魂」的具體所指或許便是自身，即「吳魂」這個詞語所擁有的效果。這個效果也與虎丘此地相應：虎丘有真娘墓、吳王闔閭墓、虎丘塔、劍池等多種不同的名勝古蹟，它們都是孟浩然〈與諸子登峴山〉中「人事有代謝，往來成古今。江山留勝蹟，我輩復登臨。」〔註49〕的「勝蹟」，宇文所安為此道：

　　　　山上和山下四周的風景都使人聯想到一些名字，給人

〔註48〕〔宋〕吳文英著，吳蓓箋注，《夢窗詞彙校箋釋集評》（杭州：浙江古籍出版社，2012 年），頁 574。

〔註49〕全詩如下：「人事有代謝，往來成古今。江山留勝蹟，我輩復登臨。水落魚梁淺，天寒夢澤深。羊公碑尚在，讀罷淚沾襟。」見高文主編，孫方、佟培基副主編，《全唐詩簡編》（上海：上海古籍出版社，1993 年），頁 337。

帶來若干具體的回憶：「魚梁」使人想起漢末居住在峴山之
南的隱士龐德公，「夢澤」讓我們想到詩人屈原……。由於
這些往事在我們記憶中留下的痕跡，我們欣賞風物景緻時
就有了成見，處處要以眼中已有的框子來取景；……。在
人們的相互往來中，有人已經使得他們自己的某些東西與
永恆的自然聯結在一起，留下了孟浩然詩中所說的這種「勝
蹟」。〔註50〕

「吳魂」的效果便是將「成見」、「已有的框子」模糊化，以本文而言
即是「廢墟化」，所有可能的含義頓時成了需要事後詮釋的「空白」。

在這裡，必須注意到「在人們的相互往來中」這句話：這是使種
種無名的過去、「吳魂」的效果得以存在，並使內部之間的時空距離
得以串連的前提與保證，否則，它們只是一個又一個遺忘所遺留的片
段。巫鴻便是以此論述其「勝蹟」：

勝蹟並不是某個單一的「蹟」，而是一個永恆的「所」
（place），吸引著一代代遊客的詠嘆，成為文藝再現與銘記
的不倦主題。與其他「蹟」不同，勝蹟作為一個整體並不
顯現為殘破的往昔，而是從屬於一個永恆不息的現在（a
perpetual present）。這是因為勝蹟將各自為營的「蹟」融合
為一個整體，從而消弭了單個遺跡的歷史特殊性。人們去
那裡研習古代銘文，緬懷先輩盛事，或僅僅是郊遊享
樂。……。所以勝蹟不是一種個人的表達，而是由無數層
次的人類經驗累積組成。〔註51〕

應當注意的是，這些「蹟」代表的種種歷史，當它們再次顯現時（不
論是作為孤立的片段或作為整體的一部分）已經無可避免地變形。也
就是說，這些從往昔中遺留下來的古蹟與當下自身的遊歷性質結合，
而獲得新的面貌回到當下。因此，這首詞的「吳魂」的廢墟化，以及

〔註50〕宇文所安著、鄭學勤譯，《追憶：中國古典文學中的往事再現》（台
北：聯經出版事業股份有限公司，2006年），頁38。

〔註51〕〔美〕巫鴻著，梅玫等譯，《時空中的美術：巫鴻中國美術史文編二
集》（北京：生活・讀書・新知三聯書店，2009年），頁71。

在最後呈現的歷史意識，揭露出詞人最終不是在弔古，而是在弔這種「永恆不息的現在」：我與我們也將成爲在「回首」之中的「去客」而消失。

　　分析至此看似圓滿落幕，但此時若回頭看向詞序中「陪倉幕遊。時魏益齋已被親擢，陳芬窟、李方庵皆將滿秩」便很有意思：它在歷史事實的層面上，標誌著這趟遊歷的生活背景與傳統文化的歷史記憶的相隔與無關。這可能暗示著，詞作中的「消失」的歷史經驗僅限於此次遊虎丘的經驗。換言之，詞中的歷史意識可能來自於一代又一代的騷人墨客的懷古之情，是爲了懷古而懷古、爲了塡詞而塡詞。

　　第二首「重遊虎丘」便截然不同。讀完這首詞會發覺，詞序的語境可有可無，其中甚至沒有如上一首中「眞眞」、「吳魂」等詞語標明此地是虎丘——它是脫開虎丘的書寫。

　　此詞的時間結構也與上一首不同，季節是「春寒」，時刻定格於「晚色」。因此，時間的流變並不體現於時刻的計算，而是寓於觀看的客體，是一種空間形式：「寶奩瘞久，青萍共化，裂石空盤。」詞人的想像力便是此「化」之所以可能的樞紐，「裂石空盤」則蘊含著一種斷裂卻又強健的生命力，斷裂的痕跡來自於時間長河的摧殘，但同時也更彰顯出「空盤」的力度。以此而言，它與所化之前的「青萍」之冷鋒是同質的。這裡暗示著，外貌會因時間而改變，卻摧毀不了某種本質上的存在。下一韻拍便將視角轉至當代問題：又有誰看了此景便會了悟，因此洗去塵緣呢？此句正好與上一首的「登臨總成去客。更軟紅、先有探芳人。」形成對比，兩者表達的觀點看似相似，實則：上一首著重流動，是歷史的反覆；這首則是某種頓悟的駐足，結尾「寒松瘦倚蒼巒」便是此種姿態的形象式表達。

　　然而，這種姿態與上闋所呈現的情意幾乎沒有甚麼關係，唯一可以將上下兩闋連接起來的論述便是：在遊歷的過程中，詞人的心境發生了「變化」。換言之，時間是身處於「吳文英」的（而不是時刻的）「變化」之中。然而，這些「變化」與外在世界的「春寒晚色」同時

而生，這層表面的時間差顯現了「吳文英」的分離：不論是「吳文英」的變化或變化的「吳文英」，都變得曖昧不明、不可捉摸。在這種情況下，尤其又各自專屬於某個時空背景之下，我們根本無法將這首詞與上一首連接起來以刻劃「吳文英」，它們的連接只能依賴「空白」的生成。其它以詞序相關的詞作也可作如是觀，例如：以地點相關的（〈鶯啼序・豐樂樓〉、〈醉桃源・會飲豐樂樓〉、〈高陽臺・豐樂樓分韻得如字〉）、以節令相關的（〈霜花腴・重陽前一日泛石湖〉、〈霜葉飛・重九〉等）、以酬贈同人相關的（吳潛、姜石帚、郭希道等）、以題詠之物相關的（桂花、梅花、芙蓉等）等等。因此，如果真的要以一個吳文英來看待、統合這些詞，那麼生平日期的客觀標明反而揭示了生活歷程的含糊與斷裂。

藉由本章的討論，已經強烈意識到上一章所提到的問題：某些問題的產生可能來自於歷史事實中書寫及其語境的消逝、不在場。詞作中的敘述者逕自羅列那些確定的、卻又不知其所指的詞語意象而形成的「廢墟化」，便是其中一種較明顯的表徵。其次，若將夢窗詞作為一種大文本的書寫，其存在的形式最終都固定於各自獨立的文本。夢窗詞像是一本公開的私人日記或信件：每一個詞作本身有著不同的創作背景、創作行為、創作意圖等，存在於各自的語境、場合之中，這也造成它根本不需要過於繁複的交代。因此，我認為吳文英本人大概不太顧及後世如何詮釋他的人品、乃至夢窗詞及其地位，因為他光是活在（書寫的）「當下」（龐大無際的回憶、社交環境等）就已經夠忙碌了。

總言之，夢窗詞取代了「書寫之前」的吳文英的人生，而且，如今的我們也已經見證了夢窗詞在歷史中的存在幾乎取代了吳文英而成為其表徵與內涵。「書寫之後」的夢窗詞展示著每一個書寫的當下及其每一個詞語與意象，它們或隔絕於歷史現實之內、或脫離歷史現實之外，呈現了斷裂的相鄰的觀看視野，留下了「空白」於我們的視界之中。這個「空白」，標誌著吳文英的消逝：也就是說，吳文英沒

有消逝，他至少留下了消逝的形象給我們——吳文英的消逝與夢窗詞的「空白」以某種弔詭的、反諷的、近乎絕對眞實的方式聯繫起來。正如命運造就了自由的可能，在最不連貫的現象中，「吳文英」或許體現了一種形式的、詞語的可能，成爲最綿密、最充盈的「空白」：自我分離若是必要的秩序，對回憶的抗拒不過臨摹了消逝足跡。

第五章　文化視野中的夢窗詞

　　本文從夢窗詞的回憶形式論起，講述了其形式的意義與概念，如
「空白」與反叛姿態、詞語的廢墟化等。反叛，是面對「物」的意義
積累的一種姿態，這些「物」包括自我的回憶、回憶的自我、歷史的
事實、事實的歷史等；廢墟，則是作爲一種反諷的形式而聯繫著那些
已經消逝的「物」。兩者的概念其實是一體的：藉由這些形式，從最
基本的詞語、至身爲文本的一首詞作、再到「書寫之後」的「吳文英」，
皆脫離了、內蘊了回憶的、歷史事實的具體內容，擴大言之，即是卸
下歷史的、文化的重負，展示了這個被覆蓋、被擴允的書寫的當下。
因此，我們可以說所有人都注定會消逝，但吳文英是以消逝的形象展
示自身。他的消逝與夢窗詞一齊進入了我們的文化視野之中。本章即
是想要探討，不斷積累重複的消逝形象（即夢窗詞的「空白」與吳文
英的消逝）所呈現的生命型態。

　　另一方面，如果直接從南宋文化的面向論起，很容易可以發現
與夢窗詞的呼應之處，這點在劉子健《中國轉向內在──兩宋之際
的文化內向》考察兩宋之際的文化轉向時便已有顯露，他說：「在
12 世紀，菁英文化將注意力轉向鞏固自身地位和在整個社會中擴展
其影響。它變得前所未有地容易懷舊和內省，態度溫和，語氣審慎，
有時甚至是悲觀。一句話，北宋的特徵是外向的，而南宋卻在本質

上趨向於內斂。」〔註1〕其中所謂的「懷舊」、「內省」、「內斂」都可視為時代精神對夢窗詞的烙印，或相輔相成。這些觀點體現於文學方面，即是第二章提到的林順夫《中國抒情傳統的轉變──姜夔與南宋詞》論述詩歌意識的轉向：「對物的關注」，其書也以「新的隱居形式」、「日常娛樂形式」、「馬夏山水畫派」、「朱熹的認識論」等方面較全面地建構了南宋文化的總體特質。〔註2〕

　　本文不以這個角度作為論述的出發點，也鮮少將其對應於夢窗詞的特質以示關聯，原因在於，概念的對應不足以囊括、深入夢窗詞的特質。甚至，經由上文分析後的觀點，這些特質恐怕與夢窗詞扞格、乃至相佐。例如，夢窗詞的「懷舊」沒有「內省」，甚至所懷之舊也不是傳統形式的懷舊，而主要為展示今昔之斷裂與矛盾的關係。另外，夢窗詞不斷將「內斂」展示於外，此時「內斂」便形成一種外向的姿態，以致最內在的成為最表面的。換個角度說，在承認時代精神與夢窗詞必定有某種辯證關係的聯繫的前提下〔註3〕，也應該承認因書寫而產生的夢窗詞，有著自身的內在結構與時空形式。而且，夢窗詞的「空白」已經強烈提醒作者觀念的薄弱，取而代之的是文本性的「吳文英」。此時，同時具有過往遺留與當下自身的性質的夢窗詞，其「過渡」的存在使它不僅分離於歷史事實、社會環境與時代精神而不至於被完全掩沒，更展示了這個獨特的消逝之人的生命型態。

〔註1〕〔美〕劉子健著，趙冬梅譯，《中國轉向內在──兩宋之際的文化內向》（南京：江蘇人民出版社，2002年），頁7。

〔註2〕詳見〔美〕林順夫著，張宏生譯，《中國抒情傳統的轉變──姜夔與南宋詞》（上海：上海古籍出版社，2005年），頁1～31。

〔註3〕關於時代與藝術的關係，林順夫已有言：「新的生活方式必然會改變文學藝術現有的結構傳統，促成某種全新樣式的繁盛。反過來說，傳統的文學藝術本身也具有某種強大的力量，在一些既定的結構中，它可以輕易地把長期的藝術積累發揮到極致。因此，在生活方式與藝術樣式之間存在著有趣的辯證關係。」見〔美〕林順夫著，張宏生譯，《中國抒情傳統的轉變──姜夔與南宋詞》（上海：上海古籍出版社，2005年），頁25。

第一節　時空的缺口

一、重複的當下

　　流傳至今的夢窗詞集，不論是哪一種版本，都有一個潛在的問題：是誰在特定的時刻裡，持著特定的意圖，把原先各個詞作整理爲一種相對完整的詞集？我這樣問的原因並不是想涉及關於版本流傳、考證方面的方法問題，而是著眼於詞作自身的獨立性的要求，尤其在宋無傳本的情況下，這種「完整的詞集」的形貌還影響著詮釋的結果。換言之，我們必須質疑夢窗詞作爲一個大文本的可能性在多大程度上替代了個別詞作的內容與意義。

　　在這裡，首先注意到元夕詞。這個繁華熱鬧的節令常常令人感到今昔盛衰的強烈反差，因此，除了個人的回憶緬懷，若結合身世背景便有了比興寄託的亡國之悲的可能，李清照的〈永遇樂〉（「落日鎔金」）便是最有名的例子。歷來論者皆會指出北宋滅亡造成家國流離的時代背景，並以此說明其詞的深意。然而，先不論此種方法的弊端〔註4〕，它也必須先確定詞人的創作時間，及其創作意圖是爲時代而發。在這個最低限度的要求下，夢窗詞中的元夕詞不能因爲詞序沒有標明創作時間，便將詞作中的今昔盛衰之感詮釋爲故國之思、亡國之悲；相對的，在有標明創作年份的詞作因爲南宋還未滅亡，便轉而泛說爲個人的年華老去之感。前者如〈祝英臺近・上元〉、〈倦尋芳・上元〉、〈應天長・吳門元夕〉等；後者如〈水龍吟・癸卯元夕〉、〈探芳信・丙申

〔註4〕　關於對詩歌意義的背景分析的問題，可參見葛兆光《漢字的魔方：中國古典詩歌語言學札記》（上海：復旦大學出版社，2016年），第一章〈背景與意義──中國古典詩歌研究中一個傳統方法的反省〉，頁1～24。其中，頁23有小結：「把『背景』看成是一種必然性規定性的『勢力』或『靠山』，至少犯了兩種毛病，一是把複雜的詩歌活動簡化爲一種『刺激──反應』模式，彷彿把活生生的詩人都當成了牽線木偶，把一齣靈動萬變的人生大舞台看成了死樣呆版的牽線魁儡戲；二是把文學降格爲歷史學的附庸而根本忽略了文學的個性存在，只有歷史賦予的意義，而沒有語言技巧與審美經驗賦予的意義。」

歲吳燈市盛常年，余借宅幽坊，一時名勝遇合，置杯酒接殷勤之歡，甚盛事也。分鏡字韻〉、〈六醜・壬寅歲吳門元夕風雨〉等。這樣的區分與詮釋似乎有點太理所當然、太簡略了。

　　實際上應該先意識到，詞人在書寫關於節令的詞作時，其意圖首先應當是對這個節令有某種關聯，可能是關於個人的生活經歷與回憶，也可能是朋友相聚的社交需要等。其次，節令的主題，因其廣大的傳統文化，其實已經限定了一定的情意內容。以元夕而言，便是今昔盛衰之感，而最晚從李清照開始，便可能同時承載著個人回憶與家國之痛。在這兩點中，可以一窺南宋文化的一個面向：對日常生活的藝術性關注與實踐。夢窗詞中大量的節令詞便與這點相合：藉由節令時序的重複，詞人不斷透過回憶的視野回憶著過往。本文的重點不在於與時代的相合（這只能說明吳文英確實是生活在南宋時代的人），而是在文本上呈現的不斷重複。

　　此處便從一首元夕詞論起。〈探芳信・丙申歲吳燈市盛常年，余借宅幽坊，一時名勝遇合，置杯酒接殷勤之歡，甚盛事也。分鏡字韻〉：

　　　　暖風定。正賣花吟春，去年曾聽。旋自洗幽蘭，銀瓶
　　釣金井。斗窗香暖慳留客，街鼓還催暝。調雛鶯、試遣深
　　杯，喚將愁醒。　　　燈市又重整。待醉勒遊韁，緩穿斜徑。
　　暗憶芳盟，綃帕紅、淚猶凝。吳宮十里吹笙路，桃李都羞
　　靚。繡簾人、怕惹飛梅齧鏡。〔註5〕

從詞序來看，此首為社交之作，但詞作的內容是以回憶的視野觀之：它既不著重於此次社交聚會的描摹，也不純粹是對某個特定記憶的紀錄——隨著詞的演進，回憶的過程依次展開。

　　起句為回憶的開端。「暖風」之「定」標誌著某種分界，它騰出一個空間讓「賣花吟春」之聲進入，否則「正」不會如此恰好。這也正好呈現出詞人的藝術手法：通過觸感與聽覺暗示了一個回憶的侵入，「去年曾聽」即明示著在開端便開拓了一個回憶空間。下文的展

〔註5〕《夢窗詞集校箋》，頁 1248～1249。

開因爲這個空間與現實雖有關係、卻總是相隔的緣故，它可以一方面切題，一方面又傳達出元夕詞常有的今昔之感。不過，仔細思考後便會發現，詞人在這種社交場合中塡詞，爲何又寫下一些令人摸不著頭緒的回憶？這些回憶是跟這群朋友有關的？還是只屬於私人的？「去年曾聽」所聽到的賣花聲代表了甚麼？「喚將愁醒」的愁因何而發、從何而來？「暗憶芳盟」是與誰的盟約？與這些未知相應的是，其他韻拍不斷帶過一些場景，這些場景理所當然都與元夕有關，但我們所知的也僅限於詞語表面的意思。

　　因此，詞作中今昔交錯的朦朧曖昧以及意象場景的快速轉換，這些現象與其說詞人藉由書寫意欲記錄或傳達某種內容，不如說藉由書寫的進程展示了過往記憶與當下環境的表面關係。這種書寫產生的文本，其性質不在於紀錄事件、傳達意義等。事實上，它不是過往記憶與當下環境的紀錄與再現，不是某個特定事件因爲被寫在紙上便成爲不可置疑的終點，而毋寧說是一個「過渡」。這形成一個有趣的現象：那段不可知的過往可能是虛構的、根本沒發生過的，但詞人以回憶的形式將它呈現在文本上，那它便存在於文本之前。換言之，回憶是靠著詞人的書寫而存在的，與歷史事實沒有必然關係。另一方面，讀者則需要不斷塡補其內容以建構整首詞的整體性，否則就如同詞作呈現的：情事片段接連呈現，當下的社交語境則消失於那個永遠逝去的過往與將要喚醒、將要塡補的未來之間。

　　這首詞的詞序標明爲「丙申歲」，即端平三年，西元 1236 年。過了六年，淳祐二年，西元 1242 年，詞人一樣在元夕時寫了〈六醜・壬寅歲吳門元夕風雨〉。再過一年，還有〈水龍吟・癸卯元夕〉。然而，這樣編年式的連繫，對於瞭解這三首詞沒有甚麼幫助，甚至對這位作者也沒有更進一步的了解。這些詞之間沒有線性的關聯，它們像是各自因元夕這個節令主題而發，同時又各自外離於、內蘊於元夕，而形成各自的回憶語境。換言之，我們只看到詞人不斷地回憶。

　　這裡再以〈六醜・壬寅歲吳門元夕風雨〉爲例：

漸新鵝映柳，茂苑鎖、東風初掣。館娃舊遊，羅襦香未減。玉夜花節。記向留連處，看街臨晚，放小簾低揭。星河激灩春雲熱。笑靨敧梅，仙衣舞纈。澄澄素娥宮闕。醉西樓十二，銅漏催徹。　　紅消翠歇。歎霜簪練髮。過眼年光，舊情盡別。泥深厭聽啼鴂。恨愁霏潤沁，陌頭塵襪。青鸞杳、鈿車音絕。卻因甚、不把歡期，付與少年華月。殘梅瘦、飛趁風雪。向夜闌，更說長安夢，燈花正結。
〔註6〕

此詞上下闋壁壘分明，如楊鐵夫《吳夢窗詞箋釋》云：「上片說舊日吳門元夕幾許熱鬧，下片說今日吳門元夕幾許淒涼。全在晴、雨上分別。」〔註7〕這裡只需注意結尾的張力：詞人最後遁入回憶的「長安」之「夢」，卻也清醒地意識到「燈花正結」，它呼應著首句，亦即元夕所代表的新的一年。時間年華繼續向前，而詞人寧願面向回憶，詞作於此形成一個封閉語境。

於是，如果想在歷史事實中尋找詞人在文本中所描繪的美好時光、繁華熱鬧的元夕，便會發現它永遠被推移至詞人書寫之前。「記向留連處」在六年前依然是「去年曾聽」，其他元夕詞也常常在作夢或回憶，如〈祝英臺近‧上元〉：「良宵一夢，畫堂正、日長人睡。」〔註8〕、〈倦尋芳‧上元〉：「珠絡香消空念往」〔註9〕等。換言之，那個美好時光總是擱置在回憶的時空維度之中。在〈應天長‧吳門元夕〉中有言：「前事頓非昔，故苑年光，渾與世相隔。」〔註10〕這句的意思擴大而言，便可說明本文所謂「之前」與「之後」的意義：「與世相隔」、無可逾越的時空距離，即「空白」。

這個現象正如上一章所說：「生平日期的客觀標明反而揭示了生

〔註6〕　《夢窗詞集校箋》，頁 1600～1601。
〔註7〕　見〔宋〕吳文英撰，孫虹、譚學純校箋，《夢窗詞集校箋》（北京：中華書局，2013 年），頁 1606。
〔註8〕　《夢窗詞集校箋》，頁 770。
〔註9〕　《夢窗詞集校箋》，頁 1354。
〔註10〕　《夢窗詞集校箋》，頁 429。

活歷程的含糊與斷裂。」若以編年的方式連繫這些元夕詞，那麼我們找不到那段美好時光的過往，那卻是所有元夕詞都擺明有這段時光的存在，是這些詞在開端之前本應存在的；相對的，我們也找不到終點，除了詞的結尾不斷被輪迴式地擺進已經逝去的、已經找不到的過往之中，詞人在某些時刻也意識到不管未來如何，終將成為一種過往，那種永遠只能藉由回憶而書寫下來的逝去的過往。因此，雖然每首詞作都與元夕相關，卻各有各的語境，這些文本便各自處於當下之元夕與回憶之元夕之間，成為游移不定的「過渡」，它並不意圖到達某個確定的時空而顯現其內容與意義。它的在場正是消逝的表述。

　　論述至此，反叛回憶的形式似乎在抗拒著時間的向前，那是有著衰老、殘破、毀壞、以及死亡的前方。尤其，元夕代表新的一年，它雖然年復一年，卻是萬象更新、不斷向前的重複，是順應著大自然的重複。反觀，詞人書寫而成的文本，同樣是不斷地重複，卻是回憶的重複。它不是某種原型的無意識或潛意識的回歸，詞人的書寫不可能在無意識或潛意識中進行；也不是——如吳蓓揭示的「騷體造境法」——為了建立相對穩定的典範、法則或風格，每一次的回憶由於當下的不同，縱使確定是回憶同一個過往，這些回憶也存在於各自詞作的開端之前，它們沒有共同的開端與語境。這些回憶唯一共通的地方在於，都具有強烈的私人性、封閉性：詞人寫下這麼多首詞，任何外部的人依然不知道過往究竟發生甚麼事，回憶的內容與意義被擱淺至書寫之前的「空白」。詞作只呈現詞人正在回憶、立基於當下的回憶。因此，其重複既不向前更新，也不向後迴返，而是停駐於當下，並在進入另一個時空的同時，消失其中，即回憶之中。詞人的書寫不斷推遲終點的到來，在回憶的表面印象與內容意義之間、在七寶樓台的意象與「空白」之間來回游移。

　　在這之中，有一種特殊情況：某些特定的節令會出現重複的場景與意象。這個現象於是成了後人建構情事的理論基礎，例如上一章討論到的清明與西園等等。本文已經說明這種理論在合理的表面之下所

蘊藏的問題，於此便不再論述。另一方面，正因爲特殊，它提供了更多潛藏的訊息，以及明顯的問題：爲何詞人一直重複著類似的場景與意象？這是甚麼心理狀態？這形成甚麼效果？

　　以重午詞爲例。孫虹、譚學純《吳夢窗研究》中指出四首詞序標明爲重午的詞作，其場景與意象非常相近，此四首爲〈滿江紅·甲辰歲盤門外寓居過重午〉、〈隔浦蓮近·泊長橋過重午〉、〈澡蘭香·淮安重午〉、〈杏花天·重午〉。書中便以這四首以及另外一首內容與此相近的〈踏莎行〉（「潤玉籠綃」）共爲基底，建構了「揚州歌妓」的情事與形象。試引一小段：

> 這些詞作不僅是在不同年份相同節序裡回憶共同的愛情對象，並且是用回憶溫暖著曾經的揚州舊夢。五首詞意象統一，非能拆碎觀之，……。由於對這段愛情銘心刻骨，每到重午佳節，思念就更加痛切。在詞人愛情想像中，那位美麗的歌女像自己一樣，爲相思而憔悴，所以詞中不斷想像著楚妓當下重午時的形象：「香消紅臂」（《滿江紅》）、「愁褪紅絲腕」（《隔蓮浦近》）、「香瘢新褪紅絲腕」（《踏莎行》）、「寬盡經年臂縷」（《杏花天》）——香消玉減，瘦損容光，楚楚讓人生憐。「榴心空疊舞裙紅，艾枝應壓愁鬟亂。」（《踏莎行》）則重在刻劃楚妓懶於膏沐、無心歌舞的形象。因知音離去而榴裙摺疊棄置，從此不再舞出如火的流光。〔註11〕

而後還舉出梅雨、菰葉、榴裙、荷花等意象的相近。對本文來說，這裡的重點不應當是想著如何把這些意象場景串接起來，以形成一個邏輯合理的情事說。而且，此舉也相當困難，因爲這些意象場景不斷重複於同一情景：香消人散、離別愁怨。詞人的書寫與回憶，不論當下的詞序語境或詞作情境爲何，始終駐足在消逝上，彷彿其情事（如果對詞人來說眞的曾經發生）只留下這段印象。如此一來，如何能只在消逝上重建？而且前提還是先斷定這些意象指的是同一件事，但這些

〔註11〕孫虹、譚學純著，《吳夢窗研究》（上海：上海古籍出版社，2015年），頁332。

意象本身就與重午的習俗和典故有關，未嘗不是切題而各自所需。試看〈澡蘭香・淮安重午〉：

> 盤絲繫腕，巧篆垂簪，玉隱紺紗睡覺。銀瓶露井，彩箑雲窗，往事少年依約。為當時、曾寫榴裙，傷心紅綃褪萼。黍夢光陰漸老，汀洲煙蒻。　莫唱江南古調，怨抑難招，楚江沈魄。薰風燕乳，暗雨梅黃，午鏡澡蘭簾幕。念秦樓、也擬人歸，應剪菖蒲自酌。但悵望、一縷新蟾，隨人天角。〔註12〕

這首詞為五首之中透露出最多具體內容的詞作，即「盤絲繫腕，巧篆垂簪，玉隱紺紗睡覺」的形貌以及「為當時、曾寫榴裙」之昔日記憶。然而，兩者都是回憶中的印象：前者在開端便直接映入眼簾，行文至「往事少年依約」才知道這是回憶；後者的匆匆帶過則主要是襯托如今之「傷心」。簡言之，正如回憶是當下情境與過往記憶的結合，整首詞傳達出的思念悵惘也說明，那段過往始終以當下在場的形式展示其過往與今日的關係。

　　這裡，可以看到這位「揚州歌妓」與「吳文英」一樣，它是複數的代名詞，存在於各個片段之間，留下消逝的形象。這些消逝，作為私人的記憶片段的遺留，當它們呈現於書寫的當下，便標誌著斷裂；而既然只能以當下在場的形式出現，那不論其詞語在這之前有多少內容與意義，它們（因為消逝）都需要填補。總言之：這些詞語意象是回憶的「廢墟」。這些「廢墟」不斷出現於書寫的當下，重複賦予了沉默性質：它們只喚起一個意義重大或情感強烈的時刻，具體內容與意義則已是不可挽回的「空白」──它們是沉默的詞語、沉默的｜廢墟」。文本成為已經逝去與將要喚醒之間的「過渡」。它們重複出現的次數越多，沉默感便越深刻、越強烈：

> 〈澡蘭香・淮安重午〉：「……。為當時、曾寫榴裙，傷心紅綃褪萼。黍夢光陰漸老，汀洲煙蒻。……。但悵望、一

〔註12〕《夢窗詞集校箋》，頁 812。

縷新蟾，隨人天角。」

〈滿江紅‧甲辰歲盤門外寓居過重午〉：「……。梅子未黃
愁夜雨，榴花不見簪秋雪。……。自香消紅臂，舊情都別。
湘水離魂菰葉怨，揚州無夢銅華闕。……。」〔註13〕

〈隔浦蓮近‧泊長橋過重午〉：「榴花依舊照眼。愁褪紅絲
腕。夢繞煙江路，汀菰綠薰風晚。……。人散，紅衣香在
南岸。」〔註14〕

〈杏花天‧重午〉：「幽歡一夢成炊黍。知綠暗、汀菰幾
度。……。寬盡經年臂縷。　　梅黃後、林梢更雨。……。」
〔註15〕

〈踏莎行〉：「……。榴心空疊舞裙紅，艾枝應壓愁鬟
亂。……。香瘢新褪紅絲腕。隔江人在雨聲中，晚風菰葉
生秋怨。」〔註16〕

詞人對榴花、菰葉、梅雨、離別情緒的每一次召喚，都必須立基於「當
下」的情境或語境而無可避免地產生變形，並與其發生或拉扯或相應
的關係。例如，〈踏莎行〉的結尾：「晚風菰葉生秋怨」與整首詞的時
間季節相佐，此時要怎麼解釋端看讀者的視角。〔註17〕然而，回首一
望，內容始終深藏於回憶自身的語境之中：回憶始終沉默，它若不主
動敞開，沒有人知曉，而成爲一個秘密。

因此，詞語意象的重複使其本身的內容淪爲次要，也就是廢墟
化。此處明顯呈現的是重複這個現象本身：詞人不斷提醒這些片段的

〔註13〕《夢窗詞集校箋》，頁120。
〔註14〕《夢窗詞集校箋》，頁514。
〔註15〕《夢窗詞集校箋》，頁1714。
〔註16〕《夢窗詞集校箋》，頁1542。
〔註17〕例如，陳洵《海綃說詞》說：「『生秋怨』，則時節風物，一切皆空。」
劉永濟《微睇室說詞》、唐圭璋《唐宋詞簡釋》則謂「秋」是比喻，
表達心境。吳世昌《詞林新話》則直接說「時令錯亂」。孫虹、譚學
純《夢窗詞集校箋》則說：「此處還能翻越節序，寫出雙方爲舊情立
盡風雨——兩相守望的執著。」至少有這四種解釋，然而都各自成
立。見〔宋〕吳文英撰，孫虹、譚學純校箋，《夢窗詞集校箋》（北
京：中華書局，2013年），頁1542～1545。

存在，彷彿它們不斷地逝去。它們可能是同一個過往，也可能是不同的過往，但這已然不重要，因爲詞人只願意呈現形諸表面的物象及消逝，以表面的形式遮掩了、阻絕了具體內容的顯露。總言之：這些物象的在場替代了那段或那些回憶的缺席，詞語的沉默替代了詞人的書寫和訴說。——表面即是一切，消逝即是一切。不管詞序如何、主題如何，許多夢窗詞的內容與形式與回憶皆有密不可分的關聯。對此，詞人不可能沒有意識到他寫下的大多數詞作都涉及回憶，甚至可以假定詞人知道自己是個「回憶的詩人」〔註18〕。重複的「當下」使得詞人的眞實經歷與詞作回憶之間的差距越來越大，沉默的「空白」吞噬越來越多過往的內容、細節與意義，似乎只爲了那些特定的詞語意象更加穩固地橫亙於作者與讀者之間。乍聽之下，它們是幽美的回聲，低迴凝重的回溯力量引領詞人追尋那原初的點，然而，重複的單音、同調的旋律揭示出原初的點早已一無所有，吶喊即沉默，應許之地即無人之地（No man's land）。那位無地之人朝向過去的旅程，始終揚帆於無法變化的未來的航道上，唯獨「當下」留有另一片「空白」：寫，只能寫，也必須繼續寫，爲了遺忘那個點，徹底遺忘。

二、時間的邊緣

　　如果說詞人書寫的意圖是爲了遺忘，恐怕還不夠精確，或許該問的不是爲了甚麼而寫，而是詞人爲了寫甚麼而活：詞人若知道自己要寫甚麼，那就大可不必寫了，可以用說的或其他表現形式。重點在於書寫這項行爲上。首先，詞體自誕生以來，都與社會功能息息相關，夢窗詞亦然有許多社交性質的詞作，這樣的爲了寫而寫，是爲了符合

〔註18〕語出宇文所安〈繡戶：回憶與藝術〉：「……吳文英這位宋代最後一家大詞人，也是一位回憶的詩人。他是時代的喉舌，是南宋最後一代的喉舌，這一代人在這種哀婉遲暮的情調中培養和尋求極大的快感。」見宇文所安著、鄭學勤譯，《追憶：中國古典文學中的往事再現》（台北：聯經出版事業股份有限公司，2006 年），頁 161。但其內涵稍有不同，本文更關注「回憶」的性質，而不僅是回憶這件事。

某種社會需求而寫。另一方面，當為了寫而寫轉向或蘊含詞人自身的傾訴時，便從符合社會需求移至個人需求。然而，夢窗詞不斷的重複，使得創作的獨異性、個人的獨創性被重複取代，那麼，為了寫而寫便不見得是要切合某種需求（例如前述提及的社會功能、個人情感或價值的表述、乃至書寫自身的格式法則），而是就表面般不斷地書寫，為了不斷重新開始，藉此不斷重獲存在。

　　或許最能體現夢窗詞的特徵，還是那首字數最多、結構最繁複，因此也最令人摸不著頭緒、意象典故多到可以寫成一篇小傳、幾乎每位詮釋者都必定說要仔細研究才能發現它原本是脈絡清楚的〈鶯啼序〉：

> 殘寒正欺病酒，掩沈香繡戶。燕來晚、飛入西城，似說春事遲暮。畫船載、清明過卻，晴煙冉冉吳宮樹。念羈情遊蕩，隨風化為輕絮。　　十載西湖，傍柳繫馬，趁嬌塵軟霧。遡紅漸、招入仙溪，錦兒偷寄幽素。倚銀屏、春寬夢窄，斷紅溼、歌紈金縷。暝堤空，輕把斜陽，總還鷗鷺。　　幽蘭旋老，杜若還生，水鄉尚寄旅。別後訪、六橋無信，事往花委，瘞玉埋香，幾番風雨。長波妒盼，遙山羞黛，漁燈分影春江宿，記當時、短楫桃根渡。青樓彷彿，臨分敗壁題詩，淚墨慘澹塵土。　　危亭望極，草色天涯，嘆鬢侵半苧。暗點檢、離痕歡唾，尚染鮫綃，嚲鳳迷歸，破鸞慵舞。殷勤待寫，書中長恨，藍霞遼海沈過雁，漫相思、彈入哀箏柱。傷心千里江南，怨曲重招，斷魂在否。〔註19〕

有趣的是，不論這首詞是吳文英總結他一生的情事，或只專為一個特定情事的書寫，正如它給我們的第一印象：意象的連續拼接與典故的大量引用，訴說著詞人根本不想寫出甚麼內容來。否則，我們為何非得要「碎拆下來」而抽絲剝繭、像偵探般細究每個詞語所可能承載的意思，歷經了多重阻礙才得出一件、或多件情事的經歷與結果是尋

〔註19〕《夢窗詞集校箋》，頁986～987。

跡、追憶、離別、甚至悼亡這些在詞語表面上便已訴說的東西？

艾德華‧薩依德（Edward W. Said）《開端：意圖與方法》裡曾說明過類似的現象：

假如我們考慮過同一性問題──即一個未經闡釋的文本與一個已闡釋的文本如何不同──的話，就會發現所有這些既有的假定都會支持經闡釋的文本與未經闡釋的文本**更相似、而不是更相異**這一觀點。這是因爲批評者把各種問題假定給、甚至歸罪於一個未經闡釋的文本（例如：它表達了甚麼？），而在解決了這些問題後，又給我們提供了一個**再不需要闡釋的對象**，它自身的問題性（problematics）也被（按他的意圖）部分清除了。文本回返爲一個總的準則，或一個傳統，與過去相比，**它更只剩下它本身**。〔註20〕

〔註20〕 Edward W. Said〔美〕愛德華‧W. 薩義德著，章樂天譯，《開端：意圖與方法》（北京：生活‧讀書‧新知三聯書店，2014 年），頁 299～300。在此附錄此引文的前半段：「今天的大多數文學批評都有一個（通常未經審視的）固有的假設，簡言之，就是讓批評者的質疑與文本的抵抗相遇──即靈活的主體對上已完竣的客體。所有活動都出自批評者，他俯衝下去，仗劍猛刺，而文本佯作抵抗，但最終屈膝投降。不管批評者是去如此俘虜的文本裡挖掘其中隱藏的（或被文本藏起來的）（心理學的、社會的或其他的）深度，還是去揭示整個文本裡（文本的人物、各部分或其他的之間）形式上的相互關係，抑或是結合這兩種進路，他的臨時立足點都是那個『作爲已完成作品的文本』。結果，正如豪爾赫‧路易斯‧博爾赫斯在《〈吉軻德〉的作者皮埃爾‧梅納德》中睿智地揭示的，儘管文本被豐富充實了，但它仍是批評者開始時的那同一個文本。」整段（此處所引與正文所引）原文爲：The given assumptions (usually unexamined) of most literary criticism today can be plainly described as permitting the confrontation of an inquiring critic with a resisting text–that is, between a flexible subject and a completed object. All the activity derives from the critic, to whose swoops and thrusts the text offers a resisting but ultimately compliant surface. Whether the critic seeks out depths (psychological, social, or otherwise) concealed in or by the texts so taken, whether he demonstrates formal relationships (between figures, parts, or otherwise) across the text, or whether he combines both approaches, his *pied-à-terre* is the text-as-completed-book. In the end, as Jorge Luis Borges made the point cleverly in "Pierre Menard, Author of *The Quixote*," although the text is enriched, it is still the same text with

以這首〈鶯啼序〉而言，的確就是些回憶、離別、失落、悵惘等情感內容，它並不會因爲我們的詮釋就突然富有了某種藏在裡頭的深意。因此，如果換另一個角度——即書寫進程與閱讀進程——去看待它，那麼便會看到結構形式的創造決定了內容的創造。回憶、離別這些情意已經是陳腔濫調，此時，思維方式的轉變才有創造新的可能，一種新的重複的可能，而這只能在訴說的形式上——不是訴說的內容——呈現。有一點顯而易見：如果置身於〈鶯啼序〉的現場演奏，它或許並不那麼難懂，況且音樂本身也不全然是爲了讓人懂。當我們停頓下來，開始思考詞語意象之間的關係，開始把它當作一個可以無限重複閱讀的文本時，所有的問題和麻煩才野火燎原地擴散蔓衍。

由此，這篇〈鶯啼序〉毋寧說是彰顯了詞人對回憶的極端掌控。宇文所安〈繡戶：回憶與藝術〉已經富有洞見地揭示了此點，不過，由於論述角度的不同，他所謂的「控制」可能與我想說的不太一樣。

〔註 21〕

---

which the critic began. If ever the problem of identify were taken up–namely, the question of how an uninterpreted text differs from an interpreted text–we would find all these assumptions supporting a view that the interpreted text was *more like* the uninterpreted one than not. This is because the critic assumes, even imputes, problems to an uninterpreted text (i.e., what does it mean?), and after solving them offers us an object *no longer in need of interpretation*, partially purged (for his purposes) of its problematics. The text is returned to a canon, or a tradition, *more itself* than it had been before. 見 Edward W. Said, *Beginning: Intention and Method* (New York: Columbia University Press, 1985), p.193-194.

〔註 21〕大致從以下兩段引文可以深刻地瞭解宇文所安〈繡戶：回憶與藝術〉「控制」的論點：「使我們感到迷惑不解的是：當在將近結尾，情感越發展越濃烈的時候，人爲的技巧也相應地越發展越清晰了——那種向讀者發出信號的比喻的表現，體現出擅長此術的技藝，反映出與所描繪的境遇在情感上的距離。……。這裡涉及到的問題，並不只是用間接的方式可以更有效地傳遞情感，雖然這是這種衝動得到首肯的理由：更重要的是在非要用間接方式這種要求背後存在著一種假設，即作者爲了要控制住情感的表現傳達，必須與它保持一定的距離。這樣的控制與把詩歌看作內在生活的自然流露的古代理論

　　首先，本文所說的詞人之掌控，體現於停駐在任一個時空的隨意上，此點在之前的論述有稍微觸及，例如開端之造境、位於歷史之側的書寫等。此首更加明顯：在首韻「掩沉香繡戶」之後，馬上可以描寫「燕來晚、飛入西城」等室外場景。接著，似乎經由詞人之「念」，「晴煙冉冉吳宮樹」的靜態場景因「隨風」而抹上一層動盪不安的變化之感。

　　第二闋雖然明顯描寫過往，卻是以接連的經驗片段的形式呈現。「遡紅漸、招入仙溪」開始進入歡會的記憶中，「春寬夢窄」又表現了不知是當下的、或在過往中的焦慮不安的心情。於是，「斷紅」的出現便不意外，但也搞不清楚這是由今視昔的已經分離，或只是當時聽到〈金縷曲〉而體會到、甚至預示到的未來分離。這兩個例子揭示了詞人既是經歷者也是觀察者的分裂、模糊的狀態。不過，至少可以確定的是，這闋的結尾之「輕」透露出，詞人終究回到當下，正如宇文所安所說：「只有當他認識到這樣的時刻被放棄得『太輕易』了的時候，他才說得出這個詞語來。」〔註22〕簡言之，這闋展示了上一闋結尾所明示的當下心境的細膩又巨大的變化。

　　第三闋更進一步：「別後訪」是詞人「回憶起他自己正在回憶」〔註23〕，但在這之中的意象場景，仍是不斷重複前兩闋所出現的：逝

　　　　是大相逕庭的：這種後起的、精巧的詞的藝術，細心地把情感重新
　　　　加以編織：情感越是熾烈，要主宰它們就越離不開控制。」以及「在
　　　　吳文英那裡，審美回憶的時尚不僅使得注意力從危機四伏的現實上
　　　　收回來，而且使得個人的痛苦得到控制，它使它們變得美麗，教它
　　　　們在失落的傷痛中尋找歡樂，使得回憶的場合和回憶的行為，而不
　　　　是回憶起的東西，占據了中心地位。這種通過藝術而得到的控制是
　　　　虛幻的，它置身在復現這種心理上不可抗拒的衝動中。」全文見宇
　　　　文所安著、鄭學勤譯，《追憶：中國古典文學中的往事再現》（台北：
　　　　聯經出版事業股份有限公司，2006 年），頁 159～184。
〔註22〕宇文所安著、鄭學勤譯，《追憶：中國古典文學中的往事再現》（台
　　　　北：聯經出版事業股份有限公司，2006 年），頁 172。
〔註23〕宇文所安著、鄭學勤譯，《追憶：中國古典文學中的往事再現》（台
　　　　北：聯經出版事業股份有限公司，2006 年），頁 173。

去，分離。至此可以明顯看到，詞人在回憶過往時，能隨意地書寫他想書寫的片段，乃至他自己正在回憶的這項行為。林順夫〈南宋長調詞中的空間邏輯：試讀吳文英的〈鶯啼序〉〉於此謂：「正與前一段相同，寫傷別這第三段呈現一串過去經驗之片段。這些沒按照先後順序組織起來的片段已失去其準確的時間性。」〔註 24〕其中，「失去其準確的時間性」是以完整的客體來看待文本，但若以書寫的角度來看，情況可能剛好相反：詞人之所以不需要交代時間性，不是因為時間已經寓於意象場景的變換之中──這是結果──而是詞人本身就走在時間的邊緣，他可以任意地停留在某個時空、停留在某個敘事層次，隨手抓了一個過往片段，又隨手拈來了另一個時間點的片段，這些片段在回憶的視野中都是同時並立存在的。於是，我們很難分辨那些一再重複的場景究竟是詞人在哪一個時間點中的場景。例如，「漁燈分影春江宿」與「臨分敗壁題詩」之「分」是同一件事、同一個時間點的回憶嗎？「記當時、短楫桃根渡」是何時之「記」？「危亭望極，草色天涯」是詞人跑到室外還是依然是回憶之情景？所有確切內容都無從知曉。──這提醒讀者，吳文英不是在回憶，而是在觀看回憶，以及書寫回憶。

　　觀看必須有一段距離，觀看回憶也就標誌著詞人從來沒有真正地回到過往、沒有真正地進入過往而重新體驗其中。因此，內容或許從來不是重點，更加明顯的是重複本身。重複代表著詞人在看似隨意的表面上，實際上也受到相應的控制：詞人的生活經驗不管多麼豐富精彩或黯然神傷，只要一回憶，便出現那些特定的意象場景。此時，掌控主權的是回憶的詞人？還是詞人的回憶？不論答案如何，可以肯定的是，文本的詞語及其回憶始終沉默。

　　宇文所安在結尾時說：「通過這首詞的演進過程，這塊奇特的織物織成了……。這些圖案取代了內在的情感世界，這個世界靠詞彙是

〔註 24〕見林順夫，《透過夢之窗口》（新竹：國立清華大學出版社，2009 年），頁 270～271。

描繪不出來的。」〔註25〕對此，我想反駁一下：如同我們正在探討的對象所呈現的，通過這首詞的演進過程，這個內在的情感世界終究是由詞語描繪而成的。不過，我想更確切地說：它是由詞語建構的沉默世界，永遠處於已經逝去與將要被回憶之間的世界。這個世界的特點在於：各個描繪意象場景的詞語都非常明確，一旦合而觀之，在場的根基──「當下」──反而游移不定。換言之：詞人的隨意導致文本中的「當下」的意義不僅非常籠統，而且，它「失去其準確的時間性」而消失，我們根本無法有某個時間座標作爲基準。每個意象場景的「當下」已經被意象本身覆蓋、淹沒於意象與意象之間而根本模糊不清。能確定的「當下」不是回憶必須立基於當下的那個（內在情感世界）當下，而僅僅是書寫的「當下」。如同上文已經說過的，這種書寫本來就不是爲了紀錄內容、傳達意義，但是，它也不是已經存在的某「物」（包括詞人的眞實的內心世界）的再現或復現。那麼，我們應該如何看待這個書寫、這首詞？

　　這一點，詞人在尾聲寫出來了：「怨曲重招」。這首「怨曲」是「重招」，是再一次招「斷魂」。「斷魂」爲某一位離別後的女子，這個離別因爲整首詞的情境氛圍以及所用的楚辭〈招魂〉之典，幾乎可以確定是死別。不過，這裡的重點在於「重」字的意義：「重」字是此次的書寫及其當下的開端，否則就不是「重」、不是「再一次」了。也就是說：詞人書寫這首〈鶯啼序〉的意圖很清楚，它是一種重複的行爲，而且，詞人意識到開端即是重複。此時，詞作中接連呈現的過往片段只是重複著「重招」，是「重招」的遺留（詞人已經回憶過了）。意象場景在回憶中（包括第三闋的回憶中的回憶）的出現，是「重招」的重複所賦予的──而不是詞作的「我」賦予的──是在這個書寫的當下之前已經存在的「空白」。另一方面，以書寫而言，在意象場景以詞語爲媒介而致力於各自完足的呈現時，他也很清楚，當當下的書

〔註25〕宇文所安著、鄭學勤譯，《追憶：中國古典文學中的往事再現》（台北：聯經出版事業股份有限公司，2006年），頁184。

寫涉及回憶時，這一切都已經消逝，它們的眞實性是建立在詞語建構的幻覺上。「斷魂在否？」的疑問便是沉默的、無奈的、因爲保留最後一點希望而更顯絕望的答覆。疑問之後、在不屬於詞語建構的範疇之後，則是一片「空白」：沒有所謂的眞實，也沒有所謂的幻覺。因此，開端的意圖將永遠落空，事實上，開端在此僅是重複的其中某一個。詞人體認到某種東西消逝了、失去了，他才開始寫、才能寫，就這樣，開端（重複）只剩下開端（重複）本身。

如此，整首詞的結構形式在演進過程中不斷回返循環：不僅重複著「重招」，而且也重複著「重招」的重複，重複著書寫的當下。前者將自身的意義指向上一次的「招」；後者則指向自身。這顯示了此詞的張力：各個片段在兩者之間不斷重構、拆解、重構……，詞語的意義失落於無限重複之中。這就如同有一個人若要畫一張鉅細靡遺的世界圖像，那麼這項工作將是無限：因爲他終究會精細到要畫他自己正在畫的世界圖像，並以此永遠推演下去，他知道要畫甚麼，但永遠無法完成。相應的，在這之前也將不斷位於之前的「之前」。——於是，整首詞被廢墟化了，書寫的「當下」與其詞人一併消失其中，「重招」之「重」的開端被無限推移，無法落實。

總言之，這首〈鶯啼序〉揭露了，書寫的當下是在已經成爲過往與即將成爲過往之間，而過往永遠在期盼著一個未來永遠無法到來的未來，一個夢。這個夢，延展了消逝的足跡，揭示了詞人拒絕走向（在詞作中不斷呈現、不斷發生的）消逝、以及死亡。他不斷向後退，退至時間的邊緣，在那裡，「當下」無止盡地跳躍：跳躍是爲了離開地面，更是爲了返回地面。詞人的書寫亦然，從空無起，一個點跳至下一個點，直至空無。詞人的語言是一再開始的語言，在回憶與遺忘之間灑下粼粼波光。詞人不飛，因此不會墜落而死，然而，他與他的書寫被禁錮於重複的當下，永遠處於「過渡」。書寫之後的文本導致了、並更加落實了他的消逝。換一種說法便是，在面對、展示消逝的同時，消逝也在展示、形塑「吳文英」，使「吳文英」成爲它的表徵。

第二節　消逝的生命型態

一、秘密的存在：觀看方式與存在方式的改變

　　「吳文英」存留至今，不僅訴說著最顯然的事實——已經消逝死亡的吳文英——也標誌著吳文英的消逝：它是吳文英的在場，是缺席的在場。上一節討論的〈鶯啼序〉，讀者可以很快把握到有缺席的人（包括吳文英與其情人或情人們），即缺席的在場；那些繁華絢麗、不斷重複的詞語的在場，反而因為那無從得知的當下而成為缺席。換言之，在夢窗詞中，「人」的存在是由消逝而展示、形塑的：人首先是「已經不是甚麼」才能成為「那個甚麼」。人的消逝形象已經取代了歷史事實中人的身份，對文本而言，那個人究竟是誰只是外指的、外在的、附加上去的。藉由詞語的層層圍繞，某個人的形象與身份並沒有層層推進而明朗，而是層層隔閡及遠離。詞語更只剩下詞語本身，其人便是以斷裂的、模糊的形象展示出來；以另一面而言，人的存在（包括回憶等等）必須依存於詞語之中。這種結構即從上一章討論的詠物詞衍生而來，例如，〈高陽臺・落梅〉其「落梅」的形象被擱置於題目，詞作內容的意象逕自呈現自身，落梅則被這些無關的詞語意象替代，卻又必須依存於它們。〈瑣窗寒・玉蘭〉亦如是：文本只顧著疊加意象的片段，內部的情事則永遠處於朦朧不明的狀態。類似的還有〈丁香結・賦小春海棠〉、〈法曲獻仙音・秋晚紅白蓮〉等。

　　這裡，有兩個更顯著的詞作。首先為〈珍珠簾・春日客龜溪，過貴人家，隔牆聞簫鼓聲，疑是按歌，佇立久之〉：

　　　　蜜沈爐暖萸煙裊。層簾捲、佇立行人官道。麟帶壓愁香，聽舞簫雲渺。恨縷情絲春絮遠，悵夢隔、銀屏難到。寒峭。有東風嫩柳，學得腰小。　　還近綠水清明，歎孤身如燕，將花頻繞。細雨濕黃昏，半醉歸懷抱。盡損歌紈人去久，漫淚沾、香蘭如笑。書杳。念客枕幽單，看看春老。〔註26〕

〔註26〕《夢窗詞集校箋》，頁 941～942。

詞序標明自己是一個行人過客的身份，因爲聽到隔牆的簫鼓聲而偶然佇立此處。然而，詞作的開端卻與此矛盾：「起七字千錘百鍊而出之」〔註 27〕所呈現的「密沈」之香（嗅覺）、之「暖」（觸覺）、之「裊」（視覺），一個隔牆、還隔著「層簾捲」之人如何能感受得到？不過，這種視角的錯亂顯然不是詞人所關心的，他關心的是他自身的過往情事，一段縱使追尋也不可復得的回憶。這點透過下半闋的內容已經進入個人的回憶語境、並幾乎完全脫離詞序語境而顯露無遺。

其中有三點可以注意。第一，「悵夢隔、銀屏難到。」與首句的矛盾如出一轍：此「夢」是何人之夢？然而，不論是誰的「夢」，此「夢」一直到結尾，它還是因爲銀屏之隔而沒有顯露。讀者只能以「有」爲領字的「東風嫩柳，學得腰小」一窺其夢境：一位女子的舞姿。不過，此時之「有」正標誌著它是虛擬的，也就是沒有。因此，第二，「孤身如燕，將花頻繞。」這幅詞人的自身寫照，便是上闋之矛盾的突現縮影：詞語的圍繞雖然意在追尋逝去的人與事，卻從來沒有達成。詞中不斷加深過往已經一去不返的失落感、不斷重複消逝的形象（諸如：「悵夢隔、銀屏難到」、「蠹損歌紈人去久」、「書杳」），彷彿這段情事的一切只剩下消逝——事實也確實如此。於是，第三點是俞陛雲《唐宋詞選釋》已經道出的：「題本虛擬，無跡可尋。」〔註 28〕我認爲，俞陛雲想說的重點應該不是題目究竟是虛擬的或事實的，而是無跡可尋，以及無跡可尋所造成的虛擬性。也就是說，詞序將讀者的視線引向隔牆之內的空間，但詞作內容卻以隔牆之外的詞人的個人回憶爲中心。而且，因爲回憶的無跡可尋，不僅將詞序還原爲背景，更架空它：詞人可以依自己的情緒感知隔牆之內的空間。綜合以上三點，正如「隔牆」只能聽到「簫鼓聲」而不能見其簫鼓，詞人的想像

〔註 27〕語出自陳洵《海綃説詞》。見唐圭璋編，《詞話叢編》（台北：廣文書局有限公司，1970 年），頁 4417。
〔註 28〕俞陛雲選釋，《唐宋詞選釋》（臺北：廣文書局有限公司，1970 年），頁 113。

只能「用香作象徵性來寫自己此際之情事」:「香爐猶暖,以言舊事已銷沈而餘情猶在也。餘煙尚裊,以言舊人之影尚存心中也。」〔註29〕簡言之,「餘情」、「舊人之影」取代了「舊事」與「舊人」,並使後者只是附加的,同時也是虛擬的。

　　第二首與第一首相反,詞序直抵核心。〈絳都春·燕亡久矣,京口適見似人,悵怨有感〉:

> 南樓墜燕。又燈暈夜涼,疏簾空捲。葉吹暮喧,花露
> 晨晞秋光短。當時明月娉婷伴。悵客路、幽扃俱遠。霧鬟
> 依約,除非照影,鏡空不見。　　　別館。秋娘乍識,似人
> 處、最在雙波凝盼。舊色舊香,閒雨閒雲情終淺。丹青誰
> 畫眞眞面。便祇作、梅花頻看。更愁花變梨霙,又隨夢散。
> 〔註30〕

那位情人——即「燕」——已經消逝了、死亡了,「除非照影,鏡空不見」。因此,詞人只能用詞語這面鏡子重新照映出「燕」的消逝,以及那位「似人」的消逝,而不是照映出「燕」與「似人」。「丹青誰畫眞眞面。便祇作、梅花頻看。更愁花變梨霙,又隨夢散。」這裡用了「丹青」、「梅花」、「梨霙」三個意象接連替代了「燕」與「似人」,這充分說明了人的可替代性,而只有消逝的形象隨著演進過程不斷疊加覆影。因此,詞語所圍繞的形象與其說是人、事、物、乃至情與意,不如說是消逝,意象場景的在場正是缺席的表徵。

　　這一點,詞人自己也有清醒地認識:除了詞序之外,結尾突兀出現的「夢」便對整首詞作了總結:「夢散」之後,不論是「燕」與「似人」,依然是書寫之前那些無法得知的面貌,「燕」依然是已經消逝,而那位似「燕」之人還是她自己,跟「似」無關。最終,我們只知道它們依然是現實的缺席,即「空白」。換言之,「夢散」之後向著書寫開端之前的回返,使得整首詞所描繪的意象場景便是一場「夢」。另

〔註29〕 此兩段評語出自劉永濟《微睇室說詞》。見〔宋〕吳文英撰,孫虹、
　　　　 譚學純校箋,《夢窗詞集校箋》(北京:中華書局,2013年),頁 947。
〔註30〕 《夢窗詞集校箋》,頁 1086～1087。

一方面，兩次「又」字透露出詞人的回憶之「夢」不斷重複，但詞人還是要寫，縱使寫下來的詞語終究也是一場夢，但他似乎只能繼續寫，以消逝抗拒消逝。

以上兩首詞作，隨著演進過程，一切的過往回憶，包括詞人與女子的身份面貌，都被留在詞語表面的消逝形象給替代了。兩首都出現「夢」，卻只告訴讀者有「夢」，至於「夢」中發生的事情則留下了大片「空白」。

論述至此，我想說的夢窗詞在重新尋找詞語、語言的另一種可能在於：反叛回憶將作爲文本的夢窗詞成爲秘密的存在。所謂秘密，只對那些知道它卻不知其內容的人才能稱其爲秘密。——這不正是我們面對夢窗詞所遇到的困境、同時也是「吳文英」的困境嗎？這種視野的產生，可以見於夢窗詞的觀畫之詞。也就是說，夢窗詞成爲祕密的存在至少在某種程度上，是夢窗詞的觀看方式所形塑、創造出來的。本文在論述詠物詞時已經稍稍觸及此點，詠物之前必須先觀物，物本身的存在又左右了觀者的存在。

〈夢芙蓉・趙昌芙蓉圖，梅津所藏〉：

> 西風搖步綺。記長堤驟過，紫騮十里。斷橋南岸，人在晚霞外。錦溫花共醉。當時曾共秋被。自別霓裳，應紅消翠冷，霜枕正慵起。　　慘澹西湖柳底。搖蕩秋魂，夜月歸環佩。畫圖重展，驚認舊梳洗。去來雙翡翠。難傳眼恨眉意。夢斷瓊娘，仙雲深路杳，城影蘸流水。〔註31〕

此處再一次看到詞人的想像力：一幅芙蓉之畫頓時有了藏在背後的情事回憶。內容呈現的不是對這幅畫的描繪，而是這幅畫對觀者（也就是書寫的詞人）而言產生了甚麼影響、或代表了甚麼。可以說，由圖像描繪轉化爲文學描寫的文本，其中的畫成了一面鏡子，它映照的是觀者的形象。

情況是從「記長堤驟過，紫騮十里。斷橋南岸，人在晚霞外。」

〔註31〕《夢窗詞集校箋》，頁 792。

開始變得複雜起來。在首句四平八穩地描繪芙蓉之後，陡然之「記」便出現了一位女子回憶起與情人離別時的情境的形象，傳統上告訴我們這位女子便是芙蓉的化身。實際上，詞人的想像——這位女子的形象及其離別的情事——貫穿了整首詞，「紅消翠冷，霜枕正慵起」、「慘澹西湖柳底」、「難傳眼恨眉意」等，都呼應著離別的情境氛圍。複雜在於，其中至少出現了三個與芙蓉無關的典故：一，「霓裳」爲《霓裳羽衣舞》，善於此舞的是楊貴妃或其侍女張雲容。二，「搖蕩秋魂，夜月歸環佩」化用杜甫〈詠懷古跡〉，「秋魂」指的是王昭君。三，「雙翡翠」之典見於曾慥《類說》中的《樹萱錄》，涉及兩位碧衣女子。〔註32〕在這三個典故之外，最後一個韻拍之「瓊娘」的所指不明確：吳蓓將之箋釋爲仙女許飛瓊〔註33〕，孫虹、譚學純則因爲將整首詞扣緊芙蓉城傳說之典，而將之箋釋爲瑤英與芳卿。〔註34〕暫且不論其確指，統觀這些不論與芙蓉有無關係的典故，它們的共通點在於，每一個典故及其所在的韻拍，其內容都傳達出某種離別、失落、與情人相隔的情意（「霓裳」的典故不涉及離別，但該韻拍亦呼應同樣的情境）。換言之，詞人不是以芙蓉爲結構中心，也不是以芙蓉的化身（某位女子）爲結構中心，而是以某位女子的離別情境爲結構中心。畫中的芙蓉，在詞人眼中是多種女性形象的替代與疊合（一下是楊貴妃、一下

〔註32〕孫虹、譚學純校箋如下：「《類說》卷一三引《樹萱路》：『張確嘗游雪上白蘋溪，見二碧衣女子攜手吟詠一篇云：「碧水色堪染，白蓮香正濃。分飛俱有恨，此別幾時逢。藕隱玲瓏玉，花藏縹緲容。何當假雙翼，聲影暫相從。」確逐之，化爲翡翠飛去。』此移用於木芙蓉。」見〔宋〕吳文英撰，孫虹、譚學純校箋，《夢窗詞集校箋》（北京：中華書局，2013 年），頁 796。

〔註33〕〔宋〕吳文英著，吳蓓箋注，《夢窗詞彙校箋釋集評》（杭州：浙江古籍出版社，2012 年），頁 386。

〔註34〕芙蓉城傳說由兩種版本構成，孫虹、譚學純《吳夢窗研究》：「第一種是書生王子高與仙女周瑤英同遊芙蓉城仙境，兼及與芳卿情緣，是一個夢中有夢的傳說。……。二是傳說石曼卿、丁度死後爲芙蓉城仙主。」關於典故的詳細內容詳見孫虹、譚學純著，《吳夢窗研究》（上海：上海古籍出版社，2015 年），頁 472～473。

是王昭君等等），「她」顯得變幻不定、模糊不清。這種變幻感、模糊感越發強烈，「瓊娘」的不明確便越呈現出畫中之芙蓉只是某位不知名的女子的代名詞，這個代名詞最終也隨著「流水」逝去。總言之，詞人在觀畫中創造了一段情事，這段情事及其男女主角塑造出詞作的離別情境，並只留下消逝的形象。這就是情事呈現於詞人眼前的全部——詞人把芙蓉圖看成一個祕密。

不過，這是統觀全詞的意象場景而拼接出來的結果。事實上，讀到「畫圖重展，驚認舊梳洗」便應當意識到，此處才是無法解決的模糊與困難：是詞人、還是詞中女子（也就是芙蓉的化身）將「畫圖」重新展開？依下句「舊梳洗」來看，比較大的可能是那位女子。那麼，她究竟看到甚麼，以致於她驚覺到她的容妝依然黯淡？此處，女子所觀之「畫圖」是一個祕密，導致詞人所觀之芙蓉圖對外部的人來說也是一個祕密。不僅如此，詞作只呈現出女子看到圖的自我形象，詞人的書寫也只凸顯了觀畫所產生的自我形象，即對芙蓉的想像。最後，正如女子形象的模糊不清，最終消逝；詞人的形象也在描繪自我形象的同時，漸漸模糊於詞語意象的背後而消逝。

這種對照的意義不在於畫中有畫——雖然「畫圖」很有可能便是「趙昌芙蓉圖」——而是這種觀看方式所創造的祕密提醒了讀者一件事：藉由外在的可知可感，至始至終只是表面。以文學創作而言，詞語、語句這個媒介所能承載的意思、意義乃至結構上的意涵，只是某個人事物所遺留下來、所能呈現的「廢墟」，是消逝的具體表徵。任何外在的可知可感，包括被座落於一張紙上的文本，都是消逝的型態。這種消逝的型態，不是時間上的流逝，而是建立在時空上的隔閡，是「空白」。

再舉一個詞例。此首與〈夢芙蓉·趙昌芙蓉圖，梅津所藏〉剛好相對，詞人在開篇點出自我形象，他直接觀看自身。〈浪淘沙慢·賦李尚書山園〉：

夢仙到、吹笙路杳，度巘雲滑。溪谷冰綃未裂。金鋪

畫鎖乍掣。見竹靜、梅深春海闊。有新燕、簾底低說。念
漢履無聲跨鯨遠，年年謝橋月。　　曲折。畫闌盡日憑熱。
半蜃起玲瓏樓閣畔，縹緲鴻去絕。飛絮颶東風，天外歌闋。
睡紅醉纈。還是催、寒食看花時節。　　花下蒼苔盛羅襪。
銀燭短、漏壺易竭。料池柳、不攀春送別。倩玉兔、別搗
秋香，更醉踏、千山冷翠飛晴雪。〔註35〕

我將首句之「夢仙到」視爲詞人的自指〔註36〕，孫虹、譚學純《吳夢
窗研究》則說：「開篇的『夢』字意屬下文『謝橋月』，『謝』字又透
入『新燕』二句，既寫夢魂常過宅園中楊柳小橋，又寫燕子仍入王謝
堂前舊巢中，脈絡可藉實字尋跡。」〔註37〕兩種的意思其實差不多，
總是呈現了詞人的某部分形象。不過，夢窗詞的重點從來就不在於這
些事後的詮釋，及其歧異。

　　這裡的重點在於，在開端直接出現的自我形象，就像中國許多山
水畫中的人一樣，只是其中一個幾乎看不到的小黑點，它的筆觸馬上
就消失於讀者的視線裡。孫虹、譚學純《吳夢窗研究》總結此詞時說：
「詞中疊現回憶尚書生前華居的句子，意在把李氏生前繁華與逝後零
落打併成一片。」〔註38〕如同上述所說，詞人的書寫能同時寫「生前」
與「逝後」，是因爲他站在時間的邊緣與他的回憶視野。因此，在這
「打併成一片」之中，不僅看到李尚書的逝去，更看到詞人的自我形
象的消失，而詞人，那個正在書寫的他，始終拒絕進入這個時空，也
就是這個山園之內。這或許便是詞人將自我形象設定成「夢」或「夢

〔註35〕《夢窗詞集校箋》，頁545。
〔註36〕吳蓓《夢窗詞彙校箋釋集評》亦視爲自指。「夢仙到、吹笙路杳，度
　　　　巘雲滑。溪谷冰銷未裂」的箋釋爲：「四句謂山澗冰寒未消的早春時
　　　　節，『我』路遠迢迢、翻山越嶺來到此地。」見〔宋〕吳文英著，吳
　　　　蓓箋注，《夢窗詞彙校箋釋集評》（杭州：浙江古籍出版社，2012年），
　　　　頁252。
〔註37〕孫虹、譚學純著，《吳夢窗研究》（上海：上海古籍出版社，2015年），
　　　　頁415。
〔註38〕孫虹、譚學純著，《吳夢窗研究》（上海：上海古籍出版社，2015年），
　　　　頁123。

仙」的緣由：一切都是虛幻的。

　　詞人隔著一道時空距離觀看著現實世界，並且知道自己正這麼做：夢窗詞展示的、形塑的「吳文英」是吳文英的眞實生活與其書寫意圖的「廢墟」。詞人遊走在時間邊緣而隨時能脫離任何特殊語境（歷史、社交語境乃至詞作情境）的書寫，導致其意圖不論是呈現回憶的行爲與場合、或回憶的具體內容、或追尋那段過往的時光與意義，都因觀看所形成的時空距離而消解了。換言之，由於詞人的觀看始終不願意走向任何能承載意義與內容的內部，使得文本還原了它最初的樣貌──它只是個文本，是一種秘密。

　　秘密是存在的臨界。它是徹底的表面，若往內一步（即我們以象徵的方法、或任何方法尋找終篇命意之所在），那麼重點便不在於能產生各種獨立的詮釋，而在於文本成了讀者的已知已感，秘密的概念就不存在了。而且，正因爲書寫的當下與語境已經永遠消逝，那些詞語與「空白」並不屬於任何外部主體，而只是自身，讀者這個外部主體之已知已感實際上是讀者自己認爲的已知已感。另一方面，那些連秘密本身的存在也不知道的人，對祕密而言根本不存在。合而觀之，秘密於內於外都保障了存在的最後一道防線：進入內部，便不再是祕密，且隨時會被替代、乃至消逝；越出去，便進入了無從言說、無從表達的範疇。──或者該說，永恆的範疇？

二、永恆的代價

　　表面上，身爲夢窗詞的讀者，因爲「空白」而有廣闊的詮釋自由，例如將之解釋成脈絡井井、乃至有很廣很深的興發可能。然而，當遇到無法解決的困難和阻礙而無從對證的時候，有些詮釋就幾近理性的暴力或激情的濫用，其結果有時連反駁的餘地也沒有，但這就是最大的問題：如果都講完了，那還讀甚麼？當一個文本經過某位詮釋者詮釋之後而成爲「再不需要闡釋的對象」（no longer in need of interpretation）、當讀者的感受被定型爲某一確切的情感而沒有變化，

對詮釋者以及讀者而言，這個文本等同於死亡（幸運的是，人的情感思緒總是在變）。不過細究而言，這些現象是夢窗詞賦予的：夢窗詞實際上很惱人，它總是看似丟給讀者一堆內容、深摯的情感、富有深意的興發可能，卻在最終都只呈現出一個祕密的存在。祕密不僅保證了上述現象的發展空間，更在於它使得讀者只能完全被動地接受，在沒有任何可以證實的處境中承認有個回憶（或其他生活經歷）在文本之前。換言之，歷史事實的存在也必須依存於詞語之中。因此，夢窗詞的讀者一點都不自由。不讀、不知道就沒事；一讀，就被一個永遠披著面紗的祕密給纏上了。

　　讀者不得掙脫在於，在需要一種整體敘事與抒情以建立起已經消逝的語境的情況下，夢窗詞所呈現的形式的斷裂破碎（詞的快速演進，以及在攤開所有典故用語的釋義之後仍然無法完整確切地解釋），或者該說是形式的無奈叫喊與冷漠羅列，不禁讓讀者疑問：這究竟是誰的回憶、誰的夢、誰的祕密？

　　這個問題首先形成的現象，即是創作作品的作者的這個「作者」觀念被消除了，他是誰並不重要，取而代之的是隨著文本的演進過程、讀者的閱讀過程誕生的「作者」——「空白」，它是遺忘的遺留，如同無字碑，它不再是回憶的紀念載體，而是遺忘的無情幽靈，漂泊在一閃而逝的靈光之中、或者遊蕩在遺留下來的垃圾之中。

　　這種現象尤其體現於那些書寫的當下是從消逝的地方開始，例如〈夜遊宮‧竹窗聽雨，坐久，隱几就睡，既覺，見水仙娟娟於燈影中〉：

　　　　窗外捎溪雨響。映窗裏、嚼花燈冷。渾似瀟湘繫孤艇。
見幽仙，步凌波，月邊影。　　香苦欺寒勁。牽夢繞、滄濤
千頃。夢覺新愁舊風景。紺雲欹，玉搔斜，酒初醒。〔註39〕

作夢，夢醒，寫夢。這麼一個簡單的事實便是這首詞最特別的地方。這一點林順夫〈我思故我夢：試論晏幾道、蘇軾及吳文英詞裏的夢〉已經揭露出來了：

〔註39〕《夢窗詞集校箋》，頁691。

> 吳文英對於夢境之處理迥異於前面討論過的晏幾道和蘇東
> 坡。如上文所述，晏幾道常常「以眞爲夢」或者「以夢爲
> 眞」，而蘇東坡則常在詞裏表達人生只像是一連串旋生旋滅
> 的夢境之感慨。可是，這兩位北宋作家詞裏所表現的時間
> 意識以及眞幻之分的意識還很強烈。⋯⋯，我們可以説晏
> 幾道和蘇東坡只在詞中描述夢的經驗，或透過夢的經驗來
> 抒發「人生若夢」的感觸。他們的詞沒有一首可以算是夢
> 境的直接體現。而吳文英的〈夜遊宮〉卻是道道地地的夢
> 境的直接體現。〔註40〕

我想説的是，前人之夢就像是前人所寫的作品一樣，那個主體很重
要，夢、作品是主體的附屬。因此，不論是情感體驗還是人生體悟，
主體不能消逝。我們可以不知道是誰的，但那僅僅是在我們無法知道
的情況下。吳文英則是從根本上消失，甚至，夢窗詞從根本上否定他
的存在，他的主體性被「直接體現」的「夢境」給替代了。此時，「夢
境」的存在，其重點便不在於主體是誰、誰的夢，而在於夢這個事件
本身，以及使其成爲獨立於主體之外的事件的可能。

　　這首先體現於詞序上。林順夫：「序是詞人對其夢前夢後全部過
程所作的一個客觀的、合乎理性的簡短交代。」〔註41〕也就是在「客
觀的」、「合乎理性的」的情況下，文本的意識中心是一個行爲、一個
事件，也就是「夢境」本身。這個現象也完全呈現於詞作本身。詞作
的內容，如上所引，並不藉由夢來表達其它意義，如：人生如夢的感
觸或哲理等。夢境的意義就在於它的眞實存在，「見水仙娟娟於燈影
中」一語或許便是書寫的開端與結束：吳文英將自身的經歷從自身分
裂出去而成爲一個客體的獨立存在，並觀看著它。在詞作中，首句將
「夢境」象徵性地往「窗外」推，林順夫於此將詞與詞序作了一次深

〔註40〕林順夫，《透過夢之窗口》（新竹：國立清華大學出版社，2009 年），
　　　　頁 304～305。
〔註41〕林順夫，《透過夢之窗口》（新竹：國立清華大學出版社，2009 年），
　　　　頁 302。

刻的對比:「把序首句和詞首句合起來看,我們知道吳文英的意思是:窗外雨打竹梢,聽起來彷彿是雨點掠拂過溪水上響著一樣。如果我們只有詞而無序,或者完全不去理會序所提供的消息,這句的意思就變成:窗外,雨點正掠拂過溪水,沙沙作響。」〔註42〕換言之,詞人所感與詞人所知的現實世界是有差別的。而且,後文「夢境」的發生是從虛擬(如果以現實世界為標準的話)的「溪」開始衍生的:從「渾似瀟湘繫孤艇」至「牽夢繞、滄濤千頃」,其中,水中仙女湘君、水仙之香等,皆從「溪」衍生出來。不過正如林順夫所言:「由『溪』到湘君之間是有一大距離的。」〔註43〕各個韻拍的描繪其實都有一定的距離,並沒有甚麼必然的關聯,這或許更符合夢本身的呈現方式,或我們對夢的感知形式。

　　然而,「窗外」的「夢境」在結尾卻曖昧不明,發生了轉變。「紺雲欹,玉搔斜,酒初醒。」似乎同時疊合了上闋的「幽仙」與詞序的「水仙」。不過,不論為何,「初醒」的姿態暴露了「夢覺」其實並不完全清醒,這即是詞序所見:「娟娟於燈影中」。「夢境」不知何時已經從「窗外」悄悄地侵擾至「窗裏」,並呈現於詞人眼前,打破了首句刻畫的夢境與現實的界線。此時,如果看到陳洵《海綃說詞》的評語,便不會如劉永濟《微睇室說詞》馬上否定它了。先分別引錄兩者的說法:

　　　　陳洵《海綃說詞》:「見幽仙,步淩波,月邊影」,是覺。「紺雲欹,玉搔斜,酒初醒」,又復入夢矣。〔註44〕

　　　　劉永濟《微睇室說詞》:此三句即題中所謂「既覺,見水仙

〔註42〕林順夫,《透過夢之窗口》(新竹:國立清華大學出版社,2009年),頁302。

〔註43〕林順夫,《透過夢之窗口》(新竹:國立清華大學出版社,2009年),頁303。

〔註44〕見唐圭璋編,《詞話叢編》(台北:廣文書局有限公司,1970年),頁4422。或見〔宋〕吳文英撰,孫虹、譚學純校箋,《夢窗詞集校箋》(北京:中華書局,2013年),頁694。

娟娟於燈影中」也。陳洵說此爲又復入夢，恐非。蓋皆想
像之景而非夢中之境也。此詞夢、想與實境，三者每每不
分，故使人迷惘，然非不可理解者。〔註45〕

若不拘泥地看，陳洵的「覺」可以擴大言之：縱使是夢境，對詞人而
言卻是一種清楚的、清醒的場景映入眼簾。相對的，夢覺之後，原本
應當是清楚明瞭的現實世界變得恍恍惚惚，彷彿入夢一樣。換言之，
「窗外」與「窗裏」所標誌的夢境與現實不是完全的倒轉，它們已經
相混疊合、模糊不清了。如此，劉永濟所謂「非不可理解者」自然沒
錯，但其「理解」不可能只有一種定論，例如「見幽仙，步淩波，月
邊影」便未必不可視作「想」。劉永濟最後多出的「想」，正好說明對
夢窗詞的詮釋，若要句句到位，便需要外部的理性暴力加以固定。

　　若以詞的演進過程觀之，其實這首〈夜遊宮〉呈現的是：「書寫」
如何形成一個「夢境」。詞人先將這個「夢境」從自身分裂出去，進
而以觀物的方式觀夢。因此，「夢境的直接體現」便成了夢之所以存
在的理由，而不再依賴於是哪一個人作的夢。對詞人來說，這是根本
的分裂：「作者」只是暫時棲居於書寫的一種狀態，一旦完成對某個
事件、某個情感（此處是夢）的書寫，文本便是他者的。文本爲橫亙
於作者與讀者之間的「過渡」，這是由內建的「空白」、時空距離所形
成的。一旦「空白」被填滿，被專屬於某個特定作者或讀者，文本便
宣告了死亡。簡言之：一旦懂了，便消失了，不然也是等著被消逝。
另一方面即是說，再怎麼描摹現實世界、眞實生活經歷，詞人都意識
到詞語與歷史現實的關係始終建立在「空白」的連接上。因此，在夢
境與現實、回憶與事實、事件與吳文英可以互相替代的現象中，吳文
英的歷史事實的存在已經斷裂於文本的建構生成及其事後詮釋。

　　至此，文本本身的「過渡」、文本結構的「反叛回憶」、詞語意象
的「廢墟」──總言之，從最基本的「空白」的誕生，便標誌詞的、

────────────

〔註45〕見〔宋〕吳文英撰，孫虹、譚學純校箋，《夢窗詞集校箋》（北京：
　　　　中華書局，2013年），頁694。

甚至以詩爲代表的古典韻文的終結。夢窗詞的「空白」，展示了這套古典韻文的詞語及結構在表意層面的極限（此「意」取最廣的範圍），因爲唯有「空白」才能敞開詞語的最大表意及其詮釋空間。當詞語意象以廢墟的形式呈現時，便已觸及此點。最明顯的現象便是，讀者縱使能析理出夢窗詞對前人的取法（如杜甫詩、李商隱詩、周邦彥詞等），但它還是成爲無可替代的「人」，方法便是將「消逝」本身體現於文本形式上的創造。因此，縱使前人之詩、詞、文、賦等對夢窗詞有深遠的影響，也僅僅是已逝去的、已形成「空白」的影響：它們作爲過往的遺留，必須經過事後的詮釋或外部的補充；而在各個文本之中，其詞語、修辭、結構有著身爲文本自身的意義，並沒有非要與前者有必然的關聯。葛兆光在《漢字的魔方：中國古典詩歌語言學札記》的〈論典故──中國古典詩歌特殊語詞的分析之一〉時說：「最好是典故中包含了古往今來人類共同關心與憂慮的『原型』，……，因爲它們才最具有『震撼我們內心最深處』的力量。這樣，才能夠使古人的故事與我們的故事水乳交融地溶合在一起，才可以使讀者感到格外酣暢淋漓，因爲『在這種時刻，我們不再是個人，而是人類。全人類的聲音都在我們心中共鳴』。」〔註46〕擴大言之，從每一個詞語至每一篇作品，何嘗不是希望如此？然而，正是在這個基準的檢視下，我們看到夢窗詞的特質：它不走向「人類」，它走向完全的、絕對的「個人」，可被替代、被覆蓋的「個人」，即已逝的回憶語境，即祕密的存在。

　　然而，如果如艾德華‧薩依德所言：「沒有一個文本是清白的。」〔註47〕那麼，夢窗詞公開呈現這些祕密，其背後的意圖便耐人尋味。

〔註46〕葛兆光《漢字的魔方：中國古典詩歌語言學札記》（上海：復旦大學出版社，2016 年），頁 135～136。

〔註47〕　Edward W. Said〔美〕愛德華‧W. 薩義德著《開端：意圖與方法》第四章〈從一個文本開始〉：「換句話說，文本的獨異性讓它帶上了公開的、示眾的一面，這一點被我們與作者的生涯及其『表演』（performance）關聯在一起。沒有一個文本是清白的。」見愛德華‧

雖然，身處於現代的我們，恐怕已經永遠無法得知其眞實的意圖，但藉由這層思考的促進，至少看到了夢窗詞這個「個人」，已經不是傳統「言志抒情」模式的「個人」，而是以失去自我、將自我從內部分裂出去，再經由外部的、事後的不斷詮釋而不斷建構、形塑的游移不定、變換替代的「個人」。——「吳文英」可以被無限替代的性質使它成爲無可替代的存在。它永恆於「當下」。由此，永恆或許是一種無可言狀的當下姿態，一種在「書寫之後」的重置的「當下」。

這或多或少呈現於〈齊天樂・與馮深居登禹陵〉這篇涉及神話與歷史之交界的詞作：

> 三千年事殘鴉外，無言倦憑秋樹。逝水移川，高陵變谷，那識當時神禹。幽雲怪雨。翠萍濕空梁，夜深飛去。雁起青天，數行書似舊藏處。　　寂寥西窗久坐，故人慳會遇，同剪燈語。積蘚殘碑，零圭斷璧，重拂人間塵土。霜紅罷舞。漫山色青青，霧朝煙暮。岸鎖春船，畫旗喧賽鼓。〔註48〕

我從結尾開始講起：「岸鎖春船，畫旗喧賽鼓。」一旦熟悉夢窗詞慣有的時空交縱的筆法，讀到這裡會理所當然地認爲這是詞人想像之景，並且，因其與整首詞的蒼涼風景有明顯反差，便詮釋爲「上古神禹從後世的人們那裏得到的唯一紀念與安慰了。」〔註49〕我完全認

W. 薩義德著，章樂天譯，《開端：意圖與方法》（北京：生活・讀書・新知三聯書店，2014 年），頁 356。原文爲：The rarity of a text, in other words, has an overt public side to it which we have connected with the author's career and his "performance." There are no innocent texts. 見 Edward W. Said, *Beginning: Intention and Method* (New York : Columbia University Press, 1985), p.231.

〔註48〕《夢窗詞集校箋》，頁 327。

〔註49〕此評語出自吳熊和《隱辭幽思、詞風密麗的吳文英》：「在山色常青和朝暮煙靄之餘，偶然打破禹陵之終古寂寞的，就是每年民間習俗的春秋社祭。詞末『岸鎖春船，畫旗喧賽鼓』作結，爲全篇的淒清荒寒氣氛補充些聲色，這或許是上古神禹從後世的人們那裏得到的唯一紀念與安慰了。」見〔宋〕吳文英撰，孫虹、譚學純校箋，《夢窗詞集校箋》（北京：中華書局，2013 年），頁 334。類似的箋釋還有吳蓓《夢窗詞彙校箋釋集評》：「末韻見岸邊泊船而思春日民間熱

同、也契合這種類似的欣賞感受。不過，讓我不小心多想的是，有沒有一種可能，情況剛好倒轉過來：整首詞是詞人之想像，直至最後一韻拍才是當下之實景？雖然這種情況是完全可能的，但我無意於此辯駁而落入是非對錯的詮釋迴圈，這顯然並非重點所在。

　　我想說的是以下兩點。一是上文已經提到的：這是走在時間邊緣的效果，詞作情境中的「當下」是可以隨意游移的，真正體現出時間的是詞人對空間的感知，而且這些感知反過來替代了吳文英的歷史存在。因此，二，結尾的場景是年復一年的祭祀活動，屬於人間的日常生活。這與整首詞的情境氛圍相比，詞人感知的變換確實非常大。這層變換在首句已經呈現出來了：神禹的事跡直接被推到「三千年」之「外」。這裡的「外」就如同上引〈夜遊宮〉的「窗外」、〈夢芙蓉〉的「人在晚霞外」，這些「外」都打開了時空的缺口，讓詞人可以不斷回返到事件的開端，卻又因為在「外」而不得進入其中〔註50〕，形成一道「空白」。因此，「外」必須由「內」——即「逝水移川，高陵變谷」與「積蘚殘碑，零圭斷璧」等標誌著消逝的場景與廢墟——顯現。這些場景與廢墟具有雙重性：一方面，它們證明了神禹事蹟在歷史上的確切存在，屬於歷史性質；另一方面，使人印象深刻的模糊性與神祕性則展現了神話性質，例如：尋常的「雲」、「雨」在有關神禹的傳說中也變得「幽」、「怪」，寫禹穴之事卻以眼前飛雁之形「似」之等等。此時，「外」與「內」便不僅是時間上的先後差別或空間上的相隔分界，而是兩種不同範疇的概念：前者是人無法指明其開端的神話，在人的時間感之外（打個比方：站在地上的人，無法感知一百

鬧的祭祀賽神活動。結之以昂揚亮彩，作為蒼涼沈寂之反襯。」見〔宋〕吳文英著，吳蓓箋注，《夢窗詞彙校箋釋集評》（杭州：浙江古籍出版社，2012年），頁161。

〔註50〕以這首詞而言，便是吳熊和《隱辭幽思、詞風密麗的吳文英》所說：「這首詞不談大禹的功績，也不涉及大禹的評價。」見〔宋〕吳文英撰，孫虹、譚學純校箋，《夢窗詞集校箋》（北京：中華書局，2013年），頁334。

層樓與一百二十層樓的差別）；後者則屬於人可以重置其開端、可感知的歷史。簡言之：「內」屬於可以切割為時刻、乃至時代的歷時性時間，是歷史；「外」則是歷史之外的神話，時間之外的永恆。

　　因此，若依循詞的演進過程，首先便看到詞人將不可理解的、具有神話性質的人事物，推到「三千年」之「外」。下一句的「無言」便是不可言說、無以言說的意思，可以言說的是「三千年」之「內」。然而，在這之「內」，縱使前身是神蹟，一旦遺留下來，也必須遵循大自然的守則，即歷史性的變換與流逝，於此，更不用說我與你，馮深居，在此同登禹陵的人跡了，「寂寥」之感油然心生。在結尾之前，有一個小地方可特別注意：「殘碑」指的是禹廟窆石。《會稽志》：「窆石在禹祠，舊經云：禹葬於會稽山，取此石為窆。」〔註51〕再加上朱彝尊《會稽山禹廟窆石題字跋》言：「古之葬者下棺用窆，蓋在用碑之前，碑有銘而窆無銘。」〔註52〕這即是說：它只是一顆石頭，但在人類歷史的視野之下，它不僅象徵神禹及其神蹟，也象徵著神禹在人類歷史上的永恆存在。然而，即便如此，承載著永恆意念、本身堅硬不催的石頭，也有遭到損壞破敗、乃至不見蹤跡的可能，加深了時間的無情流逝與人類歷史的無奈蒼涼。

　　最後，結尾的突兀卻說明尚有一種形式可以保存、穩固及紀念神禹的永恆存在，即人類社會中的祭祀活動，是日常生活的一種。這裡，「三千年」之「外」的「無言」轉化為「畫旗喧賽鼓」的集體儀式行為而表達出來了。神話透過歷史性的行為展示出來，這種展示之所以可能的關鍵正在於祭祀儀式的形式：年復一年的重複。重複的形式越過了歷史的歷時性，直接將每一次的祭祀源頭指向神禹之神話，它的永恆便存在於祭祀之「當下」。換言之，神話是歷史的開端（如同「空

〔註51〕見〔宋〕吳文英撰，孫虹、譚學純校箋，《夢窗詞集校箋》（北京：中華書局，2013年），頁331。

〔註52〕見〔宋〕吳文英撰，孫虹、譚學純校箋，《夢窗詞集校箋》（北京：中華書局，2013年），頁331。

白」是書寫的開端），開端之後的重複形式則訴說著、保存著時間之外的永恆。

　　不過，「岸鎖春船」之「鎖」字提醒讀者，這種重複形式的永恆必須在一個特定的場域裡，在這場域之外，是整首詞呈現的消逝與破敗的場景。這點在「重拂人間塵土」的動作上其實已經顯現了：「塵土」代表歷史的侵蝕。雖然一再地拂去塵土，依然難識「當時神禹」。也就是說，重複雖然避免了歷史性的變換與流逝，卻也「鎖」住神話的真實。「鎖」與「重拂」一齊揭示了重複身為一種歷史性行為，它實際上替代了時間之外的永恆，並被人類視為永恆的象徵。這種抗拒消逝的重複，按它的目的、希望而被禁錮於模仿永恆的形式之中，即重複自身的形式之中。總言之：永恆即禁錮。

　　這個模式，不正與如今我們讀夢窗詞的情況非常相似嗎？夢窗詞的真實情意已被鎖於消逝的內部，與吳文英的歷史存在共同成為一片「空白」。它只允許詮釋者運用重複來將分散於各個時空背景的詞作中尋找其中的關聯，最後卻發現詞人早已消逝於這些詞語之中，或者說，被詞語替代。因此，如同詞人以站在邊緣的觀看姿態來看待過去、書寫過去，當讀者在觀看夢窗詞時，夢窗詞便以已經消逝的形象展示出來，並反過來凝視著每一位讀者。兩者所隔、所聯繫起來的那一道時空距離，讓事物得以展現，但卻無法完整地透明地表達。如同無限是可以表達的，但一個無限大的數字卻無法表達，它的展現必須不斷加一，它被永恆地推延，禁錮於「當下」的永恆。或許可以說：如果有甚麼是永恆的，那都是恰到當下，當下到與永恆無關的結果。

第六章 結 論

　　時間從感受的經驗轉化成抽象的觀念，關乎的是個人對存在的體驗與認知。雖然環境與時代大多數時候會影響、孕育、或限制某些觀念或認知的產生，但是，在至關重要的頓悟點上，時間還是純粹的個人問題，是對自身存在的叩問。當有人可以從文化脈絡下作此根本的突圍，便更顯其價值，陳世驤〈論時：屈賦發微〉扼要地揭出此點。此文說「時」之時間觀念是從屈原《離騷》中突然誕生的，或者確切地說：時間觀念誕生於《離騷》中的屈原的視野。〔註1〕

　　本文之所以不從時代等外緣方面入手，也不以時代背景視爲重要參考或對應依據，主要原因便在於，我認爲夢窗詞體現出的許多觀念、看待事物（尤其是看待自身）的方式都已經超越、或離異於他的時代。從這點而言，夢窗詞是中國文學上，少數幾個眞正直承了屈騷精神的文學——而不是成爲屈騷、或某種傳統的附庸——即同樣以個人的感受與體驗創發出個人的時間觀，以及存在方式。雖然對於時間的認識已有很大的轉變，但重點不在內容的平面差異，而在於思維方式、觀看方式的創發，這首先便呈現於夢窗詞的回憶形式、以及回憶

〔註1〕 此篇文章見〔美〕陳世驤著，張暉編，《中國文學的抒情傳統：陳世驤古典文學論集》（北京：生活・讀書・新知三聯書店，2015 年），頁 141～193。

視野的書寫，它也非常貼合音樂的進程與思維，即音樂的連續性建立在相互的間隔與變化上。簡單概括爲：回憶爲當下觀看著過往，詞人的書寫對此所形成的時空距離擁有強烈的意識，詞人不斷佈滿回憶與遺忘，如多聲部般相互追逐於進程之中——月圓留待曲終，人散自然香滿。回憶視野的書寫，或許便是夢窗詞最獨特、因此最具價值之所在。

　　普魯斯特：「美的書都是用一種外語寫成。在每個詞下面，我們每個人都加上自己的解釋，這種解釋往往是一種曲解。但是，在美的書中，人們作出的所有曲解都是美的。」〔註2〕這段話對夢窗詞特別貼切。其中，普魯斯特所說的「外語」，如上所說，很顯然不是平面的差異（如中文與英文、法文、德文等相異），而是在某種語言、詞語之中「外」於本身的意義、邏輯與結構，是一種更內在、更根本的離異。本文在論述夢窗詞的反叛姿態、詞語的廢墟化、過渡等，都可以約略歸結於這種「外」。夢窗詞顯示了詞語的內在分裂，並在分裂的「空白」中幻化出許多詮釋的可能，在這之中，吳文英成爲一種可能性的存在：他的重要性源自於夢窗詞的「吳文英」是一個他者，一個只（能）是觀望卻不（能）獲取的存在。另一方面則揭示出，吳文英至少在書寫方面其實是一個對現實非常敏感的人，因此，我們的確可以在夢窗詞中一窺南宋時代的諸多面向，但他的視野賦予了不同意義，他對於一切消逝的、幻象的具有清醒的認識，並不奢求用文字書寫來保存過往、或成爲某部分人格的延伸；而是對應於每個不同的書寫當下，將感受、經驗、環境等從自身分離出去以觀望它。因此，書寫一旦坐落成文本的形式，它就脫入表象，成爲自身的獨立存在，夢窗詞表面上的破碎斷裂即是來自於這種觀看方式與存在方式的認知。

　　這種形式，我認爲，在吳文英與其年代之前，至少有一位人想過類似的觀念，但「他」卻完全從歷史中消失，因爲那幾乎完全不在當

〔註2〕引自〔法〕安德烈·莫洛亞著，徐和瑾譯，《追尋普魯斯特》（上海：上海譯文出版社，2014年），頁243。

時的文化接受範圍之內，也不在後人建構脈絡化的歷史的接受範圍之內。換言之，這些被發現或被創造的意義、價值與觀念，其實是建立在沉沒於歷史（不論是自然的或人文的）的無意義之上、虛無之上：一個人的逝去便是永遠的逝去，遺留下來的始終是那少數幾個人，而之所以遺留的原因，可能完全出自歷史的偶然——「吳文英」與夢窗詞的歷史現象正好就位於最不穩定的分界點上。「吳文英」從來不是完整的他。夢窗詞的斷裂與消逝，或許標誌著一個人在面對廣大深遠的文學與文化傳統時所具有的精神：傳承，只能各自完成。

參考書目

一、古籍文獻

1. 〔唐〕李賀,《李長吉集》,上海:上海古籍出版社,2015 年。
2. 〔唐〕李商隱著,〔清〕馮浩箋注,《玉谿生詩集箋注》,臺北:里仁書局,1981 年。
3. 〔宋〕晏殊、晏幾道著,張草紉箋注,《二晏詞箋注》,上海:上海古籍出版社,2008 年。
4. 〔宋〕秦觀著,徐培均箋注,《淮海居士長短句箋注》,上海:上海古籍出版社,2008 年。
5. 〔宋〕周邦彥著,孫虹校注,《清眞集校注》,北京:中華書局,2002 年。
6. 〔宋〕姜夔著,陳書良箋注,《姜白石詞箋注》,北京:中華書局,2009 年。
7. 〔宋〕吳文英著,陳洵詞說,陳文華詮評,《海綃翁夢窗詞說詮評》,臺北:里仁書局,1996 年。
8. 〔宋〕吳文英著,楊鐵夫箋釋,《夢窗詞全集箋釋》,臺北:學海出版社,1998 年。
9. 〔宋〕吳文英著,吳蓓箋注,《夢窗詞彙校箋釋集評》,杭州:浙江古籍出版社,2012 年。
10. 〔宋〕吳文英撰,孫虹、譚學純校箋,《夢窗詞集校箋》,北京:中華書局,2013 年。

11. 唐圭璋編，《詞話叢編》，台北：廣文書局有限公司，1970 年。

12. 唐圭璋編，《全宋詞》，臺北：文光出版社，1983 年。

13. 唐圭璋編，《詞話叢編》，北京：中華書局，1990 年。

14. 高文主編，孫方、佟培基副主編，《全唐詩簡編》，上海：上海古籍出版社，1993 年。

15. 馬志嘉、章心綽編，《吳文英資料彙編》，北京：中華書局，2006年。

16. 孫克強編，《唐宋人詞話（增訂本）》，天津：南開大學出版社，2012 年。

17. 鄭騫校注，林玫儀整理，《稼軒詞校注附詩文年譜（上）（下）》，臺北：國立臺灣大學出版中心，2013 年。

二、近人專書

1. 木齋，《宋詞體演變史》，北京：中華書局，2008 年。

2. 田玉琪，《徘徊於七寶樓臺——吳文英詞研究》，北京：中華書局，2004 年。

3. 田曉菲，《烽火與流星》，新竹：國立清華大學出版社，2009 年。

4. 朱崇才，《詞話史》，北京：中華書局，2006 年。

5. 周茜，《映夢窗零亂碧——吳文英及其詞研究》，廣州：廣東教育出版社，2006 年。

6. 林佳蓉，《杭州聲華：以張鎡家族、姜夔、周密之詞爲探討核心》，臺北：學生書局，2011 年。

7. 林順夫，《透過夢之窗口》，新竹：國立清華大學出版社，2009 年。

8. 侯雅文，《中國文學流派學初論：以常州詞派爲例》，臺北：大安出版社，2009 年。

9. 俞陛雲選釋，《唐宋詞選釋》，臺北：廣文書局有限公司，1970 年。

10. 施議對，《詞與音樂關係研究》，中國社會科學出版社，1985 年。

11. 柯慶明、蕭馳主編，《中國抒情傳統的再發現（上）（下）》，臺北：國立台灣大學出版中心，2009 年。

12. 段煉，《詩學的蘊意結構——南宋詞論的跨文化研究》，臺北：秀威資訊科技股份有限公司，2009 年。

13. 夏承燾，《唐宋詞人年譜》，臺北：明倫出版社，1970 年。

14. 孫虹、譚學純著,《吳夢窗研究》,上海:上海古籍出版社,2015年。

15. 徐安琪,《唐五代北宋詞學思想史論》,北京:人民文學出版社,2007年。

16. 高友工,《中國美典與文學研究論集》,臺北:國立臺灣大學出版中心,2004年。

17. 崔海正,《宋詞研究述略》,臺北:洪葉文化事業有限公司,1999年。

18. 崔海正主編,鄧紅梅、侯方元著,《南宋詞研究史稿》,山東:齊魯書社,2006年。

19. 許晏駢,《高陽說詩》,臺北:聯經出版事業公司,1982年。

20. 郭鋒,《南宋江湖詞派研究》,成都:四川出版集團巴蜀書社,2004年。

21. 陳昌寧,《夢窗詞語言藝術研究》,北京:中國社會科學出版社,2010年。

22. 陳國球,《抒情中國論》,香港:三聯書店(香港)有限公司,2013年。

23. 陳國球、王德威編,《抒情之現代性——「抒情傳統」論述與中國文學研究》,北京:生活·讀書·新知三聯書店,2014年。

24. 陶爾夫、劉敬圻,《南宋詞史》,哈爾濱:黑龍江人民出版社,2004年。

25. 黃雅莉,《宋詞雅化的發展與嬗變——以柳、周、姜、吳為探究中心》,臺北:文津出版社,2002年。

26. 楊海明,《唐宋詞史》,高雄:麗文文化,1996年。

27. 楊傳慶,《鄭文焯詞及詞學研究》,天津:南開大學出版社,2013年。

28. 葉嘉瑩,《中國詞學的現代觀》,臺北:大安出版社,1988年。

29. 葉嘉瑩,《南宋名家詞講錄》,新竹:清華大學,2010年。

30. 葉嘉瑩,《迦陵談詞》,臺北:三民書局,1997年。

31. 葉嘉瑩,《迦陵論詞叢稿》,石家莊:河北教育出版社,2001年。

32. 葛兆光《漢字的魔方:中國古典詩歌語言學札記》,上海:復旦大學出版社,2016年。

33. 董乃斌，《李商隱的心靈世界（增訂本）》，上海：上海古籍出版社，2012 年。

34. 聞一多，《唐詩雜論　詩與批評》，北京：生活‧讀書‧新知三聯書店，2012 年。

35. 劉少雄，《南宋姜吳典雅詞派相關詞學論題之探討》，臺北：國立臺灣大學出版委員會，1995 年。

36. 劉少雄，《詞學文體與史觀新論》，臺北：里仁書局，2010 年。

37. 劉揚忠，《唐宋詞流派史》，福州：福建人民出版社，1999 年。

38. 蔡英俊，《中國古典詩論中「語言」與「意義」的論題──「意在言外」的用言方式與「含蓄」的美典》，臺北：臺灣學生書局，2001 年。

39. 蔣寅，《百代之中──中唐的詩歌史意義》，北京：北京大學出版社，2013 年。

40. 鄭毓瑜，《引譬連類：文學研究的關鍵詞》，台北：聯經出版事業股份有限公司，2012 年。

41. 黎活仁等主編，《宋詞的時空觀》，台北：大安出版社，2001 年。

42. 錢鴻瑛，《夢窗詞研究》，上海：上海古籍出版社，2005 年。

43. 繆鉞、葉嘉瑩合著，《靈谿詞說》，上海：上海古籍出版社，1987 年。

44. 謝桃坊，《中國詞學史》，成都：巴蜀書社，2002 年。

45. 顏崑陽，《李商隱詩箋釋方法論──中國古典詮釋學例說》，臺北：里仁書局，2005 年。

46. 顏崑陽，《詮釋的多向視域：中國古典美學與文學批評系論》，臺北：臺灣學生書局有限公司，2016 年。

47. 顧隨著，葉嘉瑩筆記，《中國古典詩詞感發》，香港：商務印書館（香港）有限公司，2013 年。

48. 龔鵬程，《文學批評的視野》，臺北：大安出版社，1998 年。

49. 龔鵬程，《詩史本色與妙悟》，臺北：臺灣學生書局，1986 年。

50. 艾德華‧薩伊德（Edward W. Said）、丹尼爾‧巴倫波因（Daniel Barenboim）著，亞拉‧古策里米安（Ara Guzelimian）編，吳家恆譯，《並行與弔詭：薩伊德與巴倫波因對談錄》，臺北：麥田出版社，2006 年。

51. 尚－路克‧南希（Jean- Luc Nancy）、瑪蒂德‧莫尼葉（Mathilde

Monnier）合著，郭亮廷譯，《疊韻——讓邊界消失，一場哲學家與舞蹈家的思辨之旅》，台北：漫遊者文化事業股份有限公司，2014年。

52. 阿多諾（Theodor W. Adorno）著，彭淮棟譯，《貝多芬：阿多諾的音樂哲學》，臺北：聯經出版公司，2009年。

53. 柏格森（H. Bergson）著，張君譯，《物質與記憶》，台北：先知出版社，1976年。

54. 約翰·伯格（John Berger）著，吳莉君譯，《觀看的方式》，臺北：麥田出版，2005年。

55. 〔日〕村上哲見著，楊鐵櫻、金育理、邵毅平譯，《宋詞研究》，上海：上海古籍出版社，2012年。

56. 〔法〕安德烈·莫洛亞著，徐和瑾譯，《追尋普魯斯特》，上海：上海譯文出版社，2014年。

57. 〔法〕保羅·瓦萊里著，段映紅譯，《文藝雜談》，北京：生活·讀書·新知三聯書店，2017年。

58. 〔美〕宇文所安著，賈晉華、錢彥譯，《晚唐：九世紀中葉的中國詩歌（827～860）》，北京：生活·讀書·新知三聯書店，2011年。

59. 〔美〕巫鴻著，梅玫等譯，《時空中的美術：巫鴻中國美術史文編二集》，北京：生活·讀書·新知三聯書店，2009年。

60. 〔美〕林順夫著，張宏生譯，《中國抒情傳統的轉變——姜夔與南宋詞》，上海：上海古籍出版社，2005年。

61. 〔美〕孫康宜著，李奭學譯，《詞與文類研究》，北京：北京大學出版社，2004年。

62. 〔美〕陳世驤著，張暉編，《中國文學的抒情傳統：陳世驤古典文學論集》，北京：生活·讀書·新知三聯書店，2015年。

63. 〔美〕劉子健著，趙冬梅譯，《中國轉向內在——兩宋之際的文化內向》，南京：江蘇人民出版社，2002年。

64. 〔美〕魯曉鵬著，王瑋譯，馮雪峰校，《從史實性到虛構性：中國敘事詩學》，北京：北京大學出版社，2012年。

65. 〔德〕阿萊達·阿斯曼著，潘璐譯，《回憶空間：文化記憶的形式與變遷》，北京：北京大學出版社，2016年。

66. 〔德〕揚·阿斯曼著，金壽福、黃曉晨譯，《文化記憶：早期高

級文化中的文字、回憶和政治身份》，北京：北京大學出版社，2015
年。

67. 〔德〕顧彬著，刁承俊譯，《中國詩歌史——從起始到皇朝的終
結》，上海：華東師範大學出版社，2013年。

68. Christian de Portzamparc 鮑贊巴克、Philippe Sollers 索萊爾斯著，
姜丹丹譯，《觀看・書寫——建築與文學的對話》，台北：書林出
版有限公司，2014年。

69. Edward W. Said〔美〕愛德華・W. 薩義德著，章樂天譯，《開端：
意圖與方法》，北京：生活・讀書・新知三聯書店，2014年。

70. Edward W. Said 艾德華・薩伊德著，彭淮棟譯，《論晚期風格：反
常合道的音樂與文學》，台北：麥田出版，2010年。

71. Marcel Proust 馬塞爾・普魯斯特著，沈志明譯，《駁聖伯夫》，臺
北：國立編譯館，1997年。

三、學位論文

1. 佘筠珺，《臨場展演與書寫技藝：社交視域下的夢窗詞》，臺北：
國立臺灣大學中國文學系博士論文，2015年。

2. 陳慷玲，《宋詞雅化研究》，臺北：東吳大學中國文學研究所博士
論文，2003年。

3. 普義南，《吳文英詞接受史》，臺北：淡江大學中國文學研究所博
士論文，2009年。

4. 詹琪名，《依違之間：晏幾道其人其詞的內在辯證》，臺北：國立
臺灣大學中國文學系碩士論文，2016年。

5. 蘇虹菱，《吳文英的生涯和他的「節序懷人」詞》，新竹：國立清
華大學中國文學系博士論文，2010年。

四、期刊論文

1. 尤雅姿，〈文學世界中的空間創設〉，《中國文哲研究通訊》，第十
卷，第三期，2000年9月。

2. 方秀潔，〈論詠物詞的發展與吳文英的詠物詞〉，《詞學》，第十二
輯，2000年4月。

3. 巨傳友，〈從張惠言、周濟對夢窗詞的不同態度看常州詞派詞統
的演變〉，《詞學》，第十六輯，2006年1月。

4. 江弱水，〈在語言的魔障面前：夢窗詞之再評價〉，《浙江大學學報（人文社會科學版）》，第 38 卷 5 期，2008 年。

5. 佘筠珺，〈問塗‧經歷‧回還——周濟「四家學詞門徑」的理論建構〉，《東華漢學》，第 17 期，2013 年 6 月。

6. 吳蓓，〈夢窗「情事說」解構〉，《浙江學刊》，2008 年，第 6 期。

7. 周茜，〈常州詞派與吳文英詞的再發現〉，《詞學》，第十六輯，2006 年 1 月。

8. 孫克強，〈以夢窗詞轉移一代風會——晚清四大家推尊吳文英的詞學主張及意義〉，《河南大學學報（社會科學版）》，第 47 卷 4 期，2007 年 7 月。

9. 路成文，〈夢窗詠物詞論〉，《湖北大學學報（哲學社會科學版）》，第 33 卷 5 期，2006 年。

10. 劉少雄，〈周濟與南宋典雅詞派〉，《中國文哲研究集刊》，5 期，1994 年 9 月。

11. 顏崑陽，〈宋代「詩詞辨體」之論述衝突所顯示詞體構成的社會文化性流變現象〉，《淡江中文學報》，第 15 期，2010 年。

12. 顏崑陽，〈論唐代「集體意識詩用」的社會文化行為現象——建構「中國詩用學」初論〉，《東華人文學報》1 期，1999 年 7 月。

13. 龔鵬程，〈成體系的戲論：論高友工的抒情傳統〉，《清華中文學報》，第三期，2009 年 12 月。

五、外文專書

1. Edward W. Said, *Beginnings: Intention and Method*, New York : Columbia University Press, 1985.

2. Stephen Owen, *The late Tang: Chinese Poetry of the Mid-Ninth Century (827-860)*, Cambridge (Massachusetts) and London: Harvard University Press, 2006.